FOLIO SCIENCE-FICTION

Manon Fargetton

DIX JOURS AVANT LA FIN DU MONDE

Gallimard Jeunesse

Manon Fargetton n'aime pas les biographies. Elle s'y sent à l'étroit. Comment se résumer en quelques lignes quand, pour raconter dix jours, il lui a fallu noircir des centaines de pages ? Ce que l'on sait d'elle : elle est née en 1987, a grandi à Saint-Malo et vit à Paris. Elle publie son premier roman à dix-huit ans, enchaîne avec une vingtaine de livres et de nombreux prix littéraires. Aujourd'hui romancière à plein temps, elle a exercé durant dix ans le métier de régisseuse lumière au théâtre. Elle aime la musique, la mer, le surf, les coquelicots, lire dans son lit l'hiver, lire dans son hamac l'été, voyager seule, rencontrer des compagnons en chemin, revenir et aborder, lorsqu'elle écrit, des univers chaque fois différents.

L'important était de recueillir le peu qu'il filtrerait du monde avant qu'il fît nuit…
En un sens, l'œil contrebalançait l'abîme.

MARGUERITE YOURCENAR,
L'Œuvre au noir.

Il n'y a ni futur ni passé dans la vie.
Il n'y a que du présent, une hémorragie éternelle de présent.

CHRISTIAN BOBIN,
« La fleur de l'air »
dans *La Part manquante*.

Jamais d'autre que toi ne saluera la mer à l'aube
Quand fatigué d'errer moi sorti des forêts ténébreuses
Et des buissons d'ortie je marcherai vers l'écume.

ROBERT DESNOS,
« Jamais d'autre que toi »
dans *Corps et biens*.

PREMIÈRE PARTIE

1

H - 239

On n'avait pas prévu ça.

On avait prévu les tornades, les raz-de-marée, les éruptions volcaniques, les pluies de météorites, les catastrophes nucléaires, la montée des eaux, les bombes atomiques, la planète qui étouffe sous la pollution, la surpopulation, les épidémies, les manipulations génétiques qui tournent mal. On avait prévu la terre qui se rebelle contre la connerie humaine. On avait prévu l'humanité qui s'autodétruit. Mais ça, on ne l'avait pas vu venir. Comment aurions-nous pu, en vérité ? Même aujourd'hui que l'apocalypse se précipite vers nous, personne n'a la moindre idée de ce qui se passe.

Les doigts de Gwenaël s'immobilisent sur le clavier. Un pli entre les sourcils, il relit ce qu'il vient de rédiger. *On n'avait pas prévu ça.* Ouais, lui non plus. Jamais un texte ne lui a autant échappé que celui-ci. Il n'en est pas à son premier roman, pourtant. Mais c'est comme si les personnages de cette histoire cherchaient la moindre faille dans sa concentration pour ouvrir une brèche de pixels entre les lignes et désintégrer son scénario. Ils entraînent Gwenaël vers un livre qu'il ne veut pas écrire. Ces personnages sont un putain de virus, un cheval de Troie dans son cerveau. Et s'il ne peut s'en débarrasser, il peut au moins limiter les dégâts.

Sans état d'âme, Gwenaël supprime le paragraphe.

Il a frappé si fort sur la touche que Sara relève la tête, de l'autre côté du salon. Elle hausse un sourcil.

— Ça va ? articule-t-elle.

Il ôte un écouteur.

— Oui. Le début résiste. Rien de grave.

Elle hoche la tête. Il y a des années qu'ils ne parlent plus en détail de ses romans. Au début de leur relation, Gwenaël a voulu faire d'elle sa première lectrice, mais il a vite senti qu'elle rechignait à s'impliquer. Elle avait toujours une excuse pour esquiver, et lorsqu'elle s'y mettait, il était trop tard, Gwenaël avait déjà corrigé le texte plusieurs fois, les retours de Sara sur la première version n'avaient plus de sens et l'agaçaient plus qu'ils ne l'aidaient. Après quelques crises de nerfs, il avait cessé d'insister. Et elle avait cessé de le relire. Parce qu'il l'aimait aussi pour son indépendance, il avait peu à peu fait son deuil du couple tel qu'il l'avait toujours fantasmé, fusionnel dans les moindres aspects de son existence, jusqu'au plus intime, au cœur de lui-même : l'écriture.

— Je vais me faire un café, lance-t-elle. T'en veux ?

— J'en ai encore. Merci.

— Une pause ne t'aiderait pas ?

Non. Ça ne l'aiderait pas. Et cette conversation qui le détourne de son travail l'aide encore moins.

— Sinon, on pourrait faire un bébé.

Il la regarde et sourit. Un sourire diplomatique. Il aimerait être seul dans la pièce à cet instant. Ne pas avoir à gérer le fantôme des quinze derniers mois, à se sentir coupable de ne pas baiser assez, de ne pas avoir une hygiène de vie irréprochable, d'avoir trois box Internet dans la maison et autant d'ondes wifi qui bombardent leurs organismes, de ne pas savoir s'arrêter de bosser. À se sentir coupable de ne pas arriver à avoir un môme alors que tant de copains pondent sans soucis des progénitures à la blondeur adorable – parfois même par accident, les salauds.

Mais Gwenaël n'est pas seul, Sara est là, qui le dévisage d'un air gourmand. Et il ne peut pas lui répondre qu'il voudrait juste écrire sans être interrompu jusqu'à la fin de l'après-midi, que son esprit est occupé, qu'il se sentira plus disponible dans la soirée. Ça déclencherait un incident domestique nucléaire.

Quinze mois, ce n'est pas grand-chose. Les médecins leur assurent qu'il ne sert à rien de s'inquiéter avant deux ans. Pourtant, quand le projet de famille est là et qu'il ne se concrétise pas, quand Sara se persuade qu'elle n'est pas capable de donner la vie, quand l'attente alimente l'angoisse, quand Gwenaël l'entend fondre en larmes chaque fois que ses règles débarquent, quinze mois sonnent comme une éternité. Ça, bien sûr, les médecins s'en balancent. Ils déroulent leurs statistiques et leurs sourires qui ne rassurent personne.

— Vous savez, plus vous vous mettrez la pression, moins vous aurez de chances que ça fonctionne, alors détendez-vous, je ne sais pas, partez en vacances, oubliez le boulot quelques jours, vous êtes jeunes, en bonne santé, il n'y a aucune raison que ça coince !

Oui, bah, ça coince.

Et puis, oublier le boulot, ni lui ni Sara n'en sont capables. Elle est en plein développement de sa start-up, la moitié de la semaine à Paris avec le reste de son équipe, l'autre ici, dans la campagne somnolente qui borde Rambouillet, à bosser comme une malade. Et lui est plongé dans le début de ce roman qui lui met les nerfs à vif.

— Hey, bonne idée, se force-t-il à répondre. Je n'y avais jamais pensé.

Elle grimace, s'approche de lui en retirant son tee-shirt, fait pivoter son fauteuil, s'assied sur ses genoux. Seins à portée de bouche. Gwenaël happe un mamelon, le sent durcir sous ses lèvres. Il sourit.

Cette pause n'est pas une si mauvaise idée, tout compte fait.

Lorsque son téléphone se met soudain à sonner, il le coupe et s'abandonne aux caresses de Sara.

2

H - 239

C'est un de ces premiers jours de printemps où le soleil réchauffe les peaux blafardes. Lili-Ann sort du métro. Son ordinateur en bandoulière frappe ses cuisses à chaque pas, comme pour lui rappeler que son mémoire de master n'avance pas. Elle accumule des pages et des pages de documents sans parvenir à rédiger une seule ligne. Pourtant, après trois semestres et demi, il serait temps de commencer. Lili-Ann soupire. Elle aurait aimé, pour une fois, ne pas travailler dans l'urgence, prendre le temps de peser chaque mot. Mais elle a toujours été plus sprinteuse que coureuse de fond : l'an prochain, au dernier moment, elle passera encore une série de nuits blanches derrière son clavier pour rendre son mémoire à temps.

Son téléphone vibre dans sa poche. Elle ne le sort pas. Elle déteste l'idée d'être toujours joignable.

Marchant vers son appartement, Lili-Ann lève le nez. Le monde lui semble plus net dans cet air transparent. Plus léger qu'hier.

Un inconnu à la tignasse hirsute vapote, accoudé à sa fenêtre deux étages plus haut, en observant les allées et venues des passants. Il croise son regard. Le capture. Un reflet éblouissant sur la vitre juste derrière lui le nimbe d'une aura étrange. Lili-Ann dégaine son appareil photo. S'ensuit un échange muet durant lequel elle demande l'autorisation de le shooter, qu'il lui accorde d'un moulinet du poignet avant de souffler avec insolence un nuage de vapeur d'eau. L'image est belle et drôle à la fois, elle évoque les photos *backstage* de groupes de rock des années quatre-vingt-dix, dans une version contemporaine décalée. Lili-Ann zoome, cadre, l'immortalise.

Elle s'apprête à reprendre sa route lorsqu'il lui fait signe d'attendre et disparaît à l'intérieur. Un instant, elle craint qu'il descende – aucune envie d'entamer une discussion au cours de laquelle elle devra produire le fantôme d'un mec imaginaire pour qu'il la laisse tranquille –, mais il revient bientôt, vérifie d'un coup d'œil qu'elle n'a pas bougé, griffonne sur une feuille. Un avion de papier s'élance dans la lumière chaude de l'après-midi. Amusée, Lili-Ann suit sa trajectoire désordonnée au-dessus du boulevard. Alors qu'il s'écrase contre la façade d'un immeuble et termine sa course dans les mains d'un gamin ravi, elle traverse pour le récupérer.

— Je crois que c'est pour moi…

Le garçon la dévisage. Il ne doit pas avoir plus de six ans. *L'âge de ma nièce*, se dit Lili-Ann.

— Tu crois ou t'es sûre ? lâche-t-il.

— Adrien ! le réprimande son père.

Le prénommé Adrien restitue l'avion à regret. Sous la première aile, l'inconnu a inscrit : « Je t'aurais bien donné mon numéro, mais tu n'aurais pas appelé. » Et sous la deuxième : « Allez, on ne sait jamais… » suivi de dix chiffres. Lili-Ann rit, salue le mec à sa fenêtre. Il hausse les sourcils comme pour la défier d'appeler.

— Hé, Adrien !

À quelques mètres de là, le garçon et son père se retournent. Lili-Ann les rejoint.

— Tu le veux ? demande-t-elle en lui tendant l'avion.

Le visage du gamin s'illumine. Il repart vers la bouche de métro en examinant l'objet sous tous les angles.

— T'es dure ! se plaint l'inconnu en criant par-dessus le vrombissement des voitures.

Il a une voix plus grave que ce qu'elle avait imaginé. Lili-Ann hausse les épaules, puis elle tourne les talons et file vers chez elle, la courroie de son appareil photo autour du cou.

Dure ? Oui. Les pierres qu'elle trimballe au fond de son ventre sont parfois trop lourdes à porter. Alors pour retrouver la légèreté, elle se fond dans l'imprévu, dans les heureux hasards… Elle tisse les événements de présages à interpréter. Si elle revoit l'inconnu, ce sera un signe, et elle l'écoutera. Mais l'appeler, non, ce serait vraiment trop banal.

Lili-Ann atteint son immeuble, s'engouffre dans l'escalier de service, gravit les six étages, enfile le couloir. La porte est verrouillée. Raph, son coloc, n'est pas encore rentré. Il doit être en train de livrer des colis à vélo à travers la capitale, moulé dans son uniforme fluo ridicule.

Le souffle court, Lili-Ann dépose son ordinateur sur son bureau, attrape une tranche de brioche et s'affale sur le canapé avec son appareil photo. Elle vérifie le cliché de l'inconnu à sa fenêtre. Un sourire s'allonge sur ses lèvres au souvenir de l'avion de papier survolant les voitures.

Elle tend la main vers le bocal posé sur l'étagère, tapote le verre du bout de l'ongle.

— Hello, Loüm. Bonne journée ?

Le poisson rouge s'approche du doigt, suit ses mouvements, puis rejoint la surface et ouvre grand la bouche. Lili-Ann saupoudre l'eau de paillettes multicolores que Loüm s'empresse d'avaler.

Cliquetis de la serrure. Lili-Ann se retourne, prête à accueillir Raph avec une de ces blagues pourries dont ils ont le secret. Elle s'interrompt à l'instant où elle l'aperçoit. Le visage blême de son coloc forme un contraste saisissant avec son uniforme criard.

— T'es au courant ? lâche-t-il.

Une question aussi vague ne peut concerner qu'un événement grave. L'idée d'une nouvelle attaque terroriste est la première à traverser l'esprit de Lili-Ann. Tendue, elle demande :

— Au courant de quoi ?

3

H - 239

Valentin ferme la fenêtre et lance sa cigarette électronique sur le canapé. Qu'a vu cette fille en lui pour le photographier ainsi ? Souvent, il aimerait se redécouvrir par les yeux des autres. Poussé par cette curiosité, par cette nécessité de savoir ce qu'on pense de lui, il a appris à décrypter les attitudes de ceux qui l'entourent et à deviner leurs attentes. Se couler dans les images et les désirs qu'ils projettent le rassure. Les rassure. Rassure tout le monde. Alors, pourquoi s'en priver ?

Une sirène se déclenche au-dehors. Valentin la connaît. C'est celle qui retentit à midi chaque premier mercredi du mois. *Sauf qu'on n'est pas mercredi*, réalise-t-il avec un temps de retard. *Et qu'il n'est pas midi.*

Intrigué, il rouvre la vitre, se penche. Sur le boulevard, la plupart des passants se sont arrêtés et tendent l'oreille, l'air inquiet. De petits groupes se forment spontanément et discutent. Valentin extrait son portable de la poche arrière de son jean, lance d'une pression le navigateur, recherche « sirène paris ». Google lui propose des articles de journaux en ligne, et une dépêche AFP dont le titre lui saute au visage. « Explosions catastrophes en Nouvelle-Zélande et à l'est de la Russie. » Quel rapport avec Paris ? C'est loin, la Nouvelle-Zélande. Attendant que son téléphone charge l'intégralité de la dépêche, Valentin allume la télé. Un bandeau d'alerte défile en bas de l'écran tandis que le président de la République s'exprime en plan serré :

— *... décidé de faire retentir les sirènes d'alerte à la population dans toutes les villes de France, utilisées d'ordinaire pour les dangers imminents, car nous ignorons la nature de ce phénomène. Pour l'instant, il a lieu de l'autre côté du globe. Mais il a démarré sans signe avant-coureur et il se propage. Il pourrait survenir chez nous de manière aussi inattendue, ou poursuivre sa course durant plusieurs jours jusqu'à nous atteindre. Nous faisons tout ce qui est en notre pouvoir pour le contrer. L'armée est mobilisée, ainsi que...*

— Quel phénomène, putain ? peste Valentin.

Il baisse les yeux vers son téléphone. La dépêche AFP parle de bombardements, d'explosions, en restant très floue. Une guerre ? Un pays attaque la Nouvelle-Zélande, et tout le monde craint une troisième guerre mondiale ? Quel pays ? Pour quelle raison a-t-il lancé une offensive ? Et contre la *Nouvelle-Zélande*, sérieusement ? Pourquoi le président qualifie-t-il cette guerre de « phénomène » ?

Valentin sent son pouls s'accélérer tandis que ses pensées s'emballent.

— *En attendant que nos experts nous livrent un compte rendu détaillé de la situation,* continue le président, *nous demandons à la population de rentrer chez elle et d'y rester. Nous vous tiendrons informés de l'évolution des événements.*

— On ne sait rien, reformule Valentin, mais surtout, restez parqués chez vous, ça sera plus simple. Bande de connards incompétents !

— Qu'est-ce qui se passe, mon chéri ?

Valentin se retourne. Sa mère, robe de chambre râpée, cernes profonds et cheveux emmêlés, oscille sur le seuil du salon comme si elle ne parvenait pas à se décider à entrer. La colère de Valentin retombe aussitôt. La présence de sa mère le force à ravaler son angoisse et les milliers de questions qui traversent son esprit. Il éteint la télé.

— Rien, maman. Tout va bien. Est-ce que tu as besoin de quelque chose ? (Elle fronce les sourcils. Ne répond pas.) Viens, je te raccompagne dans ta chambre.

Il prend son bras et l'entraîne avec douceur par le couloir obscur.

Depuis combien de jours n'est-il pas rentré chez lui ? Une dizaine au moins. Il l'aime, pourtant, ce studio qu'il loue depuis qu'il a trouvé un organisme pour se porter garant. Seulement, sa mère ne s'en sortirait pas seule. Pas dans cet état.

Alors qu'il rabat la couverture sur le corps amaigri, la silhouette de la fille à l'appareil photo jaillit de sa mémoire. Son dernier souvenir avant que le monde bascule ?

J'aurais dû descendre lui parler, regrette-t-il.

4

H - 238

Blême, Lili-Ann regarde les images défiler sur l'écran de son ordinateur, jetant par moments des coups d'œil hagards vers celui de Raph, qui visite un autre site. Son premier réflexe après l'annonce de son coloc a été de se connecter. Puis elle s'est précipitée sur son téléphone pour tenter de joindre ses parents et a découvert l'appel en absence de sa mère. Ils sont en vacances au Japon. Et ils ne répondent pas.

Fébrile, Lili-Ann consulte sa messagerie vocale.

— Ma chérie, c'est maman. Je… je ne sais pas exactement pourquoi mais… l'ambassade de France nous a joints pour tenter de nous rapatrier. On devrait atterrir à Paris dans quarante-huit heures. Je t'aime, papa t'embrasse, préviens ta sœur, s'il te plaît. J'aimerais vraiment savoir ce qu'il se passe… On se voit dans deux jours. Si tout va bien.

Si tout va bien. Ces derniers mots arrachent à Lili-Ann un sanglot irrépressible. Elle aussi veut comprendre ce qu'il se passe. Mais personne ne le sait. Journalistes et envoyés spéciaux se relayent à l'antenne en répétant les mêmes bribes d'information à grand renfort d'images 3D modélisées à la hâte : les explosions – c'est le mot qu'ils emploient tout en précisant qu'ils en ignorent la cause – ont débuté à 16 h 42, de manière simultanée, tout le long d'une immense ligne courant du pôle Nord jusqu'au pôle Sud, qui passe quatre cents kilomètres à l'ouest du 180e méridien. Elle traverse la pointe est de la Russie, la Nouvelle-Zélande et l'Antarctique.

Il semble que cette ligne d'explosions se soit aussitôt dédoublée. L'une migre vers l'est et l'autre vers l'ouest. Elles progressent à une vitesse régulière d'environ vingt-cinq kilomètres-heure au niveau de l'équateur, et moins rapidement à mesure qu'elles s'approchent des pôles.

Deux heures plus tard, les deux murs d'explosions ont donc parcouru une tranche de la Terre qui, à l'équateur toujours, mesure une centaine de kilomètres. Tout contact a été perdu avec les hommes qui y vivent.

Ce qui reste de la Nouvelle-Zélande est en proie à la panique. Des vidéos tournées à Auckland, postées sur Internet avant que les liaisons soient interrompues, montrent un tremblement de terre continu qui fissure les routes et lézarde les façades. Sur l'une d'elles, enregistrée à l'aide d'un smartphone, on aperçoit la ligne d'explosions. Un mur de poussière terrifiant de plusieurs dizaines de mètres de haut domine l'aube blafarde.

Que laisse-t-il derrière lui ?

Est-ce que les explosions s'y poursuivent, ou se limitent-elles à ces deux lignes jumelles qui avalent la Terre mètre après mètre ?

Y a-t-il des survivants dans la zone dévastée ?

Impossible à déterminer. Aucun satellite ne parvient

à la photographier ; quant aux drones et aux avions lancés à travers les explosions, ils ont fini pulvérisés.

Lili-Ann s'acharne sur son téléphone, tente pour la énième fois de joindre sa sœur aînée, en vain. Le réseau est saturé. Elle fait défiler les statuts Facebook. Elle se sent comme hors d'elle-même, détachée de ses propres émotions. Sidérée.

— *Si le phénomène se poursuit avec la même vitesse de propagation,* annonce le journaliste, *les explosions devraient atteindre la côte est de l'Australie dans trente-huit heures, la côte ouest de l'Alaska dans quarante-cinq heures, le Japon dans soixante heures…*

Japon. Soixante heures. Le ventre de Lili-Ann se noue un peu plus. Ses parents seront-ils évacués à temps ? Les aéroports risquent d'être pris d'assaut.

— *… l'est de la France dans neuf jours et demi, et il faudra dix jours pour que les deux lignes de front se rejoignent à quatre cents kilomètres à l'ouest du méridien de Greenwich.*

Lignes de front. Les journalistes sont passés du champ lexical médical à celui de la guerre. Ont-ils de nouvelles informations qu'ils ne peuvent divulguer ? Ou est-ce juste le besoin maladif de désigner un bouc émissaire ?

L'endroit où les deux fronts d'explosions se rejoindront dans dix jours apparaît sur les deux écrans d'ordinateur à une fraction de seconde d'intervalle. Une longue balafre qui traverse l'Angleterre, sépare la Bretagne de la France, se poursuit à travers l'Espagne, puis découpe la bosse de l'Afrique avant de se perdre dans l'océan jusqu'à atteindre l'Antarctique. Aussitôt, Lili-Ann comprend. Tout le monde comprend.

— Ce sera la frontière des derniers survivants, murmure Raph.

Lili-Ann hoche la tête. La ruée ne tardera pas. Tous voudront s'y rendre. Tous n'en auront pas les moyens.

Et elle ? Elle ne sait pas. Elle est tétanisée, ne parvient pas à réfléchir.

Soudain, son téléphone vibre.

Un SMS de sa sœur.

Si ça ne s'arrange pas, on sera chez les parents dans trois jours. Rejoins-nous.

Chez leurs parents… Malin. Ils habitent sur la côte, non loin de la frontière des derniers survivants. Ces deux phrases ressemblent tellement à Laure. Concises, efficaces, rationnelles, dénuées de pathos. Tout l'inverse de Lili-Ann. Laure est déjà dans l'action quand elle, choquée, ne parvient pas à absorber la nouvelle. Des larmes s'échappent sur ses joues. À la hâte, elle tape : J'y serai. Je t'aime. J'ai eu un message des parents, l'ambassade essaie de les rapatrier. Elle prie pour que ce texto trouve sa destinataire malgré les défaillances du réseau.

Raph a basculé sur Twitter. Parmi la vague de réactions horrifiées, certains s'interrogent sur la cause des explosions. Pour une fois, personne n'ose l'humour. Quelques interventions donnent la nausée. *On ne va pas pouvoir accueillir tout le monde, hein… Les étrangers devraient avoir la dignité de mourir chez eux*, déchiffre Lili-Ann. Plus haut, l'Amérique se réveille : *It's judgment day ! I pray for us all !*

Et celui-ci, limpide, terrifiant : *Si rien ne survit derrière ces explosions, nous sommes dix jours avant la fin du monde.*

Lili-Ann ferme les paupières. Les rouvre.

Elle a envie de faire taire l'émission spéciale en rabattant violemment l'écran de son ordinateur, comme si éloigner les voix des journalistes pouvait atténuer l'horreur de la réalité. Mais, hypnotisée par le ballet millimétré de la télévision, elle n'y parvient pas et, comme des milliards d'autres à travers le monde, elle reste scotchée aux images du mur d'explosions qui dévaste Auckland pour la centième fois dans un martèlement terrifiant.

Quelque part dans le monde, il y a des gens qui dorment, songe-t-elle avec envie.

Des gens qui ne savent pas encore.

5

H - 237

Le téléphone portable de Béatrice vibre sur sa table de chevet. Elle tend la main, décroche à tâtons. La voix de son supérieur finit de dissoudre sa torpeur :

— Bébé ! Pas trop tôt ! Qu'est-ce que tu fous ?

— La sieste…, grommelle-t-elle. Je suis de repos, JB, c'est toi qui as insisté pour que je…

— Allume la télé et ramène ton cul ! On a besoin de tout le monde !

Le ton du commissaire Lesage est assez alarmant pour que Béatrice retienne la réponse cinglante qui lui monte aux lèvres. Elle jette un coup d'œil au réveil. Dix-neuf heures. Elle a écrasé.

— Qu'est-ce qui se passe, boss ?

— Magne-toi.

— J'arrive.

— Tu ferais mieux de…

La communication s'interrompt. Béatrice tente de rappeler sans y parvenir ; son téléphone se contente d'émettre un bip avant de raccrocher tout seul.

Elle abandonne l'appareil sur le deuxième oreiller, prend une grande inspiration, se lève. En marchant vers la cuisine à l'américaine, elle récupère son jean, sa chemise et son soutien-gorge abandonnés sur un fauteuil, puis elle presse le bouton de la cafetière et s'habille à la hâte. Elle surprend le reflet de ses jambes nues dans la vitre du four. Grimace. Béatrice n'a jamais aimé son corps. Adolescente, elle le scrutait et effectuait mille exercices en espérant qu'il s'améliorerait. Passé trente ans, elle a admis que son apparence irait de mal en pis et a cessé de s'en préoccuper. De toute façon, elle n'a jamais permis à un homme de rester assez longtemps chez elle pour qu'il ose émettre un avis sur la circonférence de ses cuisses ou pour qu'il remarque les rides bizarres qui se forment au niveau de son aine lorsqu'elle s'assied. Béatrice est mariée à son job et elle s'en porte très bien.

Elle saisit son expresso fumant, gagne le salon. Après une minute à pester en farfouillant entre les coussins du canapé, Béatrice déniche la télécommande sur la table ronde qui lui sert de bureau. Elle allume la télé. Les images qui surgissent sur l'écran manquent de lui faire lâcher sa tasse.

— Putain…, murmure-t-elle.

Sans attendre, elle enfile son manteau, rassemble sa tignasse rousse sur sa nuque, attrape son casque, ses clefs, et quitte la maison. Sa moto file dans le soir en direction du commissariat.

— Commandante, la salue Karen derrière le comptoir d'accueil.

Béatrice aime bien cette gamine. Elle lui rappelle celle qu'elle était vingt ans plus tôt et qui, fraîchement émoulue de l'école de police, prétendait ne pas se laisser atteindre par la violence crasseuse à laquelle ils sont confrontés chaque jour. Sauf qu'aujourd'hui, la réalité va bien au-delà. Le visage de Karen est blême et ses lèvres tremblent. Béatrice pose une main sur son épaule.

— Où est Lesage ?

— À l'étage, salle de réu.

— Merci.

Béatrice avale les marches deux par deux et entre dans la salle de réunion sans prendre la peine de frapper. Une dizaine de ses collègues aux visages défaits s'y trouve. Certains ont pleuré. Pourquoi n'a-t-elle pas pleuré ? Depuis combien de temps n'a-t-elle pas pleuré ?

— T'as pris ton temps, gronde le commissaire Jean-Baptiste Lesage.

— Les jours de récup, ça ne me réussit jamais.

Sa tentative de détendre l'atmosphère tombe à plat.

— Assieds-toi, Bébé.

Comme les autres, elle reste debout.

Au début de sa carrière, elle détestait ce surnom infantile dont Jean-Baptiste l'avait affublée. Bébé, les initiales de Béatrice Blanche. Aujourd'hui, elle s'y est habituée, et avec ses quarante ans passés, le sobriquet la fait même plutôt sourire.

— Bon, reprend Jean-Baptiste Lesage d'une voix moins assurée que d'ordinaire, les télévisions du monde entier affichent la même carte, avec une dernière frontière de l'humanité qui passe pile chez nous. Tous ceux qui veulent survivre quelques jours de plus sont déjà en route. L'aérodrome local est saturé de Boeing. Pour l'instant, ça roule encore bien sur les principaux axes routiers, mais des embouteillages monstrueux se forment partout en Europe et convergent vers nous.

— Pas que vers nous, nuance Béatrice. Cette frontière traverse la Bretagne de haut en bas. Et un bout de l'Espagne, du Royaume-Uni, de la bosse de l'Afrique…

— Certes. Mais ceux qui viennent par ici ont l'air de préférer le bord de mer à la cambrousse. Allez comprendre pourquoi.

— Tu as des infos sur les explosions ? lance Manuel.

Manuel est arrivé au commissariat à peine un an après Béatrice et ils ont gravi ensemble les échelons de la hiérarchie. Après JB, ils sont les plus anciens du groupe à travailler ici. JB secoue la tête, passe une main sur son visage anguleux.

— J'ai appelé un paquet de gens, et personne ne connaît l'origine de ces explosions – ou du moins, personne n'accepte de me le dire. Impossible de prévoir à quoi vont ressembler les jours qui viennent. Il faut nous attendre à tout, parce qu'on aura forcément affaire à pire que ce qu'on est capables de concevoir. Notre boulot va être d'endiguer la panique, de maintenir un semblant d'ordre public… Être présents. Rassurer. Montrer nos tronches, nos uniformes, nos badges. Nos armes, le moins possible. Chacun est libre de rester ou de partir. Moi, je serai là jusqu'au bout.

Évidemment qu'il sera là. JB va se la jouer marin qui coule avec son navire. Béatrice et ses collègues échangent des regards. Graves, perdus, terrifiés.

— On ne peut pas se barrer comme ça, murmure une lieutenante.

— Ce serait comme déserter, approuve un autre.

JB se redresse, un éclat de colère dans le regard.

— Ce n'est *pas* de la désertion. Il n'y a pas de débat moral, ici, arrêtez vos conneries.

— Bien sûr que si, rétorque Manuel. Personne n'a choisi ce job au hasard. *Pro patria vigilant.* « Ils veillent pour la patrie. » On est assermentés, on a signé.

— S'il s'agissait de faire des dizaines d'heures sup pour gérer une situation de crise, je serais d'accord avec toi, Manu. Là, ce serait ce pour quoi vous avez signé. Mais ce n'est pas une situation de crise. C'est une putain de fin du monde. Personne ne vous jugera, personne ne vous en voudra, personne ne vous reprochera de préférer passer le temps qu'il nous reste avec vos proches. Vous ne serez pas de moins bons flics ou de moins bons êtres humains en passant cette porte. Et ne vous pourrissez pas ces derniers jours avec des conneries de remords ! C'est clair ?

Personne n'ose répliquer, sûrement parce que c'est ce que la plupart d'entre eux souhaitaient entendre pour se sentir moins mal de partir. Les cinq lieutenants et deux capitaines quittent la salle après quelques étreintes.

— Bon courage, lance l'un d'eux avant de sortir.

Le regard bleu dense du commissaire étudie ceux qui n'ont pas bougé. Deux commandants – Manuel et Béatrice –, un capitaine, un lieutenant.

— Et Karen ? demande Béatrice.

— Je l'ai vue tout à l'heure, répond Jean-Baptiste. Elle veut rester.

Deux lieutenants, donc. Ça aurait pu être pire.

— Stéphane, Aurélien, poursuit le commissaire, prenez une voiture et allez vous balader en ville. Je veux savoir comment réagissent les gens. Faites-moi un rapport radio toutes les heures. (Le capitaine et le lieutenant quittent la pièce aussitôt.) Béatrice, tu patrouilleras sur la grande plage cette nuit. Je veux être tenu au courant du moindre incident.

— Tu penses que ça va chauffer dès cette nuit ?

— J'espère pas. Prends Karen avec toi. Quant à toi, Manuel, tu arrêtes tes conneries, et tu files retrouver tes gosses.

— Commissaire, je…

— C'est un ordre. Dégage d'ici, et ne reviens pas.

Les mâchoires de Manuel se contractent tandis qu'il affronte son supérieur du regard. Après quelques secondes, il capitule. Il pose en silence sa carte de police sur la table, conserve son arme de service, étreint Béatrice avec une force désespérée, et sort.

Elle s'apprête à le suivre, lorsque le commissaire Lesage la rappelle :

— Ça va, ma grande ?

Il a l'air inquiet. Il a toujours été protecteur avec elle. Et soudain, tandis que les yeux perçants de son supérieur fouillent dans les siens, Béatrice se sent faiblir. Elle n'a pas pris le temps de sonder ses pensées ou de digérer le choc qu'a provoqué la nouvelle des explosions. Elle a foncé ici pour ne pas avoir à y réfléchir. Elle a endossé son costume de super-flic, refoulant au fond d'elle-même ses sentiments personnels. Et au fond d'elle-même, elle est terrifiée.

— Je vais tenir le coup, répond-elle d'une voix trop aiguë.

— Tu vas visiter tes parents ?

Elle hausse les épaules.

— Ils ne savent pas qui je suis. À quoi ça servirait ?

— C'est toi qui vois.

— C'est tout vu.

— Je peux compter sur toi, alors ?

— Comme toujours, boss.

Béatrice se force à lui sourire, puis tourne les talons.

6

H - 232

Minuit.

Sara raccroche le combiné du téléphone fixe pour la centième fois de la soirée, jette un coup d'œil à Gwenaël qui frappe les touches de son clavier avec une rage électrique, se rassied devant ses deux écrans divisés en une dizaine de rectangles vidéo. Dans chacun d'eux, le visage familier d'un membre de sa start-up. Elle enfile ses écouteurs pour reprendre le fil de la conversation.

— Mais BIEN SÛR que ce sont des aliens, enfin ! s'exclame Barthélemy, son programmeur informatique.

— J'ai analysé les vidéos qui viennent de sortir, renchérit Auriane. Rien n'a été rajouté. Elles m'ont l'air réelles, les mecs. Ce putain de mur de débris est réel.

— Il fait au moins vingt-cinq mètres de haut…

— Le double. Regarde la hauteur des immeubles.

— La puissance des explosions doit être démentielle, observe Lila, ingénieure en résistance des matériaux.

Sara les écoute un moment poser des hypothèses

techniques. Sa main plonge encore et encore dans le paquet de chips. Les sentir craquer sous ses dents l'aide à réfléchir.

— Les gars, les arrête-t-elle.

Aussitôt, ils se taisent. Elle est à l'initiative de leur projet de drones secouristes et gère leur équipe, ils ont l'habitude de respecter sa parole.

— Analyser, c'est bien, poursuit-elle, et je sais que c'est un réflexe pour nous tous. Mais on n'a ni les données ni le temps nécessaires. Donc… qu'est-ce qu'on fait ?

— On pirate les données dont on a besoin.

— On s'organise pour gagner du temps.

Sara laisse échapper un rire bref. Ces crétins de nerds sont la fratrie qu'elle n'a jamais eue ; les voir si fidèles à eux-mêmes alors que le monde entier bascule dans un futur incertain lui réchauffe le cœur.

— À quelles données vous pensez ?

— Des scientifiques doivent bosser avec différents gouvernements en ce moment. Il suffit de trouver lesquels et d'entrer sur leurs bécanes.

— OK. Le piratage est davantage votre domaine que le mien. L'organisation, en revanche… Barthélemy, Maryam, Aldo, je vous laisse jusqu'à demain midi pour nous fournir des infos fiables. Après ça, vous récupérez nos bébés, vous les mettez dans un coffre de voiture, et vous ramenez vos fesses sur la côte. Vous avez vu l'emplacement de la dernière frontière des survivants. Du temps, c'est là-bas qu'on en aura le plus.

Leurs bébés, ce sont les drones qu'ils développent depuis trois ans. Ils ont pour but d'aider les secours à retrouver des survivants dans des zones difficilement accessibles, comme après une catastrophe naturelle. Et aucun d'entre eux n'aurait le cœur de vider les lieux sans les emporter.

Un bref silence ponctue sa déclaration. Elle sait que ses amis n'ont pas de famille à rejoindre, c'est ce qui les a rapprochés durant leur doctorat, en plus de leur fascination pour la technologie.

— Mais Sara, murmure Lila, si c'est… si c'est la fin du monde pour de vrai, est-ce que ça a vraiment un sens ?

— Si c'est ce que nous apprennent les datas, répond Barthélemy, il n'y aura plus qu'à partir en beauté. Je me charge d'apporter le rhum.

— Une fête ?

— Pas *une* fête, *darling*… La mère de toutes les fêtes.

Des sourires en coin fleurissent sur la mosaïque de visages. Une carte s'ouvre soudain sur leurs écrans, avec une flèche et des coordonnées satellites.

— Au cas où on perdrait la connexion, indique Barthélemy. On se retrouve là-bas, et on s'y pointe tous les jours à midi pour récupérer les retardataires jusqu'à ce qu'on soit au complet.

La sonnerie stridente du téléphone fixe retentit. Sara s'excuse, se lève. C'est Magali, une amie d'enfance, qui lui demande comment elle va et ce qu'elle compte faire. Les appels n'ont pas cessé depuis la fin de l'après-midi. Sara n'avait pas pris la mesure, jusqu'ici, du nombre d'amis pour qui elle s'inquiéterait et qui s'inquiéteraient d'elle dans un moment pareil. Elle a toujours été quelqu'un de sociable. Enfant, avant même de perdre ses parents, ses amis étaient le centre de son univers. Cette tendance s'est renforcée ensuite. Elle a créé autour d'elle un réseau dense et puissant pour affronter le monde. Sentir cette trame se resserrer ce soir lui fait un bien fou.

Gwenaël, lui, n'est pas ainsi. Il a trois compagnes de vie. L'écriture, la solitude et Sara. Les deux premières se complètent et s'autoalimentent en circuit fermé. Sara, elle, s'est toujours ressentie comme l'élément perturbateur. Elle est l'autre, pas l'officielle. C'est le prix à payer pour aimer Gwen.

Elle embrasse Magali qu'elle sent au bord des larmes à l'autre bout du fil, marche vers Gwen, pose une main sur sa joue. Il s'y appuie un instant, lève les yeux vers elle. Il y a mille questions que Sara voudrait poser. Pourquoi poursuis-tu l'écriture de ce foutu roman ? À quoi bon ? Qui le lira, bordel ? Tu ne crois pas qu'on devrait profiter ensemble des jours à venir ? Elle les tait. Elle craint que les réponses lui soient insupportables.

À la place, elle demande :

— Tu as entendu ce qu'on a dit ?

— Non, avoue Gwen dans un froncement de sourcils.

— On part retrouver la bande sur la côte demain matin.

— Pourquoi ?

— Survivre plus longtemps. Chercher une solution. Vivre pleinement le temps qu'il nous reste à vivre s'il n'y en a pas. Tu peux écrire n'importe où, de toute manière...

— Pas si je ne recharge pas mon ordi.

— Papier. Crayon.

— Toi, m'éloigner de la technologie ? ironise-t-il. Tu te sens bien ?

Elle sourit. Elle voit son hésitation sous sa tentative d'humour, et tout ce que ces explosions bousculent en lui.

— Viens, s'il te plaît, insiste-t-elle.

7

H - 232

Gwenaël retient un soupir.

L'écriture a toujours été sa bulle. Depuis dix ans, elle est aussi devenue son métier. Il invente des monstres, des mondes étranges, des vaisseaux spatiaux, des extraterrestres horrifiques, des êtres sublimes d'absolu, des futurs utopiques ou cauchemardesques, et non seulement il est payé pour ça, mais des lecteurs paient, eux aussi, pour entrer dans ses songes.

Le rêve, pour beaucoup de gens.

Lui, il ne sait juste rien faire d'autre. Alors, il remercie chaque jour tous les dieux imaginés par les hommes – on ne sait jamais – de lui avoir laissé la possibilité de vivre de sa plume, même difficilement.

Sauf que, depuis sept heures, tout s'est inversé. C'est le réel qui frappe à la porte de son imagination, s'y immisce, contamine sa bulle. Les explosions et leur traîne de terreur sont partout dès qu'il cesse d'écrire. Mais lorsqu'il se colle à son clavier, elles s'imposent encore. Elles veulent être racontées. Et l'histoire qu'il avait planifiée s'efface à leur profit. Ses personnages se déforment. Se transforment. Gwenaël peine à retrouver leur cohérence.

Peut-être changer de décor lui ferait-il du bien, en effet ? Il n'emporterait qu'une version imprimée de son texte, des feuilles vierges et une trousse pleine. Revenir à l'essence, la main qui trace les pensées. Et puis être sur la côte lui offrirait quelques heures de plus pour boucler son histoire, ce qui ne serait pas du luxe.

Parce qu'il est déterminé à la finir, cette histoire, même si personne ne la lira, même si c'est la dernière chose qu'il fera avant de crever, il ira au bout. Il doit aller au bout. Il ne peut pas laisser ses personnages en plan, les abandonner, livrés à eux-mêmes, sans savoir ce qui leur arrivera.

Commencer un livre, c'est avoir la responsabilité de le finir.

C'est ainsi qu'il a toujours vu son métier. Sa seule exigence. Raconter la meilleure histoire dont il est capable, et la terminer, quoi qu'il en coûte, quelles que soient les difficultés à surmonter. Il n'a jamais dérogé à cette règle tacite. Et ce n'est pas la perspective de sa propre mort qui l'y poussera. Au fil des années, il en a tué, des personnages, et chacun d'eux portait un fragment de lui. Il s'est familiarisé avec l'idée de la mort. Elle ne l'effraie pas – ou peu. Ce qui l'effraie, c'est de ne pas savoir comment son roman se termine, quel secret se trouve au bout du chemin, celui qu'il connaît déjà mais qu'il a besoin de redécouvrir. C'est tellement plus insupportable que de perdre la vie.

— Bien sûr que je viens, souffle-t-il. Je viens avec toi.

À ces mots, les épaules de Sara se relâchent en un mouvement infime.

— Bien, dit-elle seulement.

8

H - 229

Quatre heures du matin.

Sur le seuil de la chambre plongée dans la pénombre, Valentin regarde le visage de sa mère endormie. Si calme. Si maigre. Il ne comprend pas pourquoi elle se laisse mourir ainsi. Elle a toujours été fragile. Dépressive, disent les médecins en lui prescrivant des boîtes de pilules qui l'assomment et ne servent qu'à l'enlever un peu plus à elle-même. Mais depuis un an, elle a renoncé.

Elle lui soutenait souvent qu'il était le trésor qui la reliait à la vie et lui donnait envie de se battre. Enfant, il était fier de l'importance qu'elle lui donnait. Puis il avait peu à peu senti le poids de cette responsabilité peser sur ses épaules. Sans lui, elle mourrait, avait-il compris. Alors il était resté à ses côtés. Il avait endossé le costume du fils aimant et attentif avec facilité. Le rôle de sa vie. Même durant les premières années de ses études, alors que ses amis et ses copines successives le poussaient à l'indépendance, il n'avait pas cédé.

Sa mère l'encourageait pourtant à partir : « Tu ne vas pas t'accrocher encore à ta vieille mère, va vivre ta vie, laisse-moi un peu tranquille ! Jusqu'à quel âge vas-tu rester avec moi ? De mon temps, les hommes quittaient leur famille à dix-huit ans. Maximum. Tu en as plus de vingt, Valentin ! »

Il avait trouvé un compromis. Il avait loué un appartement de l'autre côté du boulevard, en coloc avec deux garçons de sa promo. Mais habiter avec d'autres lui pesait. Et il y avait eu cette opportunité : un ami lâchait un studio lumineux que Valentin adorait, avec une grande mezzanine et une verrière inclinée comme le toit d'une serre. Il avait trouvé une société acceptant de se porter garante pour ceux qui, comme lui, n'avaient pas de proches avec une situation financière stable. Le propriétaire avait accepté son dossier. Et, avec une angoisse sourde, il avait emménagé à l'autre bout de Paris.

Sa mère semblait ravie pour lui et s'octroyait de nouveaux plaisirs. Elle s'était même inscrite à une chorale, ce dont elle rêvait depuis longtemps. Elle allait bien. Elle jouait à aller bien. Valentin avait voulu y croire, avait accepté de lui donner la réplique du bonheur, comme si prétendre être heureux était un premier pas pour le devenir. À force d'y croire si fort, il s'était persuadé que les années grises étaient derrière eux.

Un appel de l'hôpital Saint-Antoine avait douché cette illusion en trois phrases glaçantes : « Monsieur Valentin Anicet ? Votre mère est à l'hôpital, elle est hors de danger. Pouvez-vous venir ? »

Il était venu.

Sa mère avait fait une tentative de suicide. Un voisin l'avait trouvée inconsciente en lui montant ses courses.

Durant deux jours, Valentin était resté à son chevet, puis il l'avait ramenée chez elle. Ils n'avaient pas parlé. Il ne savait pas quoi dire. Valentin n'était visiblement plus le trésor qui la reliait à la vie. Il ne suffisait plus. Sans même savoir comment, il avait trahi sa mère, il n'avait pas été à la hauteur, et elle avait choisi de l'abandonner.

— Tu avais prévu de me laisser une lettre ? avait-il demandé de but en blanc quelques semaines plus tard.

Elle l'avait dévisagé sans répondre, un sourire d'une tristesse insupportable sur ses lèvres. Bien sûr que non, elle n'avait pas écrit le moindre message. Elle ne lui avait rien laissé qu'un silence en forme de point d'interrogation, un vide glaçant que, bien qu'encore vivante, elle était incapable de combler. Parce qu'il n'y avait pas de réponse aux questions de Valentin. Il n'y avait qu'une incapacité chronique à vivre, une incompatibilité à être au monde, une impossibilité fondamentale à affronter le quotidien de ses pensées.

Appuyé contre le chambranle de la porte, Valentin frotte l'aile de son nez du bout de l'index. Pour la dix millième fois peut-être, il aimerait, rien qu'un instant, se glisser dans l'esprit de sa mère pour ressentir ce qu'elle tait. Valentin n'est pas dépressif, lui. Il aime vivre. Furieusement. Même s'il a la sensation de n'avoir pas profité à fond de son existence. Et à présent que les explosions avancent vers eux pas à pas, il n'en aura pas l'occasion, parce qu'il restera là, avec elle, jusqu'au bout. Il n'en est pas amer. Il ne saurait faire autrement. C'est la conclusion logique de leur histoire, à elle qui a choisi de laisser naître cet enfant de personne, à lui qui n'a jamais eu qu'elle au monde. Il ne lui parlera pas des explosions. Il la protégera jusqu'à la fin de ce réel trop violent qu'elle ne veut plus affronter. Et ils le quitteront dans un même souffle. C'est ainsi qu'il voit les choses.

Valentin se secoue. Il marche jusqu'au salon et se laisse tomber dans le canapé. Il est épuisé. Il ne peut pas dormir. Le gyrophare d'une ambulance dévoile un instant le désordre de la pièce, puis s'éloigne. Valentin avait prévu de ranger, hier soir. Il a renoncé. À quoi bon ?

Il fait défiler différents sites d'actualités sur l'écran de son smartphone. La Nouvelle-Zélande est entièrement dans la zone grise, comme les journalistes nomment la partie du monde dévastée par les explosions. Des centaines de commentaires succèdent aux articles. Et les satellites ? s'interrogent les internautes. Pourquoi ne peut-on pas obtenir d'images satellites de la zone touchée ? Perte de communication, répondent les journalistes. Manière pudique de dire que les explosions n'atteignent pas que la surface de la Terre, qu'elles ont aussi lieu bien au-dessus de leurs têtes. Ou qu'elles en proviennent ? La thèse d'une attaque extraterrestre est la favorite des réseaux. En même temps, qu'est-ce que ça pourrait être d'autre ? Les explosions n'ont aucune source visible, ce qui suggère une technologie inconnue, et elles frappent de manière ordonnée, méthodique, sans laisser aucune place au hasard.

Des milliers de personnes tentent de rejoindre des abris antiatomiques. Il y en a peu en France – sous l'Élysée, sous la Maison de la Radio… – mais bien plus en Suisse, si bien que le petit pays est pris d'assaut par des hordes de réfugiés. Il faut dire que les témoignages de ceux qui s'approchent du mur d'explosions, incapables de fuir ou s'abandonnant à des défis suicidaires, sont saisissants.

Valentin lance une application de vidéos en direct. Des millions de personnes s'y connectent depuis la veille pour partager leurs angoisses, leurs prières, leurs techniques de survie, ou leur mort. Ce sont ces dernières vidéos que cherche Valentin. Elles le fascinent. Les vibrations du sol qui remontent jusqu'à la main et font trembler l'image, la vague de poussière qui précède l'assourdissante déferlante, les cris, et puis la fin brutale de la transmission, d'un coup, plus rien, plus personne.

Une vidéo de ce type commence, justement.

Un couple se tient en haut d'une colline. Ils ne doivent pas avoir plus de vingt-cinq ans, et tous deux sont en pleurs. On aperçoit la mer en contrebas – certainement une île proche de la Nouvelle-Zélande, si la vitesse de propagation des deux murs d'explosions est constante. La fille tient le téléphone, elle pointe l'objectif vers le large où l'eau semble se changer en vapeur irisée qui s'élève dans les rayons d'un soleil radieux. Des vagues gigantesques devancent les explosions. Le couple réapparaît dans le cadre. Ils s'embrassent. Ils parlent anglais, bien que la plupart des mots soient incompréhensibles, balayés par le crachotement des rafales de vent. Il faut lire sur leurs lèvres.

— *I love you, I love you*, articule le garçon, son front appuyé contre celui de son amie.

— *I love you too.*

Dans n'importe quel autre contexte, Valentin

aurait zappé devant cette scène dégoulinante et convenue. Le genre de film catastrophe cliché qu'il adore détester. Sauf que celui-ci est réel, et des larmes montent à ses yeux. Valentin n'a pas de front contre lequel appuyer le sien, aucune main à serrer à part celle, amorphe, de sa mère.

Dix mille autres internautes visionnent la vidéo en même temps que Valentin et la commentent. Les « OMG OMG !!!! » côtoient les promesses de prières et les émoticônes aux bouches ouvertes en cris virtuels figés. Le lien vers ce live se propage, car bientôt, ce sont cent mille personnes qui le suivent en direct.

Avec une effroyable lenteur, les explosions s'approchent, frappent l'extrémité de l'île. Le garçon manque de perdre l'équilibre. Sa copine le rattrape, abandonnant un instant le cadrage qui vacille. Comment peut-on avoir envie de filmer ces moments ? Valentin, à leur place, voudrait profiter d'un dernier instant d'intimité. Ou bien se connecter ainsi au reste de l'humanité leur donne-t-il l'illusion réconfortante d'être moins seuls face à la mort ?

Le mur de poussière et de débris s'épaissit. Le vent forcit. Valentin s'aperçoit que le couple n'est pas seul ; cinq ou six personnes se tiennent à vingt mètres de là, serrées les unes contre les autres, figées avec une expression de terreur pure. Le couple s'accroupit pour résister aux rafales. La caméra fait des allers-retours entre les explosions qui se précipitent vers eux et leurs visages baignés de larmes.

Soudain, la fille crie. Le téléphone lui échappe et s'envole. Valentin devine un mouvement pour le récupérer, vite interrompu par la main du garçon qui ramène sa copine contre lui, puis après deux rebonds dans les herbes aplaties par le vent, la vidéo se coupe, remplacée par un écran noir.

Les « RIP » fusent en commentaires.

La gorge nouée, Valentin revient à la page d'accueil. Il fait défiler les miniatures, clique sur le visage d'une adolescente aux cheveux violets. Elle se trouve à l'arrière d'une voiture, sur une route embouteillée, éclairée par le halo jaune des phares qui transpercent la nuit. Elle parle… tchèque ? hongrois ? Valentin ne comprend pas un mot. Elle sourit. Un vrai sourire lumineux. Se rend-elle compte que des gens meurent à l'autre bout du monde ? Elle saisit une guitare, l'accorde en jetant à l'objectif des coups d'œil charmeurs. Son frère ou sa sœur doit tenir le téléphone, à sa droite sur la banquette, et elle lui fait signe de se décaler pour la filmer de face. Quelques accords maladroits, puis ses yeux pâles se plantent dans ceux de Valentin à travers l'écran alors qu'elle se met à chanter. Elle a une voix grave un peu rauque, pleine d'émotion. Valentin ne connaît pas la chanson et ne comprend pas les paroles. Ça n'a aucune importance. Elle chante, il l'écoute. Il est un peu avec elle, là-bas, dans la nuit embouteillée. Il est un peu loin de lui, l'espace d'un refrain. Il sourit.

— Pourquoi toutes ces sirènes ? demande sa mère.

S'arracher à la vidéo est un déchirement. Valentin tourne la tête. Sa mère serre contre elle sa robe de chambre.

— Il y a eu un accident au carrefour, ment-il. Un poids lourd a percuté un car.

— C'est horrible.

— Oui.

— Qu'est-ce que tu regardes ?

Il y a des jours qu'elle ne s'est pas intéressée à ce qu'il fait. Elle s'approche, se penche par-dessus son épaule.

— Une fille qui chante, répond-il.

— Une amie à toi ?

— Non. Je ne la connais pas.

— Elle a les cheveux violets…

— C'est joli, non ?

— C'est un genre.

Valentin pose une main sur celle de sa mère qui lui sourit. À présent qu'il a une image des explosions grâce aux vidéos, il commence à admettre l'idée que si leur vitesse se maintient, dans moins de dix jours, elles frapperont Paris. Il serre la main de sa mère. Ils ont moins de dix jours à passer ensemble. Se pourrait-il que ce soit dix bons jours ? C'est tout ce qu'il demande. Dix jours avec sa mère sans qu'elle s'absente en elle-même, où il ne peut l'atteindre.

— Ça doit être un sacré accident, commente-t-elle alors qu'un nouveau gyrophare illumine le salon.

9

H - 227

— Je pars demain matin retrouver ma famille, lâche Raph.

Lili-Ann acquiesce. La famille de son coloc est lorraine. Il va au-devant des explosions.

— Et Marin ? demande-t-elle, étonnée que Raph ne mentionne pas son mec.

— Il rentre chez lui dans le Sud.

Lili-Ann hoche la tête. Combien de couples fragiles séparés ainsi ? Combien de décisions prises en une fraction de seconde : c'est avec eux / elle / lui que je veux mourir ?

Comme s'il lisait dans ses pensées, Raph passe un bras autour de ses épaules et la serre contre lui.

— N'attends pas qu'il soit trop tard pour quitter Paris, Lili… Si tes parents n'arrivent pas…

— Ils sont peut-être déjà dans l'avion.

— J'espère. Mais promets-moi que s'ils ne sont pas là dans trois jours, tu retrouveras ta sœur.

Lili-Ann appuie sa tête contre celle de Raph sans répondre. Elle ne veut rien promettre. Elle n'arrive même pas à penser clairement.

Bientôt, une aube terne filtre par la fenêtre. Raph

dégage son bras avec douceur, pose un baiser sur la joue de Lili-Ann, abandonne son ordinateur sur la table basse. Il rassemble des affaires dans un sac à dos. Elle l'observe sans un mot. Au bout de quelques minutes, il s'arrête près d'elle, pose le sac à ses pieds, la jauge.

— Lève-toi, souffle-t-il. Si tu ne te lèves pas maintenant, tu ne te lèveras plus jamais.

Elle proteste d'un froncement de sourcils, puis prend une grande inspiration et se dresse devant lui. Ankylosée après cette nuit d'angoisse crispante, elle manque de retomber au creux du canapé. Raph la rattrape, l'attire contre lui.

— Essaie de survivre, murmure Lili-Ann en repoussant les larmes qui lui montent aux yeux.

— Toi aussi, ma belle… Trouvez un blockhaus où vous planquer, il y en a des tas sur la côte. Et rendez-vous dans deux semaines.

Cette issue semble si improbable qu'elle arrache à Lili-Ann un couinement nerveux, mi-rire mi-sanglot.

Raph dépose un dernier baiser sur sa frange, passe son sac sur une épaule, et s'éloigne. Lili-Ann ne se retourne pas. Elle écoute le cliquetis familier de la porte qui s'ouvre et se referme. Il résonne comme le point final d'un roman.

Un instant, elle reste là, figée au milieu du salon. La solitude ouateuse qui l'enveloppe à présent est insupportable. Lili-Ann se sent paralysée, morte en sursis dans une voiture qui enchaîne tonneau sur tonneau en se précipitant vers l'abîme d'un ravin. Elle n'a jamais su gérer les moments de crise ; les émotions la submergent, l'entraînent vers les profondeurs terrifiantes de son imagination où tout semble pire encore. C'était Laure, toujours, qui parvenait à la sortir de cet état lorsqu'elles étaient enfants. C'était Laure, encore, qui prenait en charge la logistique à la moindre tempête familiale. C'est Laure qui sait quoi faire.

Que ferait Laure ? se demande Lili-Ann. Et cette question limpide transperce la gangue de son angoisse, la fait voler en éclats. C'est ça. Lili-Ann va se comporter exactement comme le ferait sa sœur. Laure est partie tout de suite chez leurs parents parce qu'elle habite à moins de deux heures de leur maison, mais si elle était ici, à Paris, à sa place, de quelle manière agirait-elle ?

Leurs parents. Chercher de leurs nouvelles.

Elle se précipite vers son ordinateur, écume le site officiel du gouvernement et celui de l'ambassade de France au Japon. Des avions rapatriant des ressortissants français auraient décollé d'Osaka une heure plus tôt. Atterrissage prévu à l'aéroport Charles-de-Gaulle dans l'après-midi, terminal 2E. Aucune liste de passagers disponible.

Quand elle se redresse, son ventre gronde. Que son corps se rappelle à elle la rassure. Elle est vivante, encore.

Elle se glisse dans l'étroite cuisine, consulte le frigo. Un morceau de fromage et trois tomates la dévisagent. Lili-Ann grimace. De toute façon, elle doit sortir, elle veut atteindre l'aéroport au plus vite au cas où des informations l'attendraient là-bas ; elle trouvera à manger en chemin.

— À tout à l'heure, murmure-t-elle au poisson rouge en déversant dans son bocal plusieurs jours de nourriture.

Au cas où. C'est ce qu'aurait fait Laure.

Dans l'entrée, elle jette un coup d'œil à son reflet et essuie d'un doigt le maquillage qui a coulé sur ses joues avant d'enfiler sa veste. Elle quitte l'appartement, dévale les six étages, pousse la lourde porte de l'immeuble. La lumière du jour la cueille aussitôt. Le ciel est d'un blanc éblouissant. Lili-Ann plisse les paupières et s'engage sur le trottoir désert.

Dès qu'elle déboule sur le boulevard, elle réalise qu'au-dehors aussi, tout a changé. C'est une sensation diffuse qu'elle met plusieurs secondes à analyser. À première vue, à part un embouteillage monstrueux pour cette heure matinale, l'omniprésence des militaires, et des rideaux de fer baissés devant la plupart des magasins, Paris est semblable à hier. Mais l'attitude des passants détonne. Alors que certains courent et s'agacent en altercations explosives, d'autres marchent avec une curieuse lenteur, comme s'ils mesuraient l'emplacement exact de l'empreinte que laissera leur pied avant de le poser. Dans cette rue, à ce moment précis, il aurait été déplacé de marcher à un rythme ordinaire, car chacun sait au plus profond de lui-même que plus rien n'est normal.

Lili-Ann, d'instinct, adopte la vitesse.

Elle dépasse le supermarché. La grille a été forcée et des dizaines de personnes se glissent en dessous pour piller le magasin. Elle repère un homme qui en ressort avec un balai à chiottes et des produits d'entretien. Un maniaque qui ne veut pas qu'on puisse l'accuser d'avoir une maison sale juste avant qu'elle soit réduite en miettes ? Un autre court, un écran plat sous le bras. Lili-Ann pourrait en rire si elle ne se sentait pas aussi glacée.

Elle s'engouffre dans la bouche de métro. Alors qu'elle parcourt les couloirs souterrains jusqu'au quai, elle remarque que de nombreuses familles se sont entassées dans la station.

— Qu'est-ce que vous faites ? demande-t-elle à un couple de trentenaires avec un bébé.

— On réserve notre place, répond l'homme.

— Votre place ?

— On a plus de chances de survivre ici qu'à l'air libre. Les abris antiatomiques sous la Maison de la Radio sont pris d'assaut, impossible de les atteindre. Alors on est venus ici. Ça sera la cohue dans quelques jours, on veut être sûrs d'avoir une place.

Pas con.

— Vous savez si les métros circulent ?

— Sur les lignes automatiques, oui. Pour le reste, il y a une rame toutes les deux heures.

— Merci.

La banalité de cette conversation la heurte de plein fouet. Elle a presque l'impression d'évoquer une simple grève. Lili-Ann réalise alors qu'un jour ordinaire, elle serait en route pour la fac. Certains de ses compagnons de cours s'y rendront sûrement pour discuter ensemble de la situation. Elle n'y a même pas pensé.

Que ferait Laure ? se demande-t-elle une nouvelle fois.

Lili-Ann ressort à l'air libre pour marcher jusqu'au RER. Ses yeux accrochent la devanture du seul restaurant ouvert qu'elle ait croisé jusqu'ici. Japonais. La coïncidence lui serre la gorge.

Ils sont forcément dans cet avion, se rassure-t-elle en poussant la porte du restaurant.

10

H - 225

Gwenaël s'éveille. Tend le bras.

Sara n'est pas dans le lit. Son ordinateur portable, lui, tombe naturellement sous sa main. Il se frotte les yeux, vérifie l'horloge. 08 : 00. Il s'est effondré à l'aube dans le moelleux du matelas, à la recherche d'un peu de solitude et de silence, persuadé qu'il serait incapable de s'endormir. Raté. Il vient de perdre deux heures de travail. Gwenaël ouvre son ordinateur, relit la dernière page rédigée.

— Gwen ?

— Hm ?

— Gwen !

Il lève les yeux. Sara est appuyée contre l'encadrement de la porte, ses joues baignées de larmes, l'air furieux.

— Il y a du nouveau ? demande-t-il doucement.

Elle secoue la tête de droite à gauche.

— Quoi alors ?

— Tu pourrais faire un effort, merde ! M'aider à préparer !

— Préparer quoi ?

— À midi au plus tard, on se casse d'ici. Et on ne

reviendra pas. Il y a peut-être des choses que tu veux emporter, je ne sais pas, je ne peux pas tout faire à ta place, tu pourrais t'intéresser un peu au monde réel pour une fois !

Sara est souvent emportée par une fureur que Gwenaël est impuissant à apaiser. C'est comme si la colère la rassurait, la déchargeait d'un insupportable surplus, la faisait se sentir plus vivante, ou plus sûre d'elle. En colère, Sara se sent exister.

Pour résister à ses humeurs explosives, Gwenaël doit se répéter des mantras. Ne pas absorber les émotions de Sara, relâcher ses muscles, respirer lentement. Malgré ces efforts, il n'y parvient qu'à demi.

— Je ne veux pas affronter ce bordel sans toi, souffle-t-elle en ravalant ses larmes. Et tu n'es pas là, pas vraiment.

Il pose l'ordinateur, se redresse.

— Je vois bien que c'est difficile à comprendre. Malgré ce qu'il se passe, écrire a encore du sens pour moi. Je n'y peux rien. Ça n'arrêtera pas les explosions, ça ne sauvera pas le monde. Mais ça me sauve moi, d'une certaine manière, ça me sauve depuis l'adolescence, et encore aujourd'hui, et demain. C'est ce que je suis. Je ne te l'ai jamais caché, Sara, je t'ai prévenue mille fois que ça ne changerait pas, que je ne changerais pas, pas là-dessus. Et chaque fois, tu as souri, tu as levé les yeux au ciel, tu m'as traité d'imbécile. Tu as dit que tu m'aimes comme je suis.

Elle essuie son visage.

— J'ai menti.

— Je sais.

— Je t'aime, pourtant.

— Je sais.

Elle est calme, à présent. Gwenaël, lui, se retient de ne pas trembler. La fureur de Sara lui court encore dans les veines.

— Tant que tu es avec moi, il n'y a rien que je veuille emporter que mon roman, dit-il.

Et même si Sara s'éloigne, il sent que cette discussion n'est pas terminée.

Ne sera jamais terminée.

11

H - 225

— Et si on allait manger dehors ? propose la mère de Valentin en rassemblant le jeu de cartes. Ça fait si longtemps…

Elle n'a pas quitté l'appartement depuis trois semaines, et soudain, aujourd'hui que la fin du monde a commencé, elle veut sortir… Dans le genre timing pourri, elle se pose là.

— C'est le bazar dehors avec l'accident, tu sais… On pourrait plutôt faire la cuisine ensemble ?

— Je n'en peux plus de rester enfermée. Je vais m'habiller.

Valentin sait qu'il ne sert à rien d'insister.

Elle revient quelques minutes plus tard, vêtue d'un jean trop ample et d'un chemisier vert pomme. Elle est en décalage absolu avec le reste du monde. Elle est telle qu'il l'adorait, enfant. Elle est sublime. Ému, il enfile son sweat et lui offre un bras cérémonieux qu'elle attrape avec un sourire.

— Dis donc, tout est fermé ! s'exclame-t-elle après quelques pas dans le boulevard embouteillé.

— Jour férié, lâche Valentin.

— Ah oui ? Lequel ?

— Hum… Ascension ? Assomption ? Bah, je ne sais jamais, moi et les fêtes religieuses…

Elle n'écoute déjà plus. Elle lève les yeux vers le ciel, goûte la douceur du soleil printanier sur sa peau pâle.

— Là ! s'écrie-t-elle, ravie, en pointant la devanture d'un restaurant japonais.

— C'est un peu tôt pour les sushis, non ? Il n'est même pas neuf heures…

— Ce sera comme nos brunchs du dimanche !

Le cœur de Valentin se serre. Leurs rituels se sont dissous il y a bien longtemps dans la dépression de sa mère, et les fameux brunchs sont de lointains souvenirs.

À l'instant où il pousse la porte, il s'écarte pour laisser sortir une fille aux longs cheveux bruns. Alors qu'il choisit la table la plus éloignée de l'écran de télévision et installe sa mère pour qu'elle lui tourne le dos, il revoit son visage dans un flash. Petit nez retroussé, épaisse frange brune… La fille à qui il a lancé l'avion de papier la veille ! C'était elle ! Valentin regarde la porte, brûle de lui courir après. Il hésite l'espace d'un battement de cœur, mais y renonce à regret – elle doit déjà être loin, et il y a plus urgent.

Valentin s'avance vers le comptoir derrière lequel un couple tranche des lamelles de saumon et remplit des barquettes. C'est comme si les explosions n'existaient pas pour eux.

— Pouvez-vous éteindre ? demande-t-il.

— Hein ?

— La télé. Éteindre. C'est possible ?

La femme lance quelques mots à une adolescente qui presse un bouton. L'écran passe au noir.

— Merci, souffle Valentin.

Il commande un gigantesque assortiment de sushis disposés sur un bateau en bois. *L'objet est aussi kitch que les rubans de LED colorées qui éclairent le plafond et les plantes en plastique*, s'amuse Valentin en rejoignant sa mère.

Il mange peu. Elle dévore d'un appétit fantastique qui le réjouit.

— Je reviens, dit-elle en indiquant la direction des sanitaires.

Valentin en profite pour régler leur repas. Au moment où sa mère réapparaît, il aperçoit un deuxième écran du côté des toilettes, branché sur une chaîne d'information en continu. Il reconnaît la vidéo du couple qu'il a visionnée cette nuit et jette un coup d'œil inquiet à sa mère. Pourvu qu'elle n'y ait pas prêté attention.

— Est-ce que c'est carnaval ? demande-t-elle tandis qu'il récupère le ticket de caisse.

Il se tourne vers la porte vitrée. Une étrange procession a pris possession du trottoir. Des hommes et des femmes en tenues dépouillées évoquant des toges marchent lentement et poussent des lamentations déchirantes. Ils portent un lourd christ en croix sur leurs épaules. Des militaires tentent de disperser le groupe en employant la force, ce qui ne fait qu'augmenter le volume des plaintes et des gémissements. *Des tarés*, songe Valentin, comme les milliers de fanatiques dont le discours nauséabond se déverse sur les réseaux sociaux depuis la veille. « Dieu nous punit, nous devons accepter Sa volonté. » Eh bien, si c'est Sa volonté, qu'Il aille se faire foutre, et Ses fidèles avec !

À leur vue, l'état de choc de Valentin se dilue dans une colère immense qui déferle dans ses veines tels des chevaux furieux, tremble dans ses mains. Pourquoi ? Pourquoi, putain ? Pourquoi est-ce que des milliers de personnes meurent, pourquoi est-ce que des milliards d'autres s'y préparent et l'acceptent ? Ce n'est pas acceptable. La résignation ambiante est effrayante. Lui-même, il y a quelques heures, a admis qu'il n'avait plus la vie devant lui. Valentin ne veut plus se résigner. Il refuse en bloc la fatalité des journalistes et des religieux, la condamnation annoncée, le destin immuable. Il va se battre pour lui et pour elle, sa mère, rayonnante dans sa chemise vert pomme. Il lui reste neuf jours pour trouver une solution. Neuf jours pour survivre.

— Carnaval ? répond-il. Aucune idée. Qu'est-ce que tu as envie de faire de cette journée, maman ?

— J'aimerais beaucoup voir la Seine, murmure-t-elle, rêveuse.

12

H - 225

La commandante Béatrice Blanche s’adosse à l’échelle de la cabane des secouristes. Son regard se perd sur les vagues qui s’enroulent au large. Le jour est encore pâle, mais déjà, Béatrice imagine sa fin, et la fin du suivant, jusqu’à ce que le martèlement encore imaginaire des explosions emplisse sa réalité.

Elle secoue la tête.

Surtout, garder son esprit occupé par le concret immédiat. Ne pas penser au reste.

Karen remonte vers elle après avoir parlé à un groupe de jeunes, arrivés deux heures plus tôt.

— Ils viennent de Brest, annonce-t-elle.

Béatrice hoche la tête. Elle balaye des yeux la grande plage. D’ordinaire, à cette heure matinale, il n’y a que les nettoyeurs municipaux et quelques vieux qui promènent leurs chiens. Mais aujourd’hui, des centaines de personnes sont déjà là, à attendre, à discuter, à pleurer. Ce sont les pragmatiques, ceux qui ont réagi au quart de tour dès l’annonce des explosions. Ils savent pourquoi ils sont là – survivre, le plus longtemps possible. Ils ne sont pas dangereux. Béatrice craint que la violence vienne des suiveurs, ceux qui, pour l'instant paralysés par l'horreur, n'arriveront que plus tard et s'abandonneront à leurs instincts pour avoir un peu moins peur. Cette situation est inédite, il est difficile de prévoir ce qui se passera, comment les gens agiront. Alors Béatrice imagine le pire, afin d'être prête à l'affronter. L'alcool, les drogues, l'effacement des limites morales ou légales, et la sensation de partager une expérience collective inédite risquent de créer un cocktail explosif. Sans mauvais jeu de mots.

Trois gendarmes en uniforme s'approchent d'elles. Béatrice reconnaît sur leurs épaulettes l'ancre des garde-côtes, avant de réaliser qui se tient face à elle.

— Commandante Béatrice Blanche, murmure le lieutenant Virgile Guilhem.

Virgile est un ami de longue date. Ils plongent régulièrement ensemble dans la baie, profitant des zodiac des garde-côtes pour explorer de nouveaux sites. Elle ne l'embrasse pas. Son salut était celui du militaire, non de l'ami.

— Lieutenant, dit-elle. Que fais-tu là ?

— Nous venons vous relayer. Des collègues patrouillent sur l'eau, juste là. Nos supérieurs respectifs ont décidé que, vu les pertes d'effectifs, il valait mieux travailler ensemble.

— Une première…

Virgile sourit.

— Tu sais ce qu'on dit, mieux vaut tard que jamais.

— Je sens qu'on va pas mal l'entendre, cette expression, dans les prochains jours. Bon courage.

Béatrice s'éloigne de quelques pas avec Karen, sort le téléphone satellite confié par le commissaire.

— Lesage, lâche JB en décrochant.

— Béa. Les militaires qui nous relayent, c'est normal ?

— Ouais. Des marins. On est dans le même bateau.

— T'es con…

Elle lui raconte la nuit en quelques mots, les arrivées constantes, la fébrilité contenue, l'ambiance qui tient pour l'instant plus du camp scout que de l'orgie du millénaire.

— À part deux-trois bastons vite réglées, rien à déclarer, chef, conclut-elle.

— D'accord. Va te reposer, Bébé.

— Je vois mal comment je pourrais.

— Prends au moins une pause. Mange un truc. Toi et Karen, je veux vous voir à treize heures.

— Entendu.

Béatrice raccroche, se retourne. Karen est en train de plaisanter avec trois jeunes, à peine moins âgés qu'elle. Comment parviennent-ils à rire ? Béatrice se sent tellement loin d'eux. Loin d'elle-même aussi. Sa peau s'est changée en une carapace écailleuse qu'elle seule décèle et qui ne laisse rien sortir de ce qu'elle ressent. C'est mieux. À nu, elle se mettrait à hurler sans pouvoir s'arrêter.

— Commandante ? demande Karen en la rejoignant.

— On passe la main aux rigolos à béret, là.

Elle lui transmet l'heure de rendez-vous. Karen dépose une bise sur sa joue avec une familiarité inhabituelle et s'éloigne en direction de la voiture banalisée. Béatrice remonte vers sa moto. Elle a quatre heures à tuer. Littéralement. Quatre heures à anéantir, seconde après seconde, pour ne pas laisser gagner la terreur primale qu'elle sent monter dans son ventre.

Au lieu de rentrer chez elle, Béatrice suit la côte sur quelques kilomètres. Rouler l'aide à se vider la tête. Elle reconnaît soudain l'entrée d'un chemin creux et s'arrête. Il semble en bon état. Béatrice s'y engage, pestant bientôt contre les éclaboussures de boue qui salissent sa bécane. Elle la gare dès qu'elle émerge des arbres, ôte son casque, s'avance.

D'ici, elle surplombe la mer d'une bonne trentaine de mètres. Elle a plongé tellement de fois dans cette baie qu'elle la connaît aussi bien sous l'eau qu'au-dessus. Elle dresse mentalement une carte des rochers immergés et des tombants poissonneux. Des lieux magiques qui vont disparaître.

Des rafales fraîches chahutent les mèches rousses échappées de sa queue-de-cheval. Un sentier semé d'herbes grasses, à sa gauche, descend à flanc de falaise vers une crique déserte. Seuls les riverains en connaissent l'accès. Les yeux bruns de Béatrice remontent sur la maison qui se dresse au sommet de la paroi, puis redescendent vers la zone boisée, à l'extrémité de la plage. Le jour où elle a découvert cet endroit, elle s'est demandé comment cette dizaine d'arbres parvenait à survivre sur ce mince recoin de terre sèche et salée au pied de la paroi rocheuse. C'était il y a vingt ans. Sa toute première enquête.

Dans le sifflement de la brise, Béatrice perçoit soudain des bruits de pas légers. Elle jette un coup d'œil par-dessus son épaule. Se fige. Béatrice n'oublie jamais un visage, et elle a beau ne pas avoir vu celui-ci depuis longtemps, elle le connaît. L'homme, la soixantaine bien tassée, lève vers elle un regard bleu à la transparence saisissante.

— Monsieur Charpentier ? Je ne sais pas si vous me reconnaissez, je suis…

— Lieutenant Béatrice Blanche.

— Commandante, à présent.

— Félicitations.

Il ajuste la lanière d'une vieille caisse de violoncelle sur son épaule maigre et pose le sac de plage délavé qui pend à son bras. Le temps ne l'a pas épargné, il se meut avec les précautions du vieillard qu'il n'est pas encore tout à fait.

— Vous descendez ? demande Béatrice. Je peux vous aider ?

Il lui tend son sac sans un mot, garde l'instrument, s'engage sur le sentier. Elle le suit, intriguée.

— Pourquoi êtes-vous là, commandante ? l'interroge-t-il en prenant pied sur le sable.

— Je roulais pour me vider la tête, et j'ai… je me suis arrêtée. Comme un besoin de boucler la boucle, vous voyez ?

Il la dévisage.

— Vous n'avez pas mieux à faire ?

Elle se racle la gorge, détourne les yeux. Ils parcourent une vingtaine de mètres avant qu'il reprenne la parole :

— Ce qui est bien avec la vieillesse, c'est qu'on se débarrasse des précautions de langage. Et alors quand on est malade, c'est encore mieux. On a beau être d'une franchise déplacée, personne ne nous rembarre.

Béatrice sourit.

— Pour les deux heures qui viennent, je n'ai en effet rien de mieux à faire que revenir ici, monsieur Charpentier.

— Je ne vous crois pas.

— C'est votre droit. Comme vous le dites, vous êtes vieux et malade, vous avez tous les droits. Moi, j'ai celui de me noyer dans la nostalgie, parce que j'ai beau être un peu plus jeune que vous et en bonne santé, ça ne m'empêchera pas de mourir dans huit jours. Vous voyez, aujourd'hui, c'est un peu comme si on était tous vieux et malades. Ce putain de monde est vieux et malade.

— Je me sens moins seul, d'un coup.

— Et moi beaucoup plus.

— Vous avez raison, ce n'est pas une idée réconfortante. Pouvez-vous déposer mes affaires ici, s'il vous plaît ?

Ils se trouvent au beau milieu de la crique, au pied de l'escalier vertigineux creusé à même la roche, qui serpente jusqu'à la maison. Le nom de famille des propriétaires surgit de sa mémoire : Sauvage. Un couple, deux filles, une ado et une fillette, à l'époque. Gentils.

Le vieux pose la caisse de son violoncelle sur le sable, conservant une main dessus comme celle d'un amant sur la hanche d'une femme.

— Vous venez souvent sur cette plage, monsieur Charpentier ?

— Je n'y ai jamais remis les pieds.

— Alors pourquoi êtes-vous là aujourd'hui ?

L'homme hausse les épaules d'un air fataliste.

— Pour la même raison que vous, commandante. Où pourrais-je aller d'autre ?

Béatrice hoche la tête. Puis, en silence, elle s'éloigne vers les arbres, abandonnant le vieux Charpentier à ses souvenirs.

13

H - 221

— On n'a pas réussi à entrer dans les bases de données gouvernementales, peste Barthélemy, mais d'autres semblent y être parvenus. Les infos qui tournent entre hackers ne sont pas bonnes. Personne ne sait d'où proviennent les explosions. Elles se produisent sur plusieurs dizaines de kilomètres, du sol jusqu'au-dessus de la couche d'ozone. Autant dire que les satellites ne tiendront pas longtemps. Tout contact avec la station spatiale internationale a été perdu dans la nuit, la NASA craint qu'elle ne soit en miettes.

— Les rares images crédibles de la zone grise montrent un champ de ruines, ajoute Auriane. C'est flippant ! Aucune présence humaine n'y a été détectée.

— Ça pue vraiment, commente Maryam.

Sara contemple la mosaïque de visages. Ses amis se raccrochent à la rationalité, comme toujours, pourtant, elle ne peut manquer les traits tirés, les lèvres mordillées jusqu'au sang, les ongles qui grattent les nez et les joues pour tromper la nervosité. Ils attendent qu'elle intervienne. Elle jette un coup d'œil à la petite horloge en haut de son écran.

— On s'en tient au plan. On se tire d'ici, et on se retrouve aux coordonnées que nous a données Barthélemy. Vous avez assez de voitures pour convoyer tout le monde ?

— Ouais.

— Je vous rejoins avec Gwen. Barth… j'ai peur qu'on ait besoin de ce rhum dont tu parlais.

— Il est déjà dans le coffre, *darling*. Une dernière fête avant la fin du monde… Quitte à partir, autant partir en beauté, hein !

— Et avec vous.

— La *dream team*.

Sur un dernier sourire tendu mais sincère, ils se déconnectent.

Sara prend le temps de terminer son assiette de pâtes, puis elle protège le dernier prototype de leur drone dans une couverture, passe récupérer un sac de nourriture qu'elle a préparé dans le réfrigérateur, et dépose le tout dans le coffre de sa vieille Fiat Uno. Elle revient sur ses pas, s'arrête sur le paillasson, observe le salon sans réussir à entrer dans la maison. Sa gorge se serre, un bouchon doux-amer tissé de souvenirs, et de tout ce qu'elle avait rêvé de construire entre ces murs. Elle ravale sa peine, inspire une grande goulée d'air frais.

— Gwen ! On y va !

Elle s'assied sur le siège conducteur. Gwen apparaît une minute plus tard, une liasse de feuilles imprimées entre les mains et une dizaine de stylos pointant de la poche de sa veste en jean. Il s'assied, claque la portière. Sara démarre sans un mot. Le moteur tousse, proteste. Cale.

— Putain !

Elle s'acharne sur le starter et la pédale d'accélérateur. Rien à faire. La Fiat a décidé de rendre l'âme aujourd'hui, après neuf ans de bons et loyaux services. Remarque, quand elle l'a achetée pour une bouchée de pain, Sara ne lui donnait pas cinq ans. Mais aujourd'hui, quoi ! Elle aurait pu attendre encore un peu !

Les larmes lui montent aux yeux.

Les explosions, l'obsession de Gwen pour son roman, et maintenant la voiture, au moment de sa vie où elle en a le plus besoin. Elle se sent prête à imploser.

— Putain de bordel de merde ! crie-t-elle en frappant le volant de toutes ses forces.

Elle réessaie.

— Démarre ! Mais démarre !

— Sara…

— Quoi ?

Gwen pointe l'avant de la Fiat. De la fumée monte dans le soleil de midi. Elle jure une nouvelle fois, cherche à tâtons l'ouverture du capot, sort observer les dégâts. Gwen l'accompagne, n'accordant au moteur fumant qu'un regard perplexe. Ils savent tous deux qu'il n'est là qu'en soutien psychologique. Sara examine les pièces qu'elle connaît. Si son équipe était là, ils identifieraient le problème dans l'instant et le régleraient. Mais elle, spécialisée dans les systèmes de navigation à distance, n'a qu'une connaissance superficielle de la mécanique automobile et, au bout d'un quart d'heure, elle déclare forfait.

Elle s'accorde une minute de rage, avant que les rouages rationnels de son cerveau ne reprennent le dessus sur l'émotionnel. Elle sort son téléphone, tape un message à l'adresse de ses collègues. Voiture en panne, je vais avoir du retard. Ils trouveront bien du réseau quelque part en chemin. Puis elle se tourne vers Gwen.

— Je vais au garage et je reviens.

— OK. Fais attention à toi.

Il la serre un instant dans ses bras, embrasse son front. Sara s'abandonne contre lui, comme pour prendre des forces. Puis elle attrape une bouteille d'eau, un sandwich, et marche vers la route. Le garage est à vingt-cinq kilomètres de là, à l'entrée de la ville. Elle en a pour plusieurs heures, à moins qu'on la prenne en stop, ce qui, vu le peu de passage dans ce coin paumé, est peu probable.

Elle aurait dû emporter un chapeau, se dit-elle après quelques minutes sans avoir le courage de faire demi-tour. Elle continue. Peu à peu, ses pensées se calent sur ses pas. Ce n'est pas la première fois qu'elle tombe en panne, cette voiture a toujours été capricieuse et a parfois redémarré sans problème dès que le dépanneur tentait sa chance.

Sara a toujours un sourire en coin lorsque quelqu'un lui raconte que, lors de sa première panne ou de son premier accident, son réflexe a été d'appeler ses parents pour qu'ils contactent le dépanneur, au lieu de le faire lui-même. Cette attitude lui semble puérile. Et pourtant, elle a entendu cette anecdote dans la bouche de dizaines de personnes différentes. Est-ce qu'on reste un peu enfant tant qu'on a ses parents en vie ? Ou est-ce que les perdre tôt vous projette plus vite que les autres dans l'âge adulte ?

Les parents de Sara, biologistes, sont morts lorsqu'elle avait seize ans, au cours d'un séisme, alors qu'ils étudiaient la flore de la cordillère des Andes. Est-ce qu'ils auraient survécu si les secouristes avaient disposé des drones qu'elle et son équipe ont développés depuis ?

À l'époque de leur disparition, Sara se trouvait à Paris chez sa tante, une femme qu'elle adorait et qui avait pour seul défaut de ne pas être ses parents. Elle a habité avec elle quelques années, jusqu'à ce que, étudiante et boursière, elle atterrisse en cité universitaire. C'est là qu'elle a rencontré Gwen, d'abord ami précieux avant de devenir son amant.

Et puis, il y a six ans, sa tante est décédée, elle aussi. Cancer.

Gwen a été l'ancre de Sara dans cette période troublée, il l'a accompagnée dans les démarches administratives, il lui a tenu la main lors de la mise en terre, il l'a aidée à se recentrer sur ses recherches. Cette épreuve a fait d'eux une équipe soudée, des partenaires de vie prêts à se soutenir autant qu'à se botter le cul mutuellement au besoin.

Mais elle sent qu'aujourd'hui et pour les jours à venir, c'est elle qui devra porter Gwen. Est-ce qu'il fuit sa propre mort dans l'écriture parce qu'il refuse d'affronter cette idée ? Est-ce qu'elle-même en est capable ?

Non. Elle ne veut pas y penser.

Un pas, puis un autre.

Atteindre ce foutu garage.

14

H - 221

Il est près de midi et demi lorsqu'un RER dépose enfin Lili-Ann à l'aéroport Charles-de-Gaulle. Elle a passé le trajet pressée contre d'autres passagers aux visages aussi inquiets que le sien, et tous déferlent sur le quai, se ruent sur l'escalator, forcent la sortie de la station. Devant les comptoirs d'information, une file d'attente démesurée s'allonge.

Que ferait Laure ?

Elle irait droit au but.

Lili-Ann marche vers la navette pour le terminal 2E.

Là, elle scrute les panneaux d'affichage. L'écran des départs est vide. Celui des arrivées, en revanche, est chargé. Lili-Ann repère trois avions en provenance d'Osaka affrétés par Air France, dont les atterrissages sont prévus vers dix-sept heures.

Trois avions.

Ça fait pas mal de passagers, se rassure-t-elle, ses parents en font sûrement partie…

Elle repère un comptoir Air France moins bondé que les autres et se place dans la queue. Trois quarts d'heure plus tard, elle s'avance vers une employée de la compagnie.

— Que puis-je faire pour vous ? demande celle-ci d'un ton neutre.

— Mes parents sont en vacances au Japon, j'aimerais savoir s'ils sont bien dans les avions qui…

— Leurs noms ? la coupe l'employée en cliquant sur l'écran.

— Pascal Sauvage et Nathalie Laouen-Sauvage.

Quelques secondes de silence tendu s'ensuivent. Lili-Ann a envie de sauter par-dessus le comptoir pour regarder l'écran elle-même. Elle s'efforce de déchiffrer chaque mimique de l'employée Air France. Froncement de sourcils, langue qui humidifie les lèvres.

— Je suis désolée, dit enfin l'hôtesse, ils ne sont pas sur la liste qu'on nous a transmise.

Lili-Ann se décompose.

— Vous êtes sûre ?

— Oui. Ils sont peut-être dans l'avion quand même, tout s'est fait avec une telle précipitation… Vous devrez attendre l'atterrissage pour avoir une certitude.

— Ont-ils pu prendre un autre avion ? qui aurait décollé plus tard ?

— Ces trois appareils en provenance d'Osaka sont les derniers à être partis en direction de la France. Tous les aéroports japonais ont fermé depuis. Roissy-Charles-de-Gaulle fermera lui aussi demain soir. Je suis désolée.

« Je suis désolée… » Combien de fois l'hôtesse a-t-elle répété cette phrase aujourd'hui ?

Lili-Ann hoche la tête, remercie, s'éloigne. Elle

erre un moment dans le terminal. Les boutiques sont fermées, mais elle finit par en trouver une dont le rideau de fer est à moitié relevé. Les rayons sont en désordre. Des articles jonchent le sol et personne ne tient la caisse. Lili-Ann s'approprie une bouteille de thé glacé, un énorme paquet de M&M's, et ressort.

De nombreuses personnes patientent sur les rangées de sièges métalliques de la zone d'attente. L'ambiance est électrique, chargée d'une anxiété palpable. Lili-Ann se joint à eux.

L'après-midi s'étire, interminable. De temps à autre, des éclats de voix soulagés retentissent et les têtes se tournent pour observer les retrouvailles de familles, d'amis et de couples en espérant que leur tour arrive. Tous partagent la même angoisse ; pourtant, aucune discussion ne naît. Ils auraient trop peur de manquer l'une des annonces que crachotent les haut-parleurs de l'aéroport.

À seize heures trente, Lili-Ann n'y tient plus. Elle offre le reste de ses M&M's à deux ados qui louchaient dessus, puis se lève et esquisse quelques pas. Son cœur cogne si fort dans sa poitrine qu'elle le sent résonner jusque dans ses tempes. Fiévreuse, elle observe les panneaux d'affichage, se faufile jusqu'au premier rang derrière le cordon de sécurité, fixe la porte automatique par laquelle se déverse le flot de voyageurs. Le premier avion en provenance d'Osaka vient à peine d'atterrir, ses passagers n'atteindront pas ce point avant un bon quart d'heure. Elle ne peut cependant pas s'empêcher de scruter chaque silhouette tandis qu'autour d'elle, ceux qui reconnaissent leurs proches crient leurs prénoms à pleins poumons.

Faites qu'ils soient là…

Elle ignore à qui ou à quoi elle adresse ses prières et ses doigts croisés.

Vingt minutes s'écoulent. Lili-Ann passe la main par-dessus le cordon de sécurité et touche le bras d'une passagère asiatique.

— Osaka ? demande-t-elle.

La femme acquiesce et poursuit son chemin. Le cœur de Lili-Ann s'accélère.

Une demi-heure.

Une heure.

Que ferait Laure ? Elle resterait jusqu'à l'obtention d'une réponse indiscutable. Alors Lili-Ann s'obstine. Ses yeux fatigués redoublent de vigilance. L'afflux continuel de passagers lui redonne espoir ; ils sont si nombreux. Ses parents sont peut-être coincés quelque part dans la foule sans pouvoir avancer ?

Deux heures.

Trois.

Le portable de Lili-Ann vibre dans sa poche. Elle le consulte. Des SMS de Laure sont arrivés en rafales.

Les parents sont coincés au Japon.

On t'attend chez eux.

Ninon te demande. On essaie de la préserver, mais elle a tout compris.

Je t'aime, frangine.

Lili-Ann se sent tomber, le sol se dérobe sous ses pieds. Une main anonyme la retient. Elle étouffe, soudain, au milieu de cette forêt de corps moites. Elle fait volte-face, joue des coudes pour s'extraire de la foule, marche jusqu'aux grandes baies vitrées qui s'ouvrent sur le tarmac. S'y appuie. L'air peine à se frayer un chemin jusqu'à ses poumons.

Ses parents ne rentreront pas.

Ils sont restés là-bas, au Japon, dont la côte sera pulvérisée par les explosions dans une trentaine d'heures.

Lili-Ann se laisse glisser au sol.

Dans ce monde en proie au chaos, plus rien ne fait sens. Rien, sauf l'idée d'être près de Laure et de serrer contre elle le petit corps nerveux de sa nièce.

Lili-Ann se relève. Tandis qu'elle marche vers la navette, elle tape sur son téléphone et envoie du pouce un message qui trouvera peut-être sa sœur : Dis à Ninon que je suis en route.

La station RER est au bord de l'émeute.

— Qu'est-ce qui se passe ? demande Lili-Ann à une femme.

— Il n'y a plus de trains du tout.

Lili-Ann ressort, cherche les arrêts de bus. Un agent de la RATP est pris d'assaut.

— Aucun bus pour Paris ! crie-t-il. Le service est interrompu !

— Et comment on rentre ? proteste un homme.

L'agent craque, ôte la veste rouge de la compagnie de transport, la jette par terre.

— Et moi, hein ! hurle-t-il. Comment je rentre, moi ? Je suis dans la même merde que vous !

Lili-Ann se détourne. La station de taxis est vide, elle aussi. Reste le stop. Elle se rend jusqu'au parking visiteurs. Si elle savait voler une voiture, elle le ferait sans hésiter. Dans le crépuscule, elle attend que quelqu'un vienne chercher son véhicule.

Personne ne vient.

La nuit est totale.

Que ferait Laure ? Elle ne lâcherait rien, s'accrocherait à son objectif jusqu'à l'atteindre, quoi qu'il en coûte.

Lili-Ann se résigne à partir à pied.

15

H - 211

Gwenaël se redresse en entendant un bruit de moteur devant la maison. Il pose ses feuilles, gagne la porte d'entrée. Une Sara épuisée lui tombe dans les bras. Derrière elle, garée à côté de la Fiat Uno dans l'obscurité du crépuscule, une petite voiture blanche inconnue.

— Il n'y avait personne au garage, souffle Sara dans son cou. C'était ouvert. J'ai trouvé les clefs d'une voiture en état et je suis rentrée avec. Mais, entre-temps, un embouteillage dingue s'est formé. J'ai mis des plombes à revenir… J'ai faim, ajoute-t-elle après une pause.

Il l'entraîne à l'intérieur, décongèle de la soupe, la lui apporte dans le salon. Un instant, il jauge les cernes bleutés apparus sous les yeux de Sara, passe une main dans ses courtes mèches blondes.

— Que dirais-tu de dormir un peu avant de partir ? Il est huit heures, je pourrais te réveiller, mettons, vers deux ou trois heures du matin ? Il y aura peut-être moins de monde sur les routes.

Sara ne proteste pas. Elle repose son bol vide sur la table basse et le suit dans la chambre. Gwenaël s'allonge à côté d'elle, éteint le plafonnier, récupère le début de son roman qu'il a imprimé ce matin et les feuillets rédigés depuis.

Il n'a plus l'habitude d'écrire autant à la main. La petite bosse qu'il avait sur le majeur lorsqu'il était adolescent est revenue. Elle ramène avec elle un lot de souvenirs dont il se serait bien passé. Car l'écriture, au départ, n'était pas une évidence. Gwenaël vient d'un milieu où travailler, c'est transpirer. Ses parents n'ont jamais compris son besoin de noircir des carnets, et moins encore qu'il décide d'y consacrer sa vie. Seulement, plus ils tentaient de le détourner de cette idée, plus il s'obstinait. Gwenaël s'est accroché jusqu'au bac, aidé par des profs qui avaient senti à quel point l'école était importante pour lui. Il a obtenu une bourse pour étudier, n'importe quoi, n'importe où mais le plus loin possible. Il fallait partir. Se sortir de cette famille baignée de colère, cette famille qui n'avait pas les mots, cette famille d'acharnés qu'il haïssait et admirait. Qu'il aimait. Qu'il fuyait.

Il était revenu pour Noël ou des mariages. Chaque fois, il avait senti le fossé entre eux se creuser. Et puis, la honte de leurs discours haineux, la honte de leurs votes d'extrême droite, la honte de leur langage écorché, la honte de leurs manières brutales. La honte d'être des leurs. De savoir qu'il était des leurs, et que cette réalité lui collerait à la peau sa vie durant.

Sept ans, huit ans, il avait supporté leurs moqueries sur son statut d'étudiant privilégié, puis sur son « métier de fainéant, le cul sur une chaise ». Il avait supporté les « Quand est-ce qu'on te voit à la télé ? », les « Et on te paie pour ça ? ». Il avait supporté parce qu'il ne voulait pas oublier d'où il venait. Mais il n'avait pas osé les présenter à Sara. Il avait menti, expliqué qu'il ne les voyait plus, même lorsqu'il se rendait là-bas en douce. Elle l'avait poussé à se réconcilier avec sa famille. Il s'était énervé, avait dit sur eux les pires horreurs, qui n'étaient pas si loin de la réalité. Et il avait cessé de les voir pour de bon.

En six ans, ils ne l'avaient pas appelé, n'avaient pas cherché à avoir de ses nouvelles. Une fois, lors d'une séance de dédicaces en librairie, il avait cru apercevoir sa mère. Elle avait disparu aussitôt.

Au quotidien, il ne pense pas à eux. Ou pas souvent. Seulement quand la voix de sa mère lui souffle : « On termine ce qu'on a commencé, Gwen. »

Au quotidien, il écrit, le cul sur une chaise. Et il s'obstine à extraire de son cerveau la meilleure histoire possible. Qu'au moins, ça vaille la peine de s'être arraché à eux.

Gwenaël ajuste sa lampe de chevet, frotte la bosse sur son doigt, puis replonge dans son roman.

16

H - 211

— Cette journée était sublime, mon ange. Merci.

Valentin sourit, embrasse le front de sa mère, bascule l'interrupteur.

— De rien. Dors bien, maman.

Alors qu'il s'apprête à sortir, elle le rappelle :

— Je vois tout ce que tu fais pour moi, tu sais. Il ne faut pas que tu sois triste de mon état ni de mes absences. Je suis fière de l'homme que tu es devenu, d'autant plus fière que je n'y suis pas pour grand-chose.

Valentin s'ébouriffe les cheveux, gêné. L'homme qu'il est devenu. Lequel, exactement ? Le fils parfait, le stagiaire idéal ou les dizaines d'autres masques qu'il emprunte en fonction de la personne à qui il s'adresse ?

— C'est faux, dit-il seulement, tu y es pour beaucoup.

Il quitte la chambre à reculons, referme la porte. Quelques secondes, il reste là, immobile, une main sur la poignée, le front pressé contre le panneau de bois, peinant à contenir l'émotion que les derniers mots de sa mère ont amplifiée. Cette journée était d'une légèreté bouleversante. Évitant au maximum les avenues encombrées, leurs écrans et leur raffut, ils sont descendus sur les bords de Seine déserts, se sont allongés dans un parc ; il a fait rire sa mère en poursuivant les pigeons comme lorsqu'il était petit, elle lui a raconté des dizaines de souvenirs qu'il avait oubliés. Ils n'ont écouté que leurs envies de l'instant, improvisant une traversée de Paris pleine de tendresse où la réalité ne pouvait les atteindre. Valentin a même fini par baisser sa garde et ne plus s'inquiéter qu'elle découvre la vérité sur les sirènes, les alertes des panneaux d'affichage ou les gros titres des journaux. Sa colère, à défaut de disparaître, est passée en arrière-plan. Mais à cet instant, elle revient le frapper de plein fouet. Il veut d'autres journées semblables à celle-ci. Et pas seulement neuf. Déterminé à écumer Internet à la recherche d'une solution, Valentin gagne le salon.

Le canapé l'accueille dans un soupir moelleux. Valentin s'allonge, la tête sur l'accoudoir. Il ouvre son ordinateur, se connecte à Twitter, rentre le hashtag #worldexplosions dans le moteur de recherche. Des milliers de tweets traitant des explosions s'alignent sur son écran. La côte est de l'Australie se prépare à l'impact, la présidente des États-Unis envisage une réponse militaire – réponse à qui, exactement ? – pour tenter de briser le mur dévastateur qui s'approche de la pointe de l'Alaska, des centaines de vidéos des explosions sont partagées en masse sur le réseau, des emplacements d'abris antiatomiques secrets sont dévoilés au grand jour, la possible extinction de l'humanité est sur tous les claviers…

Les médias traditionnels ne disent pas grand-chose, mais des théories s'échafaudent sur Internet concernant la nature des explosions et les conséquences à venir. Technologie extraterrestre, champs de force, arme à ondes de choc, rayons invisibles en tous genres…

Les serveurs de Nouvelle-Zélande sont détruits et une partie des sites Internet qu'ils abritaient affichent un message d'erreur sur leur page d'accueil. L'anéantissement d'un pays entier de l'autre côté de la Terre a une répercussion immédiate et quantifiable sur sa vie, songe Valentin. Les explosions deviennent soudain plus concrètes.

Les hashtags #Internetshutdown, et #globalshutdown se répandent. Si le Japon, les États-Unis et, dans une moindre mesure, la Chine sont touchés, ce sera la fin d'Internet tel qu'il le connaît. Cela laisse peu de temps pour trouver une solution concertée à cette catastrophe, car ensuite, il sera compliqué de trouver des informations et d'échanger des idées.

Valentin concentre ses recherches sur Paris et ses environs. Les rares abris antinucléaires sont saturés, pas la peine de tenter sa chance de ce côté. Reste les lignes de métro profondes, comme la ligne 14, et les catacombes. On ignore quelle est la puissance des explosions, peut-être n'atteignent-elles que la surface ?

Peut-être.

Cette incertitude est insupportable.

Une image apparaît soudain, aussitôt repostée par des centaines d'internautes. Valentin clique sur le fichier source et zoome. C'est une photo satellite – il y en a donc encore quelques-uns là-haut. L'angle est mauvais, car il est impossible de survoler la zone dévastée, même depuis l'espace, mais on aperçoit clairement un champ de ruines. La photo est-elle réelle ? Est-ce un montage ? une vieille image de guerre remise au goût du jour par un plaisantin ? Difficile à savoir. Mais s'il s'agit vraiment, comme le prétend celui qui l'a mise en ligne, d'une image satellite de la Nouvelle-Zélande actuelle, ce paysage fait froid dans le dos. Un no man's land lunaire et poussiéreux où ne subsiste aucune trace de constructions humaines.

Valentin poursuit son errance numérique à l'affût de la moindre information utile. Au bout de quelques heures, ses yeux se ferment malgré lui. Les cafés qu'il s'enfile ne parviennent plus à repousser le sommeil dans lequel il s'enfonce peu à peu. Son écran s'éteint en même temps que ses pensées.

17

H - 208

Lili-Ann n'a pas fait un kilomètre vers la voie rapide qu'une voiture noire s'avance en sens inverse. Une lumière verte surplombe son toit. Un taxi ! Lili-Ann se précipite pour arrêter le véhicule qui ralentit. La vitre s'ouvre. Un homme d'une cinquantaine d'années est assis au volant, cheveux poivre et sel, chemise à carreaux boutonnée jusqu'au col.

— Je… Vous êtes libre ?

— Vous trouverez difficilement plus libre.

— Je n'ai pas d'argent sur moi…

— Aucune importance. Montez.

Lili-Ann ne se le fait pas dire deux fois, elle s'engouffre sur la banquette arrière.

— La plupart de vos collègues ont arrêté de travailler, observe Lili-Ann tandis que le taxi entame son demi-tour.

L'homme hausse les épaules.

— Moi, vous savez, je n'ai aucune famille, personne à rejoindre. Alors, si je peux aider des gens qui s'aiment à se retrouver, je me dis qu'au moins, mes derniers jours auront été utiles.

Il exprime cette situation avec une telle évidence

que Lili-Ann fond en larmes. Le chauffeur a une mimique gênée, se retourne vers elle.

— Eh bien, eh bien…

Il lui tend un mouchoir.

— Je… je suis désolée, souffle-t-elle.

— Ça va aller, ma grande…

— Mes parents vont mourir après-demain.

— Oh… Je suis navré de l'apprendre. Je m'appelle Brahim.

Lili-Ann se force à respirer au fond du ventre, elle retrouve un semblant de contrôle.

— Lili, répond-elle.

— Enchanté. Où va-t-on ?

Elle hésite, jauge son chauffeur en essuyant ses joues.

— Je cherche à rejoindre ma sœur et sa famille en Bretagne. Depuis combien de temps n'avez-vous pas vu la mer, Brahim ?

Il sourit.

— Il va y avoir de sacrés embouteillages, mais ça vaut la peine d'essayer, hein ?

— On peut faire un crochet par chez moi ?

— Vous habitez où ?

— Dans le XVe. Vers Duroc.

Il règle son GPS, jette un coup d'œil à Lili-Ann dans le rétroviseur et lance :

— Il annonce trois quarts d'heure, mais vu la circulation, je tablerais plutôt sur deux heures, peut-être trois. Vous avez l'air épuisée, vous devriez dormir.

Brahim s'engage sur la voie rapide et s'insère dans l'embouteillage.

— Bon, lâche-t-il, ça sera plutôt quatre heures… Vous aimez quel genre de musique ?

— Ce qui vous fait plaisir. C'est déjà adorable de me conduire.

Il allume l'autoradio et cherche une station qui diffuse de la musique au lieu de l'éternel monologue des journalistes qui dissertent sur les explosions. Finalement, il s'arrête sur Nostalgie. Lili-Ann ne peut réprimer un sourire en reconnaissant la voix rocailleuse de Renaud.

— Y a que ça, s'excuse Brahim.

— C'est très bien.

Ils progressent au pas durant plusieurs minutes, puis la circulation se débloque d'un coup. La voiture s'élance. Lili-Ann fronce les sourcils en apercevant un mouvement dans la semi-obscurité. Un couple marche le long de la route avec un enfant dans une poussette. L'homme tend le pouce. Sans hésiter, Brahim met son clignotant, s'arrête, baisse la vitre passager.

— Vous allez à Paris ? demande le père de famille avec espoir.

— Oui, montez ! l'invite Brahim. Mettez la poussette dans le coffre !

Le soulagement de l'homme est si évident que de nouvelles larmes s'accumulent contre les cils de Lili-Ann. Il y a des êtres plus humains que d'autres, et Brahim en est un.

Elle passe à l'avant pour laisser la banquette à la famille. Appuyée contre la vitre, bercée par la radio qui déroule ses mélodies familières et le faible ronronnement du moteur, elle se sent soudain en sécurité. Cette voiture est une bulle où rien de mauvais ne peut l'atteindre. Elle est libre d'oublier un moment la détresse qui la ronge.

Une douce torpeur la gagne.

Les yeux fixés sur l'asphalte qui défile au-dehors, elle s'abandonne et ne songe pas à lutter lorsque ses paupières se ferment.

18

H - 204

Valentin se réveille en sursaut.

Ses paupières papillonnent, il se redresse comme un naufragé crève la surface de la mer, rattrape au vol l'ordinateur abandonné sur ses cuisses, inspire une longue goulée d'air. L'horloge du lecteur DVD marque 05 : 12. Un sale pressentiment lui noue le ventre. Il se lève, marche vers la chambre de sa mère, ouvre la porte.

Sa silhouette est recroquevillée sur le côté, et elle a rejeté sa couette, elle d'ordinaire si frileuse.

Quelque chose ne va pas.

Valentin oscille sur le seuil, les jambes en coton, incapable d'avancer. Il avise la bouteille d'eau vide abandonnée sur la table de chevet, devine à leur reflet métallique la présence de tablettes de médicaments jetées sur la moquette. Ses oreilles bourdonnent, une pellicule de sueur glaciale se forme sur sa peau. Il fait un pas. Un deuxième. Il n'ose pas toucher sa mère et contourne le lit pour voir son visage. À la lumière du lampadaire qui perce les volets, il découvre ses yeux clos et sa bouche entrouverte. Du vomi a souillé son drap.

— Maman ! Maman ?

Il se précipite sur le matelas, saisit l'épaule de sa mère, la bascule sur le dos. Fébrile, il cherche un pouls, une respiration, un battement de cœur.

Rien.

Sa peau est déjà froide. Elle est morte depuis des heures.

Valentin recule. Une gangue impénétrable enserre son corps, il se sent comme anesthésié.

Et puis soudain, tout cède.

Il s'effondre sur la moquette trop douce, se recroqueville, sanglote, crie, presse ses genoux contre son ventre.

Comment a-t-elle pu le laisser après cette journée parfaite ? Comment a-t-elle pu l'abandonner maintenant, alors que la fin du monde se précipite vers lui avec une lenteur atroce ? Comment a-t-elle pu renoncer quand il a tout fait pour la rendre heureuse ? Comment…

Son regard accroche une tache de clarté floue dans la main de sa mère. Un mouchoir ? Un morceau de papier ? Incapable de se relever, il se traîne jusqu'au lit, écarte les doigts, déplie la feuille qu'ils contiennent. Elle est noircie par l'écriture penchée de sa mère.

Valentin,

Croyais-tu vraiment pouvoir me cacher la situation ? Je comprends pourquoi tu as essayé, mon chéri. Mais j'ai beau être malade, je ne suis pas idiote.

Ces dernières années, je m'en suis voulu de ne pas être autre chose pour toi qu'un boulet à porter. Je sais combien mon état t'a empêché de vivre des expériences importantes et j'ai conscience de ce que tu as sacrifié – bien plus que toi, peut-être. Me concernant, dix jours de plus n'apporteront rien, et dix jours de moins sont un soulagement. Pour toi, en revanche, l'injustice est violente. Si ce sont les derniers instants qu'il te reste, ce répit est ce que tu possèdes de plus précieux. Il est hors de question que tu le passes à me soutenir ou me materner. Tu es libre, Valentin. C'est le dernier cadeau que je te fais : je te libère de moi, que tu le veuilles ou non. Fais de chaque seconde à venir un joyau fragile comme une fleur sauvage. Te souviens-tu de ton refus absolu de cueillir des coquelicots, cet été-là, parce que je t'avais dit qu'ils mourraient plus vite dans ta main que si tu les laissais en terre ? Et comme tu étais inconsolable le lendemain parce qu'ils s'étaient fanés durant la nuit ? Il y a des fatalités contre lesquelles on ne peut pas lutter. Les échos du passé et le voile sombre qui a recouvert mes pensées sont de celles-là. Ne laisse pas la peine t'ôter ce que tu mérites plus que n'importe qui. Vis et aime de toutes tes forces, Valentin, pour qu'aucun regret ne t'étreigne si ces explosions t'emportent au bout du voyage.

Merci d'avoir éclairé ces trente-deux dernières années d'une douceur dont j'ignorais l'existence avant que tu entres dans ma vie. Et merci pour notre inoubliable dernière journée.

Il est urgent que tu penses à toi.

Je t'aime.

Tu n'as pas idée comme je t'aime.

Maman

Incapable de réprimer les sanglots qui le secouent, Valentin relit encore et encore la lettre de sa mère ; il s'y accroche, désespéré, comme si psalmodier ses mots pouvait lui rendre la vie, annuler son acte. *Le dernier cadeau que je te fais.* Comment a-t-elle pu imaginer que sa mort constituerait un cadeau ? C'est absurde. Un non-sens absolu. Valentin ne s'est jamais senti aussi seul au monde. Il n'a plus personne. Il va mourir, et il n'a plus personne.

Il ne sait combien de temps s'écoule à apprivoiser le gouffre que la perte de sa mère a ouvert en lui, mais alors que ses yeux se posent pour la millième fois sur le corps sans vie, les larmes se tarissent. Il la contemple un moment. Puis il se redresse, s'assied à son chevet et rabat avec douceur le drap blanc pour la recouvrir. Enfin, il quitte la chambre, quitte l'appartement, quitte l'immeuble, quitte sa vie amputée d'elle.

Il n'y reviendra pas.

19

H - 204

Sara claque la porte de la maison.

Lorsque Gwen l'a réveillée tout à l'heure, elle n'a pas réussi à se lever et est retombée dans un sommeil sans rêve dont elle n'a émergé qu'à cinq heures. Elle se glisse dans la voiture où il l'attend déjà. Elle consulte le GPS de son téléphone à la recherche d'un itinéraire peu encombré. Il n'y en a pas, constate-t-elle rapidement. Ils n'éviteront pas les gigantesques embouteillages qui s'accumulent en direction de l'ouest. Avec un soupir, elle démarre la Clio, allume les phares, enclenche la première.

Son regard croise celui de Gwen. Elle y lit le même déchirement que celui qu'elle ressent. Ils ont beau savoir qu'ils vont mourir dans quelques jours, quitter cette maison, c'est accepter cet état de faits et admettre que la famille dont ils rêvaient n'existera pas. Que sont-ils, dépouillés de ce projet qui a cimenté leur couple, même lorsqu'ils n'étaient pas encore prêts à le réaliser ?

Il y a nous.

Il reste nous.

Et cette force incroyable qu'ils se donnent l'un à l'autre.

Sara appuie sur l'accélérateur et rejoint la route. Dix minutes plus tard, elle s'insère dans une longue file de véhicules roulant au pas.

20

H - 204

Lili-Ann contemple son appartement vide. Brahim a déposé le couple avec leur bébé chez eux, avant de la conduire ici. Il attend en bas qu'elle rassemble quelques affaires. Que doit-elle emporter ? Que prend-on avec soi pour traverser la moitié du pays neuf jours avant la fin du monde ? Le pratique et l'essentiel. Ou bien tout le reste, justement ?

Elle sort d'un placard son sac à dos de randonnée, fourre dedans un gros pull en laine polaire, deux tee-shirts, des sous-vêtements, un duvet ultralight, une gourde métallique, deux paquets de gâteaux, une photo de famille prise l'été précédent, une lampe de poche, le chargeur de son smartphone, une boîte de Doliprane, une poignée de tampons, un album miniature de Calvin&Hobbes, une brosse à dents.

Avant de partir, elle farfouille sur une étagère de la cuisine jusqu'à dénicher un sac congélation qu'elle remplit d'eau claire. Elle s'approche du bocal du poisson rouge.

— On part en balade, Loüm.

Elle l'attrape à l'aide d'une épuisette, le dépose délicatement dans la poche plastique, ajoute une plante aquatique et quelques cailloux colorés avant de refermer le tout qu'elle cale par sécurité dans un tupperware.

Lili-Ann ajoute le pot de nourriture pour Loüm dans son bagage qu'elle boucle et envoie sur son épaule. Elle range dans sa sacoche l'appareil photo abandonné sur la table basse, le passe autour de son cou, comme si elle emportait par ce seul geste chaque personne et chaque lieu qu'elle a photographiés ces dernières années. Enfin, elle glisse sous son bras le tupperware, qui contient le sac congélation, qui contient le poisson rouge, et, sans un regard en arrière, elle descend retrouver Brahim.

Il n'a pas quitté le volant. Lili-Ann dépose ses affaires dans le coffre et s'installe sur le siège passager. La nuit est illuminée de centaines de phares de voitures, dont beaucoup affichent des plaques étrangères – allemandes, belges, luxembourgeoises et hollandaises. Les Parisiens qui voulaient partir ont déjà déserté la capitale, les autres n'ont pas encore réalisé ou espèrent qu'une solution sera trouvée avant que les explosions les atteignent. Lili-Ann et Brahim mettront des heures à quitter Paris et, si la circulation se poursuit en file ininterrompue jusqu'à la côte, ils ne sont pas près d'arriver.

— Tu disais que tu n'as pas de famille ? demande-t-elle à Brahim qui s'insère entre deux véhicules.

— Si, j'ai des sœurs au bled, et des cousins, et des neveux. Mais pas en France. J'étais marié, et puis… Bah !

Il agite la main, comme si son histoire ne méritait pas qu'on s'y arrête. Lili-Ann n'insiste pas. Ils ont une longue route à faire, les confidences arriveront lorsqu'elles seront mûres.

Ils s'engagent sur le boulevard encombré, se mettent à parler de tout et de rien pour éviter l'indicible.

Ils n'ont pas parcouru cinq cents mètres que le taxi tressaute et s'arrête dans un dernier hoquet. Brahim jure. Les klaxons percent la nuit.

— Ça va, ça va ! leur répond-il avec humeur.

Lili-Ann et Brahim poussent la voiture sur un arrêt de bus. Lili-Ann fait quelques pas dans la fraîcheur de la nuit.

— Je ne comprends pas, s'excuse Brahim en s'agitant sous le capot. Tout est normal…

Il peste contre l'électronique. Elle fait signe que ce n'est pas grave, mais au fond, elle bouillonne et son cerveau tourne à plein. Comment va-t-elle rejoindre Laure si le taxi de Brahim lâche ? Pour la première fois, elle se dit qu'elle ne parviendra peut-être pas chez ses parents à temps, que les explosions l'avaleront avant. Idée insupportable.

— Je vais trouver, frangine, murmure-t-elle entre ses dents.

Brahim s'acharne sur le neiman. Lili-Ann observe les voitures qui défilent au pas sur le boulevard. Son regard accroche la silhouette d'un homme qui fouille dans le coffre d'une décapotable garée en travers du trottoir. Sans la moindre pudeur, il retire un à un ses vêtements. Lili-Ann ne détourne pas les yeux, observant le corps nerveux de l'inconnu. Elle veut attraper son appareil photo, mais le temps qu'elle atteigne la portière, l'homme a déjà passé une nouvelle tenue.

Soudain, il se redresse et plante un regard fiévreux dans celui de Lili-Ann.

21

H - 203

Valentin fouille dans le coffre de la décapotable.

Son propriétaire l'a abandonnée, les clefs sur le contact. Derrière les clubs de golf, Valentin découvre un costume, une chemise blanche et un pull torsadé qui sortent du pressing, deux paires de chaussettes, un boxer blanc en microfibre et des chaussures de cuir clair. Parfait. Exactement ce dont il a besoin. Il ôte son vieux sweat usé, son tee-shirt, son jean, et enfile à la place les vêtements laissés dans le coffre. C'est le seul moyen qu'il a trouvé pour ne pas s'abandonner à la douleur de la perte. Ne plus être lui. Quitter son identité et sa vie en changeant de peau. Passer le costume d'un inconnu et se conformer à ce qu'il en devine.

Seules les chaussures sont trop petites.

Tant pis, il gardera ses baskets.

Du gel au bout des doigts, il discipline sa tignasse, la peigne en arrière, glisse les mèches les plus longues derrière ses oreilles. Il vérifie le résultat dans le reflet de la carrosserie. Sage, soigné. Le parfait garçon de bonne famille prêt à s'acoquiner en boîte de nuit.

Un crachotement de moteur attire soudain son

attention. Il appartient à un taxi en panne de l'autre côté du boulevard. Une silhouette piétine sur le bas-côté en serrant sa veste autour de son buste. Valentin se fige.

Elle.

Il n'a jamais cru aux signes.

Mais puisqu'il a décidé de ne plus être lui…

22

H - 203

L'homme s'éloigne de sa décapotable rutilante.

Lili-Ann le regarde avancer avec une méfiance réflexe. Elle le scanne de haut en bas. Cheveux trop bien coiffés dignes d'un dragueur italien, visage fin aux fossettes de sale gosse, pull irlandais tricoté main, pantalon trop court, chaussettes rayées hors de prix. Rayées verticalement, les chaussettes. Lili-Ann a une théorie là-dessus. Des rayures horizontales marquent une originalité, un anticonformisme, une envie de se démarquer et d'apporter un peu de fantaisie dans une tenue classique imposée par la société. La verticalité de la rayure, au contraire, c'est l'éloge de l'ambition, l'adhésion aux valeurs hiérarchiques de l'entreprise. Ça trace une ligne directrice qui s'élève de la semelle poussiéreuse jusqu'au mollet forcément musclé et viril.

Donc ce mec est là, pull irlandais ajusté, chaussettes rayées savamment tire-bouchonnées sur les chevilles, tellement fines qu'on devine les poils en dessous. Il traverse, monte sur le trottoir où se trouve Lili-Ann, lui sourit – un sourire étrange un peu tordu. Les cernes sous ses yeux dessinent un halo maladif à son regard.

— Besoin d'un nouveau taxi ? lâche-t-il d'une voix rauque.

— Non, ment-elle. Besoin d'horizontalité.

— Hein ?

— Rien. Laissez tomber.

— Vous êtes sûre que vous ne voulez pas que je vous emmène ? Vous allez où ?

— Laissez tomber, je vous dis.

— Vu ce qui va nous tomber dessus dans quelques jours, vous feriez mieux d'accepter les mains tendues…

Décidément, elle ne sent pas ce type. Sa démarche lui évoque une anguille fuyante. La riposte s'échappe des lèvres de Lili-Ann presque malgré elle :

— Je ne vais pas passer une minute du temps qu'il me reste à vivre avec un crétin aux chaussettes à rayures verticales qui n'a pas compris que la thune sur son compte en banque n'a plus le moindre putain d'intérêt.

Il hausse les sourcils, surpris. Lili-Ann elle-même ne sait plus ce qu'elle dit, elle veut juste qu'il s'en aille, qu'il la laisse tranquille.

— Qu'est-ce que mes chaussettes viennent faire là-dedans ?

— Qu'est-ce que tu ne comprends pas dans « laisse tomber » ?

— Tu ne sais pas ce que tu rates…

Ce mec ne doute de rien.

— Vraiment ? Une fille a déjà changé d'avis après cette réplique ?

Il rit.

— Non, avoue-t-il. Mais on ne sait jamais, tu aurais pu être la première !

— Oublie-moi.

— OK, murmure-t-il après quelques secondes. C'est ma spécialité en ce moment.

Fêlure dans sa voix. Il tourne les talons. Lili-Ann suit des yeux son dos qui s'éloigne en se demandant comment quelqu'un d'aussi arrogant est parvenu à la toucher. Elle est à fleur de peau, angoissée, elle s'est montrée brutale alors qu'elle et lui sont dans la même merde et qu'il lui proposait de l'aide. *On devrait être doux les uns avec les autres*, réalise-t-elle soudain. S'il reste quelque chose à partager dans les jours qui viennent, c'est bien la douceur, l'ivresse folle de la douceur comme un rempart à la terreur.

— Hé !

Il se retourne et la fixe. Elle hésite. Il hausse les sourcils en une question muette.

— Je vais en Bretagne, dit-elle.

— Ça me va.

Il rejoint son véhicule, démarre, manœuvre pour faire demi-tour en s'attirant les foudres des conducteurs alentour, finit par les rejoindre sur l'arrêt du bus. Lili-Ann s'aperçoit avec soulagement que la décapotable possède une banquette arrière. Elle se tourne vers Brahim.

— Tu viens avec nous ?

— Ces voitures sportives, ce n'est pas confortable…

— Si vous êtes sage, sourit Rayures Verticales, je vous laisserai le volant.

Le visage de Brahim s'illumine comme celui d'un enfant devant la promesse d'une glace.

— Vendu !

Lili-Ann récupère son sac qu'elle fourre dans le minuscule coffre de la décapotable, puis elle s'assied à l'avant, le poisson rouge sur ses genoux, l'appareil photo à ses pieds. Brahim se glisse sur la banquette arrière.

— T'as quoi dans ton tupperware ? demande Rayures Verticales.

Elle enlève le couvercle, sort avec précaution le sac congélation qu'elle élève à hauteur de regard.

— Loüm.

— Ton… poisson rouge, donc. Salut, Loüm, je suis Val. Lui derrière, c'est Brahim. Et tu es…, ajoute-t-il en relevant les yeux.

— Lili.

— Lili. C'est bien, Lili.

Il a l'air de tellement penser ce qu'il vient de dire que Lili-Ann ne cherche pas à comprendre ce qu'il entend par là. Elle s'enfonce dans le cuir du siège en espérant qu'ils quittent Paris avant que le jour se lève.

Elle s'aperçoit vite que Val se fiche des règles de circulation, il se faufile dans le moindre interstice, s'engage dans de minuscules rues parallèles, double par la droite en grimpant sur le trottoir… Le genre de conducteur que Lili-Ann déteste en temps normal. Mais dans la situation actuelle, elle ne pouvait rêver mieux. Deux heures plus tard, alors qu'une aube cristalline s'ouvre à l'est, Boulogne-Billancourt disparaît derrière eux.

DEUXIÈME PARTIE

23

H - 202

Tandis que Sara conduit, Gwenaël écrit, écrit encore.

Malgré la musique que l'autoradio crachote, il peut presque entendre vibrer la tension qui envahit l'habitacle de la voiture. Ce matin, ça ne loupe pas. Sara explose.

— Pour qui est-ce que tu écris ce bouquin ? Hein ?

— Pour moi.

Il ment. Écrire pour lui-même ne lui a jamais suffi. Cette fois, il s'en contentera pourtant.

— Je t'entends défendre depuis des années l'idée que l'écriture est un métier, tente de le raisonner Sara. Depuis l'annonce des explosions, tout le monde a arrêté de bosser, Gwen, à part quelques crétins qui s'enfoncent dans le déni, ou des militaires, des contrôleurs aériens, des médecins et des infirmières qui arrêteront bientôt, eux aussi, parce que ça n'a pas le moindre sens de continuer !

— *C'est* un métier. Et c'est ce qui me fait vivre. Littéralement – je ne parle pas d'argent.

Violent coup de frein. Gwenaël relève la tête de

ses notes, jette un regard surpris à Sara. Un concert de klaxons retentit derrière eux.

— Ce qui te fait vivre, *littéralement*, répète-t-elle, c'est ton putain de cœur qui bat dans ta poitrine et toute la fantastique machine qu'est ce cher corps que je pourrais dévorer à force d'avoir envie de l'embrasser.

Elle joint le geste à la parole. Gwenaël sourit, lui rend son baiser.

— Tu sais ce que je veux dire, murmure-t-il.

— Je sais. Et ça me fait chier à un point que tu n'imagines pas, mon amour. Je croyais avoir l'éternité avec toi. Non seulement il ne me reste que neuf jours, mais je dois en plus te partager avec tous tes autres, là…

Elle pose l'index sur le front de Gwenaël. Le bout de son ongle s'enfonce dans sa peau. Derrière eux, un chaos de cris et de sonneries stridentes dont ils ne tiennent aucun compte. Sara glisse une main sur sa cuisse.

— J'ai envie de toi.

— Moi aussi.

Sara passe la première, avale les dix mètres qui se sont dégagés devant eux, bifurque dans l'allée boueuse d'un champ, coupe le moteur. Leurs regards se verrouillent l'un à l'autre. Ils se déshabillent dans une danse avide, rendue maladroite par l'étroitesse de l'habitacle, atterrissent en riant sur la banquette arrière. Depuis combien de temps n'ont-ils pas fait l'amour juste parce qu'ils en ont envie ?

Leur étreinte est brève, urgente, nécessaire.

Haletants, ils restent un moment serrés, peau à peau, comme un seul corps. Gwenaël coiffe du bout des doigts les cheveux courts de Sara. Le doute l'envahit comme un poison. Est-ce qu'elle n'a pas raison ? Ce qui a du sens, c'est eux, le lien qui les ramène toujours l'un à l'autre, et cette soif d'elle qu'il retrouve à présent que l'enjeu de fonder une famille a disparu.

— Je vais tout jeter, annonce-t-il soudain en se redressant.

Il récupère son caleçon, enfile son jean, passe ses baskets sans prendre le temps de remettre ses chaussettes.

— Tu vas quoi ? s'alarme Sara.

— Mon texte. Je le jette, et on repart.

À la hâte, il saisit le paquet de feuilles sous le pare-brise. Maintenant qu'il a pris la décision d'y renoncer, il doit agir vite, avant de changer d'avis. Depuis huit ans, Sara est son pilier, sa maison. Il lui doit bien ça. Être pleinement avec elle. Se faire du bien. User ces neuf jours jusqu'à la corde. D'un pas déterminé, il pénètre dans le champ voisin. Les vaches qui y paissent ne relèvent pas la tête.

— Attends-moi ! s'écrie Sara.

En culotte dans l'embrasure de la portière, elle récupère le premier vêtement qu'elle trouve – le tee-shirt de Gwenaël – et le met. Il tombe comme une robe, couvrant à peine ses fesses. Elle crie dans son dos, le rejoint en courant, pieds nus sur la terre gluante.

— Qu'est-ce que tu fous ? Gwen !

Il jette les premières pages qui retombent comme des feuilles mortes sur l'herbe du champ. Il aime cette idée. Il se sent arbre, tronc, racine.

D'abord, Sara rattrape les pages, essaie de lui

arracher des mains le manuscrit. Au bout d'un moment, elle arrête, se contente de lui crier dessus, furieuse, tempête de mots qui s'envolent avec son roman. Gwenaël se prend au jeu, lance encore et encore, le même geste, la main qui saisit, le bras qui se déploie, froissement du papier, rectangle blanc sur ciel bleu.

Une marée de pages roule mollement dans le champ et s'éloigne en une curieuse procession.

Gwenaël jubile. Jusqu'à ce matin, il se libérait d'un texte en l'écrivant. Il ignorait qu'il existait une autre manière. Le détruire. Y renoncer, feuillet après feuillet.

24

H - 201

La commandante Béatrice Blanche coupe le moteur de sa moto et plante la béquille dans les graviers de l'allée.

Elle s'était juré de ne pas venir ici.

Mais depuis l'annonce des explosions, l'idée tourne dans sa tête avec une persistance agaçante, car Béatrice n'a pu s'empêcher d'établir un parallèle entre ce phénomène et l'Alzheimer dont souffrent ses parents : un effacement inéluctable et injuste qui, au lieu de se dérouler à l'échelle d'un seul individu, frappe l'humanité entière. Sauf qu'a priori, les hommes touchés par les explosions meurent vraiment. Pas comme ses parents, que Béatrice a la sensation de perdre à nouveau à chaque visite.

Oui, elle s'était juré de ne pas venir. Elle sait qu'elle repartira tout à l'heure un peu plus déprimée. Seulement, elle se détesterait si elle ne tentait pas une dernière fois de déceler un écho dans leurs regards, une bribe de reconnaissance, un instant minuscule où ils redeviendraient son père et sa mère, où elle pourrait à nouveau être leur fille.

Béatrice abandonne son véhicule, traverse le

jardin vers la volée de marches qui mène à la bâtisse de pierres claires.

À la porte, elle hésite. Ce n'est pas l'heure des visites, la nuit vient à peine de se dissiper, et la plupart des résidents doivent encore être couchés. Elle se penche par-dessus la rambarde de pierre, jette un coup d'œil par la fenêtre. Des silhouettes s'agitent dans les salons du rez-de-chaussée. Oscillant entre curiosité et inquiétude, elle essaie d'entrer. La porte est verrouillée. Lorsque Béatrice presse le bouton de la sonnette, des piaillements lui répondent, et la poignée s'abaisse plusieurs fois comme si quelqu'un tentait d'ouvrir sans y parvenir. Une dispute éclate de l'autre côté du panneau de bois. Béatrice sonne à nouveau. Après plusieurs minutes, une voix claire de femme se fait entendre :

— J'arrive ! Reculez. Mais laissez-moi passer, enfin !

Aucune colère dans son intonation. Juste un amusement empressé. La porte s'ouvre.

— Oui ?

Une grande brune au nez moucheté de taches de son dévisage Béatrice. Entre trente-cinq et quarante ans, baskets aux pieds, tablier de cuisine taché pour protéger son jean, elle ne semble pas comprendre ce que Béatrice fait là.

— Je suis la fille de M. et Mme Blanche, se présente-t-elle. Je viens les voir.

— Oh ! D'accord. Entrez si vous l'osez, plaisante-t-elle en s'effaçant pour libérer le passage. Nous ne nous sommes jamais vues, je crois ? Marie-Annick. Je suis infirmière ici depuis trois mois.

— Je ne viens pas souvent, confirme Béatrice.

Une bouffée de culpabilité l'envahit, qu'elle repousse avec peine.

Béatrice gagne le seuil du premier salon. S'arrête. Dans son dos, elle entend Marie-Annick qui verrouille l'entrée, mais elle ne peut détacher son regard du spectacle qui s'offre à elle. Un chaos absolu règne dans la résidence. Deux hommes encore bien conservés se disputent un pull, tandis qu'un couple plus âgé assis dans un canapé les regarde faire, hilares. Près de la fenêtre, une femme chante d'une voix chevrotante, aiguë et parfaitement fausse.

— Tais-toi, la vache ! lui crie une autre.

Tous sont en pyjama, et certains se sont souillés. Des coussins, des habits et des objets variés traînent d'un bout à l'autre de la pièce. Soudain, un homme en fauteuil roulant déboule à toute allure en criant de frayeur, tandis que son comparse, qui le pousse, affiche un large sourire.

— Monsieur Leduc ! s'exclame Marie-Annick. Vous voyez bien que votre ami n'aime pas ce jeu, enfin !

Elle arrête le fauteuil et, avec des gestes doux et quelques mots, apaise vite les deux hommes.

— Vous êtes seule, comprend Béatrice.

— Les autres ne sont pas revenus travailler.

— Il y a eu des visiteurs depuis que… ?

— Le conjoint d'une résidente est venu. À part lui, personne. Je ne juge pas, vous savez. Alzheimer, à ce stade avancé, est bien plus difficile à vivre pour les proches que pour les malades, je comprends qu'avec ces explosions… Bref. Chacun fait comme il peut, hein ? Normalement, vos parents sont à l'étage, suivez-moi.

Béatrice s'engouffre avec elle dans l'escalier.

— Et vous, vous êtes… restée, dit-elle.

— Je suis complètement dépassée, sourit l'infirmière. Je ne peux pas m'occuper d'eux comme lorsque nous sommes dix ! Et vous savez quoi ? Ça n'a aucune espèce d'importance. Tenter de retarder les dommages de la maladie ne sert plus à rien. Mon rôle se résume à présent à m'assurer qu'ils ne quittent pas la propriété, parce qu'ils risqueraient d'avoir peur dehors. Alors, je verrouille toutes les portes pendant la nuit, et la grille du parc durant la journée. En dehors de ça, je me contente de les soigner s'ils se font mal, de leur dénicher des pyjamas propres quand ils se salissent, et de vider la réserve pour les nourrir. Ce midi, c'est purée pour tout le monde. De toute façon, passé quatorze heures, ils auront déjà oublié ce qu'ils ont mangé.

— C'est courageux d'être restée, mais… je peux vous demander pourquoi ?

Dans le couloir de l'étage, deux patients se frottent l'un contre l'autre. Béatrice détourne les yeux, gênée. Marie-Annick, elle, marche droit vers eux.

— Vous serez plus tranquilles dans une chambre, vous savez, dit-elle doucement.

Et elle les fait entrer à l'intérieur d'une pièce adjacente.

Un peu plus loin, Béatrice reconnaît la chambre de sa mère. La porte, d'ordinaire fermée, est grande ouverte. Et à l'intérieur, cinq personnes encore jeunes, comparées à celles qui se trouvaient en bas, détaillent le plafond. Ses parents sont assis côte à côte sur le matelas.

— Tout va bien ? lance Marie-Annick.

— Ah, oui oui, lâche le père de Béatrice sans esquisser un mouvement.

— Que regardez-vous ?

— Les fesses du plafond.

Un sourire s'accroche aux lèvres de Béatrice tandis qu'elle aperçoit sur la surface blanche une tache d'humidité.

— En effet, approuve Marie-Annick, c'est ressemblant.

— Comme deux gouttes d'eau, renchérit le père de Béatrice.

À ces mots, la tache se met à suinter, puis à arroser carrément la chambre. Une femme s'éloigne, apeurée, mais les quatre autres patients éclatent de rire.

— Nom de nom ! peste l'infirmière.

Elle quitte la chambre en trombe pour aller voir ce qui se passe au-dessus. Béatrice, fascinée, observe le visage radieux de sa mère, encadré des mêmes mèches rousses que les siennes. Son expression est au-delà du plaisir. C'est un ravissement lumineux, de la joie à l'état pur. Mais la tache au plafond devient énorme. Il faut faire bouger les quatre vieux.

— Nous devons sortir, dit-elle en prenant le bras de sa mère.

— Certainement, répond celle-ci en posant une main sur sa joue. Je ne savais pas que tu étais là, Françoise !

Françoise. Elle prend Béatrice pour sa sœur, décédée dix ans plus tôt.

— Je suis là. Allez-y, indique-t-elle aux trois autres vieux.

— Comme Jean, rigole le père de Béatrice en se dirigeant vers la porte.

Elle met deux secondes à réaliser ce qu'il vient de dire. Jean Alesi. Un pilote de Formule 1 qu'il adorait. Elle n'a pas le temps de s'en amuser qu'une trombe d'eau s'abat sur le lit de sa mère, à présent vide. Tous se retournent pour observer le désastre. Puis leur hilarité reprend de plus belle, et Béatrice se joint à eux.

Marie-Annick réapparaît un instant plus tard, des serviettes dans les bras.

— La douche des aides-soignants était restée ouverte, explique-t-elle. Un résident a dû l'utiliser, et c'est la seule à ne pas s'arrêter automatiquement… (Elle jette un œil à l'intérieur de la chambre.) Eh bien, en voilà au moins quatre qui n'auront pas besoin de toilette !

Béatrice l'aide à les sécher, puis elles les installent dans une salle au rez-de-chaussée.

— J'ai l'impression d'être une baby-sitter qui tente de s'occuper d'une bande de gamins de cinq ans, s'amuse Marie-Annick. Sauf qu'ils bougent moins vite que des marmots.

— Vous ne m'avez pas répondu tout à l'heure. Vous allez rester là jusqu'au bout ?

— Vous en connaissez beaucoup, vous, des endroits où, par les temps qui courent, on aura deux ou trois fous rires irrépressibles par jour ? Je ne quitterais mes patients pour rien au monde.

Béatrice hoche la tête. Elle la comprend. Elle ne pourrait pas prendre la place de cette femme, mais elle la comprend.

— Vous n'avez pas peur que certains deviennent… agressifs ? Ou se blessent ?

— Pour l'instant, ça va. On verra bien. Je me débrouillerai.

Les yeux de Béatrice se posent sur ses parents.

— Je ne les avais pas vus aussi heureux depuis des années, murmure-t-elle.

— Voulez-vous leur dire au revoir ?

— C'est déjà fait.

25

H - 201

Valentin ne ménage pas son véhicule. Un curieux silence s'est installé dans l'habitacle, plus curieux encore depuis que les rayons du soleil ont fait voler en éclats l'impression d'intimité offerte par la nuit. En se redressant, Valentin distingue dans le rétroviseur le visage endormi de Brahim, écrasé contre la vitre. Il jette un coup d'œil à sa droite. Lili l'observe.

— Val, c'est pour Valentin ou Valère ? demande-t-elle après quelques secondes.

— Première option, grimace-t-il.

— Tu n'aimes pas ton prénom ?

— Si. Valère, par contre…

— La promesse d'une scolarité épanouie.

Il sourit. Un instant, il hésite à lui rappeler la scène de l'avion de papier, puis renonce à cette confidence. Cesser d'être lui se révèle moins simple qu'il l'imaginait.

— On ouvre le toit ? propose Lili.

— On va bouffer du pot d'échappement…

— Marrant comme le cancer des poumons n'effraie plus grand monde, depuis deux jours.

Merde, cette fille est vraiment forte. Valentin se

sent comme une feuille déchirée en milliers de morceaux, et elle parvient quand même à le faire rire.

— Ça va réveiller Brahim…

— Vous embêtez pas pour moi, lâche celui-ci sans ouvrir les yeux. Je n'ai rien contre un peu d'air !

Bon. Valentin cherche le bouton pour décapoter la voiture. Celui-là, peut-être, avec un symbole en zigzag bizarre ? Il le presse. Cliquètement. Ronronnement de moteur miniature. Rien ne bouge. Lili le dévisage.

— Celui-là, c'est pour refermer, souffle-t-elle. Je tenterais celui d'à côté.

— Ah, oui.

— Ce n'est pas ta voiture.

Il presse le bouton sans répondre et le toit se replie vers l'arrière dans un arc de cercle gracieux.

— Ce n'est pas ta voiture, répète-t-elle.

— En réalité, je…

— Ce ne sont pas tes chaussettes !

Il se retourne vers elle, interloqué. Elle mord ses lèvres pour contenir l'hilarité qui la gagne et, n'y tenant plus, éclate de rire, se rejetant en arrière dans son siège. Ses longs cheveux bruns tressaillent, dévoilant son visage chaque fois qu'elle repousse les mèches dans son dos, d'où elles s'échappent aussitôt. Valentin la regarde, fasciné par cette soudaine joie de vivre à laquelle il se sent étranger mais qu'il aimerait tant partager.

— Sérieux, c'est quoi ton problème avec ces chaussettes ?

— C'est juste une… théorie, hoquette-t-elle.

— Quelle théorie ?

Elle lui résume en quelques mots les rayures verticales et les rayures horizontales, puis demande :

— Pourquoi tu as piqué ces fringues ?

Soudain, une feuille blanche se plaque sur le pare-brise.

— Wow !

Surpris, Valentin fait une petite embardée. Heureusement qu'ils ne dépassent pas les dix kilomètres-heure à cause des bouchons. Lili-Ann se lève, glisse la main devant la vitre, ramène la feuille.

Un texte est imprimé dessus.

26

Ève marche, comme toujours, à la frontière des mondes. Son monde à elle, intact, et celui des autres, à présent en miettes. Elle porte sur une épaule un vieux sac à dos vide. Il contient toute sa vie.

Ève marche, comme toujours, sans savoir où elle va. On pourrait penser qu'elle ne regarde rien, tant ses yeux sont plantés loin devant elle. Ce serait faux. Elle ne contemple juste pas la même chose. Ève ne voit ni les routes, ni les voitures, ni les maisons. Dans sa tête, il n'y a qu'un ponton, et c'est cela qu'elle voit : un ponton de bois infini qui avance au-dessus d'un néant vaporeux. L'empreinte de ses pas s'inscrit dessus comme de l'encre sur une feuille. Et derrière elle, le bois se désagrège en un millier de petits morceaux qui s'envolent dans toutes les directions ; elle ne peut pas reculer, il faut qu'elle avance. Alors ses yeux fixent le bout du ponton, qu'elle n'atteindra jamais, car il y a toujours un autre bout, plus loin, qu'elle ne voit pas encore, caché par la ligne de l'horizon.

Ève marche, donc, son éternel sac à dos vide se balançant sur son épaule. Elle marche vers le bout du ponton pour ne pas disparaître.

Soudain, Ève ralentit. Elle sent une immense présence, une présence qui tremble. Elle se concentre pour superposer son ponton et le monde des autres, puis observe autour d'elle. Ève se trouve dans une petite rue bordée de petites maisons, avec de petits jardins entourés de petites haies, sûrement en périphérie d'une petite ville. Sa ville. Oui, ce doit être cela. Elle a tellement souvent changé de ville…

Ève pivote mais ne voit personne. Pourtant, elle sait qu'elle n'a pas rêvé. Elle ferme les yeux un instant. La présence est toujours là, immense, magnifique, douce comme un lever de soleil sur la mer. Terrorisée, aussi.

En ouvrant les paupières, elle l'aperçoit enfin. Petit bonhomme à la peau noire et aux yeux brillants, recroquevillé dans une haie. Elle fait un pas vers lui, s'assied sur la route.

27

H - 201

Lili-Ann s'arrête.

Elle a atteint le bas de la page, orné d'un petit 10. Page 10. Il y en a d'autres, donc, neuf avant, et une flopée après, sûrement. Intriguée, elle se penche par-dessus la portière. Des dizaines de feuilles volent mollement sur le bas-côté, emportées par la brise.

Lili-Ann saute hors de la voiture.

— Qu'est-ce que tu fous ? s'exclame Valentin en enfonçant la pédale de frein.

Elle ramasse les feuillets un à un, cherchant le numéro 11. Ce texte lui parle. Elle n'en comprend pas le sujet, mais certaines phrases, par l'écho qu'elles projettent, se fichent en elle comme une flèche sur sa cible. *Elle marche vers le bout du ponton pour ne pas disparaître*. C'est exactement ainsi que Lili-Ann se sent. Le bout de son ponton, c'est Laure, c'est Ninon, c'est la maison de son enfance.

Là ! Page 11. Lili-Ann s'en empare et poursuit sa lecture.

Le gamin la regarde en tremblant. Il a des yeux incroyables, tellement sombres qu'on ne distingue pas la pupille de l'iris. Des yeux qui voient tout. Comment un si petit être peut-il avoir une aussi grande présence ?

Une chaleur se propage dans le corps d'Ève. Elle se sent responsable de lui. Personne n'a jamais eu besoin d'elle auparavant, et elle n'a jamais eu besoin de quiconque. Alors pour une fois qu'elle est nécessaire, elle ne va pas se défiler. Ce qu'Ève ne sait pas, c'est que c'est elle qui a déjà besoin de lui.

Ève en oublie son ponton et le regarde, le regarde encore…

Une vie passe.

Il a cessé de trembler et s'est assis à deux pas de distance. Ils prennent le temps de se reconnaître. Au même moment, Ève marche. Il y a Ève-Assise-Devant-l'Enfant et, dans sa tête, il y a Ève-Qui-Marche. L'Enfant voit ça, cet éclat de mouvement perpétuel qui habite le corps d'Ève. Sans un mot, il se lève, les yeux fixés sur elle comme des lanternes. Il attend. Ils ont tous les deux la patience des gens perdus depuis toujours et l'urgence de ceux qui ont mal sans le savoir. Elle se lève à son tour, rajuste son pull trop large et murmure de sa voix grave : « Dis-moi, où va-t-on maintenant ? »

L'Enfant lève sa tête vers le ciel. Il pointe son doigt vers un oiseau qui vole au loin entre les nuages.

Le ponton s'étire à nouveau devant elle – il n'a jamais vraiment cessé d'être là –, il s'est élargi pour laisser à côté d'elle une place à l'Enfant. Et pour Ève, c'est comme si cela avait toujours été ainsi.

Un petit poing serré se glisse dans sa main et l'entraîne.

Si elle se retournait maintenant, Ève pourrait voir que le ponton a cessé de se désagréger, que le bois reste intact derrière elle, marqué des empreintes de leurs pas.

Mais elle ne se retourne pas.

Elle ne se retourne pas, parce que, sinon, ce ne serait pas Ève.

Fin de la page 11.

La gorge serrée, Lili-Ann récupère une feuille plus loin, et puis une autre. Ce texte est comme une voix qui murmure à une part oubliée d'elle-même, enfouie sous des couches de quotidien, et pourtant essentielle.

— Lili ! s'exclame Valentin. Où vas-tu ?

— Je reviens !

De toute façon, vu le rythme auquel ils progressent, elle les retrouvera.

Lili-Ann suit la piste des feuilles qui se précipitent contre ses chaussures. D'où viennent-elles ? Qui les a perdues ? Tandis qu'elle progresse sur le bas-côté, elle trouve de plus en plus de feuilles, de plus en plus de mots jetés au vent. Son souffle s'accélère à mesure qu'elle remonte vers la source. Une trentaine de pages serrées contre sa poitrine, Lili-Ann tend l'oreille. Elle perçoit une voix féminine par-dessus les grondements des moteurs. Là-bas, dans le champ ! Deux personnes se tiennent debout au milieu d'un troupeau de vaches indifférentes. L'une, courtes mèches blondes, en culotte et tee-shirt trop large pour son corps menu, s'énerve contre un homme torse nu à la longue silhouette dégingandée qui lance l'une après l'autre les feuilles au-dessus de sa tête. Lili-Ann les ramasse, s'approche peu à peu. Ils ne s'aperçoivent pas de sa présence.

— Mais arrête ! hurle la fille. Gwen, arrête ça tout de suite, tu agis comme un gamin de cinq ans, c'est ridicule !

L'homme poursuit sa tâche dans un calme parfait, ses gestes amples animant le champ comme un chef d'orchestre conduit ses musiciens. Ses lèvres bougent.

— … raison de toute façon, comprend Lili-Ann. Continuer ce roman à neuf jours de la fin du monde est absurde. Autant tout détruire. C'est ce que tu as toujours voulu, non ? Que je m'occupe autant des personnes réelles que de celles qui naissent dans ma tête ? Tu vois, tu dis que je ne t'écoute pas, mais je t'écoute. J'arrête. Voilà, plus de roman, plus d'écriture, plus rien, tu es contente ? Tu m'as pour toi toute…

Soudain, les yeux de l'homme tombent sur Lili-Ann qui s'est immobilisée, gênée, à une dizaine de mètres. La blonde suit son regard, découvre le paquet de feuilles dans les bras de Lili-Ann qui les rejoint d'un pas mécanique. Son arrivée est une intrusion, elle le voit bien.

— J'aurais mieux fait de ne pas les ramasser, c'est ça ?

L'homme, visage de guingois surmonté d'une touffe de cheveux à l'état sauvage, barbe de trois jours et yeux vert pâle, la fixe avec une intensité saisissante. La fille, visage fin que la colère a teinté de rouge, croise les bras sur sa poitrine en fusillant du regard son compagnon.

— Pourquoi as-tu ramassé ces feuilles ? demande-t-il.

— La page 10 m'a trouvée. J'ai voulu lire la suite.

Il se redresse, bascule le poids de son corps sur ses talons, mouvement infime de surprise mêlée d'espoir. Il tend les mains. Lili-Ann lui remet le paquet de feuilles en désordre d'un geste solennel. Le fil de leurs regards se brise tandis qu'il baisse les yeux vers son texte maculé de terre. Un moment, il reste là, à relire les lignes qui s'offrent à sa vue.

— Merci, dit-il enfin d'une voix étranglée en relevant la tête.

Son émotion est si dense qu'elle frappe Lili-Ann de plein fouet.

28

H - 201

Gwenaël est entier à nouveau.

Cette fille, là, avec de grands yeux sombres perdus sous une frange brune trop longue et des cheveux emmêlés par le vent, le cuir de ses chaussures maculé de boue, cette fille a rassemblé ces fragments de lui éparpillés au vent.

Un intense soulagement l'envahit.

— Merci, souffle-t-il.

L'inconnue acquiesce en silence.

Il se tourne vers Sara. Toute colère s'est envolée. Reste dans son regard une peine qu'il a appris à reconnaître dans d'autres yeux il y a déjà longtemps. La certitude violente qu'elle sera toujours seconde. Qu'autre chose de plus grand qu'elle, de plus grand que Gwenaël même, passera avant, quel que soit l'amour qu'il lui porte.

— Je suis désolé, murmure-t-il.

— Et moi donc, répond Sara.

Elle s'approche, le serre fort dans ses bras, le manuscrit coincé entre leurs ventres. Il enfouit son visage dans ses cheveux.

— C'est votre voiture ? demande l'inconnue.

Elle désigne la Clio, abandonnée dans l'allée du champ à une cinquantaine de mètres.

— Oui, pourquoi ?

— Vous allez avoir du mal à repartir.

Sara comprend la première.

— Merde, lâche-t-elle. On est embourbés.

Elle court vers la voiture. Gwenaël récupère les dernières pages qui traînent près de lui avant de la suivre. La terre visqueuse a avalé la moitié inférieure des roues.

— Merde, merde, merde ! peste Sara en essayant de les dégager à grands coups d'accélérateur.

29

H - 200

— Brahim, je peux te laisser le volant ? demande Valentin.

— Bien sûr !

Brahim se précipite à l'avant. Il se sent mal à l'aise sur la banquette arrière, lui qui a passé ces trente dernières années à conduire ses passagers d'un bout à l'autre de la capitale. Ravi, il goûte le contact du cuir sous ses mains, sort de la poche de sa chemise ses lunettes de soleil, les glisse sur son nez.

Valentin se met debout sur le siège passager. Brahim suit son regard. Ils viennent de dépasser le champ où se trouvait Lili-Ann. Elle pousse une petite voiture blanche avec deux inconnus. Valentin grimace.

— Je vais les aider. Ne pars pas trop loin, Brahim…

— Je ne vois pas comment je ferais…

La circulation est au point mort. Valentin saute par-dessus la portière. Brahim le regarde louvoyer entre les voitures pour rejoindre le bas-côté, puis ses yeux se perdent un instant entre les rares nuages qui s'étirent sur l'azur.

Belle journée, songe-t-il.

Il fait beau, et Brahim conduit une décapotable pour la première fois de sa vie. Ça aurait été con de mourir sans vivre ça, non ?

C'est drôle, l'existence. Quand on est jeune, on croit qu'on ne tombera pas dans ses pièges, qu'on fera mieux que ses parents, mieux que tout le monde. On a tout prévu. On n'imagine pas que des galères peuvent nous tomber dessus – ça n'arrive qu'aux autres – et on attend de l'univers qu'il se plie à nos désirs. Jusqu'au jour où on comprend que les autres, ça peut aussi être nous. Et alors tout change. Brahim en a eu mille preuves, personnellement ou par procuration. Comme ce type qu'il a emmené de Bastille à Montparnasse l'autre jour. Il a eu un cancer à trente-deux ans, lui a-t-il raconté. Il s'en est remis, puis a tout plaqué pour faire le tour du monde et s'est finalement installé en Birmanie. Sauf qu'au bout de cinq ans là-bas, alors qu'il n'avait plus aucune intention de quitter l'Asie, il est tombé amoureux. D'une touriste. Française. Alors il est rentré avec elle. Quand Brahim l'a déposé à Montparnasse, le type avait rendez-vous avec sa mère et sa belle-mère pour essayer des costumes de marié. On ne peut pas tout prévoir. Ou alors il faut vivre seul au fond d'une grotte, et encore…

La Birmanie, Brahim ne connaît pas.

Le biais étrange de l'affection qui relie les hommes, les changements de trajectoire et les embranchements imprévus, en revanche, il connaît. Et en bon taxi, il affectionne les détours.

Ce trajet lui réserve des surprises – il y en a toujours pour qui accepte de les voir. De toute façon, depuis qu'il a lâché prise et cessé de vouloir tout contrôler, il ne s'inquiète pas de l'avenir et prend la vie comme elle vient, au hasard des rencontres.

Brahim se dévisse sur son siège, malmenant ses reins douloureux.

Là-bas, dans l'allée boueuse qui mène au champ, Valentin vient d'atteindre la voiture embourbée.

30

H - 200

— Je peux aider ?

Lili se charge des présentations. Valentin joint ses efforts aux leurs tandis que la prénommée Sara fait rugir le moteur. Cinq minutes plus tard, ils sont couverts de boue, les baskets de Valentin sont ruinées, et la Clio n'a pas bougé d'un pouce.

— Il reste deux places dans notre voiture, suggère Valentin. Je ne sais pas où vous allez, mais si c'est dans cette direction…

Sara et Gwenaël échangent un regard. Ils jettent un dernier coup d'œil aux roues embourbées avant de se décider.

— Merci, c'est sympa de votre part. On a la poisse avec les voitures, ces derniers jours… On récupère quelques affaires et on vous suit.

Sans la moindre pudeur, Sara ôte son tee-shirt, le donne à Gwenaël, puis se rhabille. Valentin baisse les yeux. La jeune femme est pieds nus et son compagnon ne porte pas de chaussettes dans ses chaussures.

— Je trouve ta théorie très incomplète, lâche-t-il à Lili.

— Rayures horizontales, juge-t-elle, catégorique, en suivant le regard de Valentin.

— Lui ?

— Oui.

— Et elle ?

— Je dirais, chaussettes noires unies.

— Ce qui signifie… ?

— … qu'il ne faut pas la faire chier.

— C'est gentil de prévenir.

À ce moment, Sara s'assied sur la banquette, les jambes dans le vide, et frotte ses pieds l'un contre l'autre pour en ôter un maximum de terre. Puis, sans se soucier de celle qui reste accrochée à sa peau, elle enfile une paire de chaussettes. Noires. Unies.

— Bien joué, capitule Valentin. Hey, et toi, au fait, tes chaussettes ?

Lili sourit, dévoile sa cheville.

Noires. Unies. Ben voyons.

Il ne faut pas plus de deux minutes à Sara et Gwenaël pour rassembler leurs affaires. Elle tient à bout de bras un plaid à motif écossais, un sac de nourriture et un objet emballé dont il ne parvient pas à déterminer la nature. Lui ne porte qu'un paquet de feuilles qu'il s'acharne à remettre dans l'ordre. Le texte que Lili a lu tout à l'heure, devine Valentin.

Arrivés à la voiture, il ouvre le minuscule coffre déjà plein. Il en sort les clubs de golf et s'apprête à les abandonner sur le bas-côté.

— Hé, gardes-en un ! intervient Sara. Celui avec le bout rond, là.

— Pourquoi ?

— C'est une arme parfaite.

— T'es un peu flippante.

— Non, je suis prévoyante.

Chaussettes noires, se rappelle Valentin. On ne discute pas avec des chaussettes noires. Il récupère le club au bout rond, le cale sous leurs affaires et arrange le reste. Par chance, ils voyagent léger.

Valentin se cale sur le siège passager. Sara se retrouve au milieu de la banquette. Elle passe aussitôt sa tête à l'avant.

— Qu'est-ce que vous faites dans la vie ? Je sais bien que ce n'est plus très…

Elle laisse sa phrase en suspens.

— Je suis chauffeur de taxi, répond Brahim en tapotant le volant.

— Étudiante, lâche Lili, et chargée de cours à la fac.

— Étudiante en quoi ?

— Théâtre. Je faisais un master.

Valentin dresse l'oreille. Il imaginait qu'elle étudiait la photographie.

— Tu fais ton mémoire sur quoi ? s'intéresse Sara.

Lili prend une longue inspiration, puis énonce d'une traite :

— L'apport de la pratique des arts martiaux chinois pour un comédien occidental contemporain.

Sifflement admiratif.

— Tes profs t'ont laissée choisir un sujet pareil ?

— Si tu voyais les sujets des autres…

— Tu es comédienne, donc.

— Oui et non. J'ai fait beaucoup de théâtre, mais je préfère mettre en scène.

— Et tu pratiques quels arts martiaux ?

— Un peu de wing chun. Une forme de kung-fu. Et puis du tai-chi et du qi gong.

Valentin hausse les sourcils. Chaussettes noires, ne pas faire chier, tout s'explique.

— Et toi ? demande Lili à Sara.

— J'ai créé une société il y a trois ans avec des amis. Grâce à des drones, on aide à établir l'étendue des dégâts causés par des séismes dans des zones peu accessibles. Montagneuses, souvent.

— J'ai vu qu'ils avaient tenté de lancer des drones à travers les murs d'explosions, intervient Valentin.

— Oui. Ça n'a pas fonctionné.

— C'est un drone, le truc emballé sur tes genoux ?

— Oui. Et toi, tu fais quoi ?

Vite, s'inventer une vie !

Valentin se sent bombe à retardement, au bord de l'implosion. On peut enfermer un moment la douleur dans un coin de son être. Mais l'y retenir est une lutte permanente, et elle finira par crever la surface, remonter au jour, le dévaster tout à fait ; il le sait.

— Commercial, ment-il. Rien de passionnant. Ça parle de quoi, ce que tu écris ? ajoute-t-il en se retournant vers Gwenaël qui travaille sans les écouter.

— Je n'en suis pas encore sûr. C'est pour ça que je dois l'écrire.

Sara lève les yeux au ciel. Lili-Ann, Valentin et Brahim se gardent de tout commentaire.

— Eh ben moi, lâche ce dernier avec un grand sourire, je suis bien content d'être là avec vous ! C'est vrai, quoi, ça pourrait être pire !

— Pire que de savoir qu'on va mourir dans neuf jours et d'être coincés dans les embouteillages ? s'amuse Valentin.

— Oui. Savoir qu'on va mourir dans neuf jours et être coincés dans les embouteillages avec des cons.

— Pas faux.

La voiture n'a pas avancé d'un centimètre depuis dix minutes. Valentin entend Lili ruminer à l'arrière. Il se souvient soudain qu'elle cherche à rejoindre sa famille. Forcément, cette immobilité lui est insupportable. Il ouvre le vide-poche, farfouille à l'intérieur, écarte des boîtes de CD. Se fige.

— Et si on mettait les voiles ? propose-t-il.

— Je veux bien, fait Brahim, mais comment ?

— J'ai une idée.

Il brandit au-dessus de sa tête le gyrophare bleu qu'il vient de dénicher, le branche à l'allume-cigare, bondit à pieds joints sur son siège. Une sirène retentit.

— Police ! hurle-t-il. Place ! Faites place !

Les automobilistes qui les précèdent hésitent mais, après quelques secondes, les voitures s'écartent – ce qui n'est pas une mince affaire sur une route bondée.

— Allez, allez, les encourage Valentin en agitant le gyrophare.

Dans la décapotable, tous répriment l'hilarité qui les gagne pour rester crédibles face aux automobilistes qu'ils doublent. Lili remonte son foulard sur le bas de son visage. Ses yeux rient comme ceux d'un Touareg. Même Gwenaël relève le nez de ses feuilles et savoure l'absurdité du moment. Il y a peu de chances que ça dure. Dans dix mètres, ou cent, quelqu'un sortira d'une voiture et leur gueulera d'arrêter leurs conneries, Valentin en est sûr. En attendant, il s'amuse.

— J'ai toujours rêvé de faire ça ! s'extasie Brahim.

— Moi aussi ! avoue Valentin à mi-voix avant de reprendre : Place, faites place !

Et alors qu'ils se faufilent, laissant derrière eux un chaos plus grand encore, Valentin sent la douleur refluer dans un recoin de son esprit.

Sans le moindre doute, la déferlante lacrymale viendra.

Mais plus tard.

Trop tard, espère-t-il.

31

H - 195

Penché sur son manuscrit, Gwenaël lutte pour ne pas arrêter d'écrire. Pas déjà, pas alors que le temps file à une allure folle et qu'il est si loin de la fin de l'histoire.

Il a eu raison d'imprimer les premières pages de son roman avant de partir. S'il avait emporté son ordinateur à la place de cette version papier, non seulement il serait tombé en rade de batterie rapidement, mais ce matin, dans le champ, il l'aurait brisé d'un seul coup sans aucune chance de retour en arrière. Sans laisser aucune possibilité à un ange gardien aux cheveux emmêlés et aux yeux d'automne de lui restituer son texte.

Sauf qu'à présent, elle aussi fait partie de son histoire. Lili-Ann se confond malgré lui avec sa narratrice, Lou. Alors au fil des pages, Lou devient Lou-Ann. Et bien qu'il ait depuis le début écrit chaque personnage à la troisième personne, c'est le « je » qui s'impose à présent pour elle, pour elle seule. Gwenaël doit tout changer, revenir en arrière, raturer, réécrire, milliers de cicatrices d'encre sur la peau de son imagination.

Il reprend plusieurs pages. Et puis il arrête. Tant pis, pas le temps. Ce sera « je » à partir de maintenant, c'est tout.

Je.

Lou-Ann.

Les explosions.

Un chemin de feuilles qui virevoltent dans le vent.

Oui, c'est cela qu'il doit écrire.

J'avance dans la rue déserte. Des dizaines de feuilles de papier volent ici ou là. Rien d'autre ne bouge. Si, un couple court, des valises pendues à leurs bras. Où espèrent-ils aller ?

Un papier se plaque à mes chaussures. Je le saisis. Il porte quelques mots tracés au marqueur. OMBRES QUI SE PENCHENT. SILHOUETTES NOIRES. *Ces mots roulent dans ma tête, ils cherchent une image mais ne la trouvent pas. Qui les a écrits ?*

Un nouveau papier vole à ma rencontre. La même écriture hachurée s'y étale. EST-CE QUE TU TE RAPPELLES ? *C'est à moi que l'on parle ? Qui parle ? Mon souffle s'accélère, je cours vers une autre feuille, la lis :* OISEAU DE PAPIER. *Une sensation fugitive me traverse, même pas un souvenir, une réminiscence.*

Qu'est-ce que c'est ?

J'attrape ma tête entre mes mains pour tenter de retenir cette sensation, la poursuivre, mais elle s'échappe. Il y a une barrière au creux de mon cerveau, comme un os placé au mauvais endroit, un mur qui dérobe un secret à mes yeux.

Je saisis le plus de feuilles possible pour reconstituer leur puzzle. Les mêmes inscriptions tracées au marqueur reviennent encore et encore, obsédantes. Je remonte le cours du vent à la recherche de leur source. Mes pas désordonnés résonnent dans le silence. J'enfile une rue, puis une autre. De plus en plus de feuilles, de plus en plus de mots jetés au ciel comme des grains de sable en pleine tempête. J'ai l'impression qu'elles me parlent, qu'elles forment un message destiné à moi seule. Elles veulent m'aider à me souvenir. De quoi ?

Je m'arrête à la lisière de la ville, là où le goudron laisse la place à la terre et où des arbres infinis s'élancent jusqu'au ciel.

Il est là. Assis en tailleur au milieu d'un champ, son crâne nu au-dessus d'un étrange visage anguleux, longue silhouette de géant penchée au-dessus d'un paquet de feuilles qu'il couvre de mots et jette au vent d'un geste ample. Des mots-clefs, des mots-serrures, des mots-souvenirs qui bombardent ma mémoire pour qu'elle s'ouvre enfin. Je fais un pas. Un deuxième.

Lorsque je ne suis plus qu'à quelques mètres de lui, il relève la tête et me dévisage. Je ne peux m'empêcher d'imaginer à quoi je ressemble. Une harpie essoufflée aux joues rouges et aux yeux bleus brillant d'excitation, la crinière blonde sale en bataille autour du visage. Au bout d'un moment, il dit :

— Je m'appelle Zéphyr.

— Lou-Ann.

Je m'assieds à mon tour, ni trop près, ni trop loin de lui, juste assez pour ne pas devoir élever la voix.

— Tu es ici depuis longtemps ? je lui demande.

— Depuis que les explosions ont commencé.

— Qu'est-ce que tu fais là ? Pourquoi tu lances ces feuilles ? Qu'est-ce que ça veut dire, ces mots que tu y as inscrits ?

— Ce sont des fragments de souvenirs.

Je fronce les sourcils.

— Tes souvenirs ?

— Je crois.

— Ils me sont familiers.

Zéphyr me dévisage avec une intensité presque gênante. Je ne laisse pas s'installer le silence.

— Tu ne m'as pas répondu : que fais-tu là ?

— J'attendais. J'attendais que quelqu'un vienne.

Gwenaël relève la pointe de son stylo. Zéphyr. Ce personnage-là non plus n'était pas prévu. Le texte est en train de lui échapper comme aucun avant lui. *C'est moi, ce grand type au crâne lisse et au nom improbable*, réalise-t-il. *C'est* trop *moi*. L'autofiction le paralyse. Il est incapable de parler de lui, de sa famille, de son passé, même si tous sont présents en creux dans ses écrits. Il doit créer un décalage, introduire une variable, donner à Zéphyr une histoire qui n'est pas la sienne.

Gwenaël se redresse. Debout sur le siège avant de la décapotable, Valentin vocifère, le gyrophare à la main. Le col de sa chemise dévoile la naissance d'un tatouage que Gwenaël devine étendu.

Et si Zéphyr avait un tatouage, lui aussi ? Et s'il était entièrement recouvert d'encre ? Et si cette encre était spéciale ? Et si…

Gwenaël sourit, plonge le nez dans ses notes, se remet à noircir le papier.

32

H - 194

Sara attrape du bout des doigts un minisaucisson et le cache dans sa manche avant de le porter discrètement à sa bouche. Les autres l'ont vue arriver avec un sac de provisions, qu'elle s'est sentie obligée de partager, mais elle en a gardé une partie qu'elle dévore en douce.

Elle a faim.

Elle a tout le temps faim.

Elle n'a pas cessé de manger depuis le début des explosions. Sentir son estomac rempli la rassure, l'aide à relativiser. Malgré les aléas de cet étrange voyage, elle est en route, avec Gwen. Bientôt, ils retrouveront le reste de la bande. Elle n'a aucune nouvelle de leur part, mais elle sait qu'ils seront au rendez-vous. Elle a foi en eux.

Et ensuite ? Hier, Barthélemy et Maryam ont pris des pincettes en évoquant les explosions, mais s'ils avaient entrevu la moindre information positive ou utile, ils se seraient empressés de la partager avec le groupe. Sara est peut-être la seule passagère de cette voiture à avoir déjà admis et accepté qu'il n'y avait rien à faire contre ces explosions, à part les fuir, tant qu'on peut, et profiter au maximum de tout ce que la vie a à offrir.

C'est peut-être pour cela qu'elle mange autant.

La satiété, c'est le plaisir primaire, sans l'effort physique du sexe, et sans le coup de massue de la descente qu'elle a ressenti chaque fois qu'elle s'est droguée.

Rien ne l'égale.

33

H - 193

— Cookies ? propose Valentin.

Lili-Ann grimace. Elle a envie de salé, mais son ventre gargouille si fort qu'elle en prend un dans le paquet tendu.

— Merci.

En huit heures, ils ont laborieusement parcouru cinquante kilomètres. Ils ont vite laissé tomber le gyrophare qui leur attirait la colère des automobilistes, et se sont remis dans la file. Le ventre de Lili-Ann se noue un peu plus. Huit heures, cinquante kilomètres. Il en reste plus de trois cent cinquante avant d'atteindre la côte. Cinquante-six heures de route non-stop ? Plus de deux jours et deux nuits d'embouteillages monstres ? D'autant que la circulation ne fait qu'empirer. Lili-Ann sent venir le moment où ils ne pourront plus avancer du tout. Déjà, des conducteurs abandonnent leurs véhicules et tentent leur chance à pied ou à vélo, sacs harnachés sur le porte-bagages.

— Ça y est, ça pète en Alaska, annonce Valentin, penché sur son smartphone.

Lili-Ann ne peut pas s'empêcher de jeter un œil à

l'écran. En haut de l'article, une photo représente une explosion jaune orangé en forme de champignon nucléaire. Elle détourne aussitôt les yeux. Elle a rangé son propre téléphone dans le vide-poche de la portière et s'obstine à ne pas l'en sortir. Elle a peur de savoir. Peur de constater l'inéluctable : ses parents seront bientôt morts, s'ils ne le sont pas déjà.

— L'armée américaine a lancé un missile nucléaire à travers le mur, poursuit Valentin.

— Ça a donné quoi ? demande Sara.

— Rien, apparemment. Et sinon, le martèlement des explosions sur la surface de l'océan Pacifique a créé un tsunami qui se dirige vers la côte du Japon.

— Valentin ! s'exclame Brahim avec une fermeté étonnante.

L'interpellé relève le nez de son téléphone.

— Quoi ?

— Je crois que tout le monde n'a pas envie d'entendre ces informations.

— Ça ne t'intéresse pas de savoir si on a trouvé un moyen d'arrêter ou de ralentir la catastrophe ? s'étonne Valentin.

— Je ne parlais pas de moi.

Valentin fronce les sourcils, se tourne vers Lili-Ann, observe son profil figé.

— Mes parents sont au Japon, murmure-t-elle sans le regarder.

Silence. Elle sent qu'il la dévisage.

— Je range ça, dit-il après quelques secondes.

Joignant le geste à la parole, il glisse le téléphone dans sa poche. Elle sourit. Un bref sourire qui n'en est pas un, qui est simple politesse. Plus les heures passent, plus il devient difficile de juguler sa peine pour maintenir les conventions sociales. Et elle ne sait plus si c'est la faim ou la douleur qui creuse son ventre.

Laure, frangine, vivement toi.

— Hey, supermarché à deux cents mètres! s'exclame Sara, le doigt pointé comme la vigie d'un navire apercevant la terre à l'horizon. Qui veut quoi ?

— Tu crois qu'il va rester de la nourriture en rayon ? s'inquiète Valentin.

— Ça se tente…

Valentin pose une main sur l'avant-bras de Lili-Ann.

— Tu viens ?

Elle hoche la tête, passe son appareil photo en bandoulière, ouvre la portière. Tout plutôt que de rester coincée sur cette minuscule banquette à imaginer les pires scénarios.

Elle s'éloigne avec Valentin en direction du supermarché, rejoignant la file des marcheurs – il y a là des familles entières traînant des valises à roulettes, Lili-Ann repère même une femme qui pousse devant elle une brouette pleine de sacs plastique si bien fermés qu'il est impossible d'en deviner le contenu. *C'est la guerre*, songe Lili-Ann. *Ou tout comme. Un exode, une vaste fuite devant l'avancée du monstre, jusqu'à ce qu'il n'y ait plus nulle part où fuir, et alors…* L'idée de sa propre fin est trop virtuelle et trop insupportable pour qu'elle l'affronte. Elle se rapproche de Valentin, presque à le frôler, brûlant de sentir la vie qui l'anime. Il ne s'écarte pas.

— La décapotable, demande-t-elle, tu l'as volée ?

— J'imagine.

— Pourquoi ?

— Pour t'emmener.

— Tu avais déjà piqué les fringues…

— Mais je n'avais pas encore piqué la voiture. C'est après. Quand tu m'as regardé. Quand j'ai remarqué que tu me regardais.

Tandis qu'ils traversent le parking du supermarché, elle l'observe du coin de l'œil, détaille malgré elle la barbe naissante sur ses joues. Elle ne parvient toujours pas à le cerner. Ce pull irlandais lui va comme un gant. Comment peut-on si bien porter les vêtements d'un autre ? Et puis il y a une flamme dans ses yeux, une bougie lointaine agitée par des rafales de vent, prête à s'éteindre, qui résiste pourtant. Lili-Ann ne sait pas comment l'interpréter.

— Tu n'as pas de famille à retrouver ? demande-t-elle.

— Non.

Pas l'once d'une hésitation.

— Pas d'amis, aucun proche ?

— Des copains. Aucun auprès de qui j'ai envie de passer cette semaine.

— Tu préfères la passer avec des inconnus ?

— Oui.

— Pourquoi ?

— C'est plus simple. Il n'y a aucun enjeu. Et puis j'ai pas dit que j'allais rester avec toi jusqu'au bout. Je t'ai proposé de t'emmener jusqu'à la côte, c'est tout.

La soudaine brusquerie de Valentin la blesse. Elle n'en laisse rien paraître.

— Bien sûr, dit-elle. Merci.

— Pardon ?

— Merci de m'avoir accueillie dans ta voiture qui n'est pas ta voiture, sourit-elle.

— De rien, lâche-t-il sur le même ton. Moi ou un autre, je suis certain que tu aurais trouvé une solution. Putain…

Lili-Ann lève les yeux. Les portes vitrées du magasin ont été brisées et des dizaines de personnes en sortent, les mains vides, ce qui ne décourage pas de nombreux autres d'y pénétrer quand même. Valentin et Lili-Ann les suivent, enjambent les débris.

À l'intérieur, le chaos.

Les rayons alimentaires ne contiennent plus aucun produit, des étagères ont été renversées, tels des dominos géants, des liquides non identifiables sont répandus sur le carrelage, et certains pilleurs – de rage ? – ont brisé une quantité d'objets incroyable. L'estomac de Lili-Ann gronde.

— On ne va rien trouver à manger ici, dit-elle.

Que ferait Laure ?

Laure aurait emporté avec elle assez de nourriture pour dix jours. Laure ne se serait jamais trouvée dans cette situation de merde. Si elle veut manger, Lili-Ann va devoir se débrouiller avec sa propre logique, son propre cerveau embrumé d'angoisse. Après tout, des deux sœurs, c'est elle la créative, et son imagination est toujours plus productive sous pression.

Qu'est-ce que je ferais ? Qu'est-ce que je fais ?

Son regard parcourt un moment le magasin dévasté.

— J'ai une idée ! lance-t-elle à Valentin.

34

H - 192

Valentin pénètre dans la réserve à la suite de Lili.

— C'est ça, ton idée ? Aller piocher dans la réserve ? D'autres l'ont déjà eue.

— Non, ce n'est pas à ça que je pensais.

Les cartons ont été éventrés et vidés. Chips, biscuits, biscottes, canettes, tout y est passé, et il n'y a aucune trace de produits frais.

Lili s'allonge sur le béton, déniche six pommes qui ont roulé sous les étagères, un paquet de brioches au chocolat, deux bocaux d'artichauts et du maïs en conserve.

— C'est un début ! fait Valentin en glissant les fruits dans un sac. Et sinon, ta grande idée, c'est quoi ?

— Suis-moi !

Elle l'entraîne au fond de la réserve. La porte arrière n'a pas été forcée, elle possède une barre anti-panique qu'il suffit de pousser pour sortir. Dehors se dressent une grande benne à ordures blanche et une montagne de cageots vides. Lili escalade la benne, saute à l'intérieur sans se soucier de la puanteur qui s'en dégage. Valentin s'approche, passe la tête par-dessus le rebord. Parmi les déchets, certains produits semblent intacts.

— Cageot ! lance Lili.

— Toi-même !

— T'es con ! File-moi un cageot vide.

Il s'exécute. Lorsqu'il revient, elle lui tend deux paquets de chips au paprika. Valentin les observe sous toutes les coutures.

— Ils sont périmés, Lili.

— D'avant-hier. C'est encore bon.

Dix minutes plus tard, ils ont récolté de quoi tenir plusieurs jours. Sodas, bières, pain de mie, galettes de riz, fruits et légumes peu abîmés, dont une cagette entière d'oranges… Lili saute hors de la benne, tout sourire.

— Bien joué ! la félicite Valentin.

Alors qu'ils contournent le supermarché, un couple d'une trentaine d'années arrive en sens inverse, les dévisage, couve leur butin de regards envieux. Clairement, ils ont faim.

— Vous avez trouvé ça où ? demande la fille.

La tension est palpable. Il s'en faudrait de peu pour que la rencontre dégénère, mais lorsque Lili leur indique la benne, le couple s'y rend aussitôt.

— Ne traînons pas, souffle Valentin.

Il retire son pull, le pose sur le cageot pour dissimuler la nourriture. Il aurait dû emporter le club de golf, au cas où. Il se déteste immédiatement d'avoir pensé ça.

Les minutes qui suivent lui donnent pourtant raison.

Ils n'ont pas encore atteint le parking qu'un homme déboule au coin du bâtiment et fonce droit sur eux, démarche de taureau furieux, visage crispé, poings serrés en deux masses compactes.

Lili se fige. Elle dépose la cagette sur le sol, relève ses mains devant sa poitrine, fléchit très légèrement les genoux. Pour qui ne sait pas qu'elle pratique les arts martiaux, ce geste serait anodin. Valentin, lui, reconnaît une esquisse de garde. Elle est prête à parer un coup. Même d'un mec aussi balèze ? Elle a dit faire « un peu de wing chun », pas maîtriser cet art… Valentin se place à côté d'elle, un demi pas en arrière pour ne pas la gêner.

La baston, ce n'est pas son truc. Dans les films, la violence physique le fascine autant qu'elle le repousse. Dans la vie, il la craint et la vomit. Lorsqu'elle n'est pas sublimée par l'art ni encadrée par les règles d'un sport ou les élastiques d'un ring, elle lui semble toujours être un échec, un abandon d'humanité, une négation de l'intelligence. Et l'homme qui se précipite vers eux a clairement oublié qu'il était capable de penser.

— Bonjour ! l'interpelle Valentin d'une voix forte en se forçant à sourire.

L'autre s'arrête, interloqué. Il les jauge.

— Donnez-moi la bouffe, ordonne-t-il après quelques secondes.

— Il y en a encore dans la benne, là-bas, répond Lili.

Son ton est agressif – erreur, réalise aussitôt Valentin, mais face à un individu aussi menaçant, chacun réagit comme il peut.

— Donne ça, putain ! s'énerve le mec en faisant un nouveau pas vers Valentin.

— Ce n'est pas la peine de crier, monsieur. Calmez-vous.

— Tu donnes ou je prends, gamin ! À toi de voir.

Si on en est déjà à ce genre d'extrémité au bout de deux jours, se dit Valentin, *qu'est-ce que ce sera dans une semaine, quand la menace des explosions se fera plus concrète ?*

— Enfin, écoutez-vous… Vous avez besoin de nourriture ? Nous aussi ! (Valentin abandonne son cageot derrière Lili qui, tendue, n'a pas bougé d'un millimètre. Il ouvre les bras en grand.) On peut partager, si vous voulez. On ne mangera jamais toutes ces oranges.

Le visage de l'homme vire au rouge furieux, il s'agite, s'humecte les lèvres. Valentin sait lire ceux qui l'entourent, il a toujours su. Et cet homme-là ne serait pas aussi désespéré s'il agissait pour lui seul. Il est responsable de quelqu'un. D'un enfant, devine Valentin.

— Vous êtes combien ? demande-t-il.

L'homme s'immobilise. Soudain, ses épaules s'affaissent.

— Mes deux filles attendent dans la voiture, avoue-t-il.

— Elles ont quel âge ?

— Six et trois ans.

— Elles doivent s'inquiéter de ne pas vous voir revenir…

L'homme ferme les paupières et passe une main épuisée sur son visage. Lorsqu'il rouvre les yeux, il est au bord des larmes.

— Désolé, souffle-t-il en agitant la main vers eux. J'ai… je ne sais pas comment…

— Vous êtes trois, donc ? le coupe Valentin avec douceur.

— Quatre.

— Très bien. Nous sommes cinq. On va partager la nourriture et, en retour, vous nous raccompagnez jusqu'à la sortie du parking. Marché conclu ?

L'homme déglutit. Hoche la tête. Serre la main tendue de Valentin.

— Qu'est-ce qu'elles préfèrent, tes filles ? Biscottes ou galettes de riz ?

— Heu… biscottes, je pense.

— OK. Et tu t'appelles ?

— … Gregory.

— D'accord, Gregory. Biscottes.

Valentin se retourne, pose une main sur l'épaule de Lili.

— Ça va ? murmure Valentin.

— Je crois.

Ils s'accroupissent face à face. Leurs fronts penchés au-dessus des cageots sont si proches que Valentin sent la frange brune de Lili chatouiller sa peau. Elle a une odeur étrange d'épices et de sueur mêlées, avec un fumet de poubelles en fond. Valentin retient une réflexion ironique. Lui aussi aurait bien besoin d'une douche.

— Voilà, fait Valentin en se relevant. Allons-y.

Il tend la cagette à Gregory. Lili s'est emparée de la deuxième. Elle s'y accroche avec force, pas encore remise de leur altercation. Gregory a recouvré ses esprits et, tandis qu'ils reprennent leur chemin vers le parking, il dit :

— Quoi qu'il arrive, ne courez pas.

— Pourquoi ? demande Valentin.

— Parce que tout le monde se ruera sur vous par réflexe. Et évitez les contacts visuels, aussi. Profil bas.

— Tu es militaire ?

— Non, souffle-t-il en esquissant pour la première fois un sourire fataliste. Juste homo, et né à un endroit où ça ne passait pas.

Ils franchissent l'angle du mur, coupent en diagonale à travers les emplacements vides, longent les quelques véhicules en espérant passer inaperçus.

Raté.

Trois mecs d'une vingtaine d'années viennent de sortir par la vitrine brisée et les montrent du doigt. Ils marchent à leur rencontre. Rapidement, d'autres les rejoignent, un couple entre deux âges, une grande fille aux yeux hagards, deux hommes qui pourraient être un père et son fils. Gregory continue d'avancer vers sa voiture mais, rapidement, il est forcé de s'arrêter. Les nouveaux venus leur coupent la route. Valentin les observe. Leurs regards sont durs, déterminés et, alors qu'ils ne se connaissaient pas un instant plus tôt, ils font à présent bloc, une barrière de corps hostiles.

À cinquante mètres de là, le compagnon de Gregory est sorti de leur voiture et les observe, prêt à intervenir. Gregory refile sa cagette à Valentin, fait un pas en avant, lève le menton. Il dévisage un à un les inconnus.

— Mes filles sont dans cette voiture, là-bas, dit-il calmement. Elles n'ont aucune envie de voir leur père se battre, et ce n'est pas l'image de moi que je veux leur montrer. Pourtant, si l'un d'entre vous essaie de leur enlever le moindre gramme de nourriture, je lui défonce la tronche. Un volontaire ?

Sa voix est posée, glaciale, et ce calme affiché le rend plus dangereux encore que lorsqu'il se laissait déborder par sa colère. Face à lui, les membres du groupe improvisé se jettent des coups d'œil. Hésitent. Finalement, le père et son fils s'éloignent.

— Et eux ? lâche un des jeunes garçons en montrant Lili et Valentin.

— Eux, ils sont avec moi.

Sans leur laisser le temps de protester, Gregory fait un pas en avant. Le petit groupe se scinde en deux pour le laisser passer. Lili et Valentin s'engouffrent dans son sillage, feignant une démarche assurée alors qu'ils n'en mènent pas large. Ils n'osent pas se retourner avant d'atteindre la voiture de Gregory. Celui-ci confie la nourriture à son compagnon.

— Merci, souffle Valentin.

— On n'est pas encore sortis d'affaire. Vous feriez mieux de grimper à l'arrière avec les filles jusqu'à ce qu'on rejoigne la route.

Les petites sont sanglées dans des sièges auto. Valentin leur sourit, s'assied entre elles, et Lili s'installe sans protester sur ses genoux, le cageot dans ses bras.

— T'es qui, toi ? demande la fillette de droite à Valentin alors que le compagnon de Gregory démarre.

— Le père Noël, répond celui-ci sur un ton de conspirateur.

— N'importe quoi !

— J'te jure.

— T'as pas de manteau rouge !

— C'est parce que je ne le porte qu'en hiver. Là, j'aurais trop chaud ! Regarde, je t'ai apporté un cadeau…

Valentin se contorsionne pour atteindre sa poche, approche son poing fermé de la petite, l'ouvre.

— Y a rien ! s'indigne-t-elle. Y a riieeeeen !

— Comment ça ? Tu ne le vois pas ?

Elle approche ses yeux de la main de Valentin jusqu'à loucher, puis se redresse, fâchée.

— Y a rien !

— Si. Il y a le rêve que tu feras cette nuit. Depuis que j'ai ouvert la main, il flotte dans la voiture, mais dès que tu t'endormiras, il se glissera dans tes pensées. Et c'est un très, très beau rêve… Tu verras.

La petite grimace, l'air de ne pas savoir si elle doit le croire.

— Je sais bien que t'es pas le père Noël, hein…

Valentin hausse plusieurs fois les sourcils. La gamine éclate de rire.

— Ils sont où, tes 'ennes ? demande la petite de gauche.

— Mes rennes ? Heu…

Lili vient à son secours.

— Ils sont dans un grand jardin sous la mer. C'est là-bas qu'ils passent les beaux jours, à brouter des algues et jouer ensemble.

— Sous la me' ?

— Bien sûr ! Tu ne le savais pas ?

La fillette la dévisage.

— Non, dit-elle finalement.

Et elle se renfonce dans son siège, songeuse.

Gregory les remercie d'un clignement de paupières. Valentin se demande ce que savent les fillettes, s'il leur a parlé des explosions, et comment. Est-ce qu'il en aurait parlé à ses enfants, lui, s'il en avait? Probablement pas. Il l'a caché à sa mère, ce qui revient à peu près au même. Mais elle a compris la situation malgré ses efforts. Elle a compris, et elle…

Cesser de penser à sa mère.

Cesser de penser.

Valentin se sent au bord de l'abîme, tout près de tomber dans le vide de son absence. Une boule dans la gorge, il interroge Gregory.

— Vous allez où ?

— J'ai de la famille du côté de Noirmoutier.

— La presqu'île ?

— Oui. Vous ?

Ils sortent du parking et tournent à gauche vers les embouteillages. C'est le moment où leurs chemins se séparent.

— Bretagne sud, dit Lili. Enfin, si on y arrive. Bonne chance, en tout cas.

— Ouais. À vous aussi.

Lili et Valentin enjambent la plus petite des fillettes, sortent de la voiture.

— Bonne route ! leur lance-t-il avant de refermer la portière.

Sara fait de grands gestes, cent cinquante mètres en avant. Ils rejoignent la décapotable en silence.

— Ça s'est bien passé ? demande Sara en avisant le cageot plein de vivres.

Valentin et Lili échangent un regard.

— Bien, lâche juste Lili avant d'enjamber la portière et de s'asseoir sur la minuscule plage arrière, les pieds sur la banquette.

— Distribution générale de chips ! propose aussitôt Valentin pour clore le sujet.

— Ah oui alors ! accepte Brahim, radieux.

Tandis qu'il dépose dans le coffre leurs réserves de nourriture, Valentin récupère le club de golf et le glisse discrètement à l'arrière de la voiture, le long de la portière. Seule Lili a surpris son geste. Elle l'approuve d'un regard où perce encore la peur, puis tend le paquet de chips à Brahim et Sara, comme si de rien n'était.

35

H - 191

Sara s'empare du paquet de chips.

La faim ne la lâche pas. Elle jette un coup d'œil au coffre en se demandant comment elle va récupérer davantage de nourriture sans que les autres s'en aperçoivent. Elle aimerait être dans le partage et l'entraide, comme eux, mais c'est plus fort qu'elle, pulsionnel. Lorsqu'elle angoisse, Sara accumule. Les objets, les gens, l'attention, la nourriture. Quitte à voler et à léser ceux qui l'entourent.

Elle s'essuie les doigts sur son jean et vérifie l'écran de son téléphone. Aucune nouvelle de son équipe. Le message où elle indiquait qu'elle serait en retard au rendez-vous n'a pas reçu de réponse. En même temps, vu les embouteillages, l'idée de retard n'a plus de sens. Ils seront tous en retard.

Les mains de Sara glissent sous la couverture qui protège le drone posé sur ses genoux. Elle caresse ses courbes familières, joue avec ses pales.

— On peut le voir ? demande Valentin en passant la tête entre les sièges.

— Bien sûr.

Sara dénoue la cordelette, déplie la couverture.

— Il a une bonne tête ! sourit Valentin.

Métal brossé et plastique blanc aux formes arrondies, son drone a en effet un air amical, enfantin et futuriste à la fois.

— Valentin, AEVE 3.2, AEVE 3.2, Valentin.

— Enchanté. Pourquoi AEVE ?

— C'est un acronyme. AErial Video Evaluator.

— Et il fonctionne comment ?

— Il vole grâce à ces rotors, là, comme ceux d'un hélicoptère miniature. Il a trois caméras embarquées, un détecteur infrarouge et différents capteurs pour évaluer les dégâts et repérer des survivants.

Sara sourit devant le regard brillant de Valentin. Il ressemble à un gamin devant un nouveau jouet.

— Tu veux une démonstration ? propose-t-elle.

— Grave !

Elle fouille dans le sac à dos posé à ses pieds, en sort la tablette, lance l'interface de contrôle. Sur ses genoux, les pales d'AEVE se mettent en mouvement, et le drone décolle. Il s'élève de quelques centimètres, puis au-dessus de sa tête, et de plus en plus haut, jusqu'à une centaine de mètres d'altitude. Sur l'écran de la tablette, Sara affiche les trois flux vidéo correspondant aux caméras embarquées.

Entre les champs vert tendre et les bois feuillus, la ligne de la route est brillante de carrosseries.

Des bouchons, à perte de vue.

36

H - 189

Brahim allume le GPS intégré au tableau de bord. L'intégralité de la nationale apparaît en rouge. L'autoroute, qu'ils ont évitée, est, elle, indiquée en noir – les cartes n'ont pas dû être mises à jour depuis quelques heures, parce que leur route mériterait elle aussi un surlignage noir. Brahim effectue un zoom arrière, mesure la distance à parcourir. À ce rythme, ils mettront encore deux ou trois jours pour arriver jusque chez les parents de Lili-Ann.

Le souci, c'est que de plus en plus de gens abandonnent leurs voitures. Pour l'instant, la plupart ont la politesse de les garer à un endroit où ils ne gênent pas la circulation. Sauf que tous s'impatientent, dans cet interminable embouteillage. Les moteurs rugissent chaque fois qu'un espace se libère, les esprits s'échauffent. Il suffirait que quelqu'un laisse sa voiture vide en plein milieu de la route pour que la circulation devienne plus catastrophique encore… Bah ! se rassure-t-il, si un imbécile égocentrique agit de cette manière, ceux qui se trouvent derrière lui dégageront la chaussée. C'est ce qu'il ferait, en tout cas.

Et après ? Quand il aura déposé les jeunes sur la côte, où ira-t-il ?

Brahim sourit. Après, il visitera. Il n'a jamais été en Bretagne. C'est l'occasion.

Lorsque le soir tombe, Brahim rabat le toit de la voiture. Il le regarde se déplier comme un insecte et, avec une précision absolue, s'imbriquer au-dessus du pare-brise. S'il était seul, il fermerait et ouvrirait le toit toutes les cinq minutes pour admirer le mécanisme. Mais il ne veut pas déranger ses passagers – il n'arrive pas à penser à eux autrement que comme « ses passagers », déformation professionnelle.

Les uns après les autres au cours de la soirée, Sara, Valentin et Lili-Ann lui offrent de le relayer. Brahim refuse.

— Dormez, vous avez l'air épuisés.

— Tu as conduit non-stop depuis ce midi..., s'inquiète Valentin.

— J'ai dormi la nuit dernière quand tu étais au volant. Et puis c'est mon métier, tu sais. Je peux tenir encore un bout de temps.

Brahim n'a jamais dormi beaucoup, trois ou quatre heures lui suffisent, qu'il grappillera demain matin au réveil des autres. Surtout qu'il aime conduire la nuit, quand les pinceaux des phares découpent le monde. Il se sent comme dans un bateau. Comme lorsqu'il était gamin et qu'il partait pêcher à la lanterne avec ses cousins.

Lili-Ann se glisse à l'avant pour laisser Gwenaël et Sara côte à côte. Elle ouvre son tupperware, donne à manger au poisson rouge, tapote du bout du doigt sur le plastique.

— Tu l'as depuis longtemps ? demande Brahim.

— Dix ans.
— Sérieusement ?
— Oui.
— Je ne savais pas qu'ils vivaient si vieux…
— Dans une mare, si. En bocal, ils meurent plus vite, en général. Remarque, il a failli y passer quelques mois après que je l'ai gagné à la fête foraine. Mon père l'a sauvé in extremis.
— Raconte.
— On avait prêté la maison à des cousins pendant qu'on était en vacances dans le Sud. L'un d'eux, il devait avoir cinq ans, a ramassé des bigorneaux sur la plage, et il lui a ensuite semblé logique de les lâcher dans le bocal de Loüm. Ça a dû saler l'eau, parce que, quand on est rentrés de vacances, Loüm nageait de travers, il réagissait à peine quand on le touchait.
— Ton père, il a fait quoi ?
Lili-Ann sourit.
— Il a dégagé les bigorneaux, changé l'eau, dans laquelle il a fait fondre des granules homéopathiques d'arnica, puis il a posé ses doigts des deux côtés du corps du poisson et l'a massé doucement. Dix minutes plus tard, Loüm était en pleine forme. Véridique.
— Ha ha ! Pas mal, le coup des granules !
— Oui, je crois qu'il voulait juste me montrer qu'il essayait de le sauver, qu'on avait fait tout ce qu'on pouvait… Il n'imaginait pas que ça fonctionnerait !
À l'arrière, Valentin appuie sa tête contre la vitre, son pull en guise de coussin. Sara s'est adossée à l'épaule de Gwenaël, dont les yeux peinent à percer l'obscurité. Il entoure de son bras la poitrine de Sara qui se love un peu plus dans son étreinte. Lili-Ann

enlève ses chaussures, replie ses jambes. Bientôt, tous dorment.

Brahim s'étire. Le silence de la nuit n'est brisé que par les voitures qui redémarrent pour avaler quelques mètres avant de couper de nouveau leur moteur. Brahim laisse dériver ses pensées vers ceux qu'il ne reverra pas, de l'autre côté de la mer. Ses parents sont morts depuis des années. Reste les autres, cousins, amis d'enfance, sœurs et neveux, ribambelle de noms qu'il murmure à mesure que les visages défilent dans son esprit. La plupart d'entre eux ne le reconnaîtraient pas s'ils le croisaient dans la rue. Il est l'oncle français, celui qui est parti, celui dont les lettres pleines de billets leur parviennent encore de temps à autre. Brahim, lui, les reconnaîtrait. Il se rappelle chacun, même ceux nés après son départ, qu'il n'a vus qu'en photo ou sur l'écran d'un ordinateur, comme il se rappelle chaque maison de son village natal. Et il les porte au centre de son cœur. Il n'a pas besoin de les revoir. Cela n'apporterait rien, ni à eux, ni à lui. Il les aime de loin, parce qu'il n'a pas su rester, parce qu'il rêvait sa vie ailleurs, et cela lui suffit.

La nuit s'écoule dans une douceur monotone dont il apprécie le calme. Quelques altercations éclatent entre des automobilistes, assez loin de lui pour qu'il ne s'en soucie pas. Par moments, le souffle des dormeurs se brise, ils changent de position, tous ensemble, comme un seul corps, avant de replonger dans leurs rêves. Ça fait tellement longtemps que Brahim n'a pas rêvé.

Peu avant l'aube, alors que le ciel se teinte d'un gris perlé aux reflets violets, Brahim sent un mouvement sur sa droite. Il tourne la tête. Lili-Ann est réveillée. Ses yeux grands ouverts fixent l'horloge de l'autoradio. À l'instant où le 05 : 59 se change en 06 : 00, Lili-Ann se mord les lèvres. Des larmes se forment au coin de ses paupières.

— C'est l'heure ? murmure Brahim.

Elle acquiesce. De violents sanglots la traversent soudain, secouent ses épaules, inondent ses joues. En silence, Brahim pose une main en haut de son dos. Que pourrait-il dire ? Aucun mot ne peut adoucir la peine de quelqu'un qui sait ses parents en train de mourir de l'autre côté de la planète. Alors, Brahim se contente de cette main, ce contact amical, comme pour lui montrer qu'elle n'est pas seule et que, s'il pouvait porter ce deuil à sa place, l'en décharger ne serait-ce qu'un peu, il n'hésiterait pas. Il est comme ça, Brahim. Il aimerait que tout le monde soit heureux. Il aimerait absorber les douleurs, être un aspivenin géant, un aimant à merde, pour ne laisser aux autres que le beau, le tendre, le passionné. Ce n'est pas possible, bien sûr. Ce qui ne l'empêche pas d'essayer.

Au bout d'une heure, les pleurs de Lili-Ann se tarissent, sa respiration saccadée s'apaise peu à peu. Elle entoure ses genoux de ses bras, presse ses jambes contre son ventre. Brahim ne bouge pas.

— Merci, chuchote-t-elle.

— Repose-toi, répond-il.

Ses paupières gonflées retombent comme des stores sur son regard. Alors seulement, Brahim ramène à lui son bras ankylosé, fait jouer son poignet. Puis il coupe les phares. Le jour est là, éblouissant.

Faites qu'il soit doux, songe-t-il.

37

H - 176

Béatrice regarde le jour poindre avec soulagement.

Elle espère que la lumière du soleil va sortir les occupants de la grande plage de la frénésie qui les a saisis cette nuit. Ils sont tellement nombreux… Un groupe d'une centaine de personnes est arrivé vers trois heures du matin avec de gigantesques enceintes qu'ils ont branchées dans un bar, décidés à faire la fête, que les autres le veuillent ou non. Béatrice comprend. Elle aurait dix-huit ou vingt ans, elle se laisserait entraîner dans leurs danses endiablées. Mais elle en a quarante, et elle est commandante de police. Elle se sent responsable des milliers d'inconnus réfugiés ici. Tenter d'arrêter les fêtards n'aurait servi à rien. Alors, elle a encadré leurs pratiques, la cantonnant à une partie centrale de la plage et nommant des responsables.

— Sacrée nuit, lâche Virgile Guilhem.

Le garde-côte a pris son poste il y a quatre heures et joint ses efforts à ceux de Karen et Béatrice pour organiser les arrivées. Il ne s'est pas officiellement mis sous les ordres de Béatrice, mais il agit comme si c'était le cas. Elle est heureuse d'avoir un ami avec elle. Quoi qu'il se passe, Virgile conserve son calme, parvient à se faire entendre, et semble immunisé contre la fatigue. Une aide précieuse.

— Tes collègues viennent à quelle heure ?

— Quand on les réveillera. Ils dorment dans la cabane des secouristes.

— À propos de secouristes… On va avoir besoin de tous les médecins et infirmières qu'on trouvera.

Son téléphone satellite sonne.

— Bébé ?

— Ouais, JB. Qu'est-ce qu'il y a ?

— J'ai eu les gars de la circulation au téléphone, ça devient dingue, ils n'arrivent plus à étancher l'afflux de véhicules. Comment ça se passe sur la plage ?

— Ça se remplit. C'est déjà bien rempli, en fait.

— Il va falloir trouver de nouveaux points de chute et orienter les arrivants par là. Les militaires sont en train d'établir des zones d'accueil dans les champs avec des chiottes chimiques et des bâches. C'est rudimentaire. On essaie de répertorier les logements vacants et les maisons secondaires inoccupées, aussi.

Béatrice songe à la maison des parents Sauvage qu'elle a aperçue la veille en haut de la falaise. Les volets étaient fermés.

— Je connais un coin où il y en a plusieurs. Je vais aller vérifier.

Elle ignore pourquoi elle ne mentionne pas la crique en contrebas, qui pourrait abriter un millier de personnes supplémentaires. Peut-être pour préserver la tranquillité du vieux Charpentier.

— OK. Fais gaffe à toi.

— Ouais. Et JB, si tu as du personnel médical sous la main, il y en aurait besoin sur la plage. On a un paquet de blessés. Coupures de bouteille, overdoses…

— Je vois ce que je peux faire.

— Merci. (Elle raccroche.) Je te laisse Karen, Virgile ? Je dois m'absenter une heure ou deux.

Le garde-côte acquiesce.

— Je vais réveiller un collègue pour te remplacer, dit-il.

Béatrice se faufile entre les groupes, endormis pour la plupart. Elle remercie le couple qu'elle a chargé de veiller sur sa moto, et quitte les lieux.

Une demi-heure plus tard, elle coupe le moteur et observe la maison des parents Sauvage. Les volets sont à présent relevés, et une voiture est garée dans l'allée. Celle des propriétaires ?

Soudain, une fillette aux longues boucles sombres jaillit dans le jardin. Elle court vers la balançoire, s'y installe.

— Mamaaaaan !

Une femme apparaît. Béatrice ne distingue que son dos. Pourtant, à la détermination que dégage l'inconnue, elle devine immédiatement de qui il s'agit. L'aînée des deux sœurs, l'ado devenue adulte. Elle ne l'a pas revue depuis et l'observe avec curiosité.

La femme rejoint sa fille, lui donne quelques poussées dans le dos pour l'aider à se lancer, puis s'éloigne vers un bosquet, téléphone à la main. Elle se retourne brusquement et aperçoit Béatrice. Elle fronce les sourcils. S'avance. Béatrice retire son casque, descend de moto et monte à sa rencontre.

— Commandante Béatrice Blanche, se présente-t-elle.

— Laure Sauvage-Perrin, répond la femme en serrant sa main tendue.

— Je suis désolée de vous déranger, nous cherchons des maisons vides pour accueillir la population qui afflue en masse, et j'avais vu les volets de cette maison baissés hier.

— On est arrivés hier soir.

— Vous êtes combien ?

— Trois. Moi, mon compagnon et notre fille. Ma sœur devrait nous rejoindre.

— Vos parents habitent ici, non ?

Laure lui lance un regard d'une dureté de fer.

— Vous les connaissez ?

— Je les avais interrogés il y a une vingtaine d'années, il y a eu une affaire sur la plage, en bas… Bref. Ils sont absents ?

— Vacances. Au Japon. Coincés là-bas.

Merde. Béatrice effectue un rapide calcul. Le Japon doit être en ce moment même sous le feu des explosions.

— Je suis désolée, dit-elle, confuse.

Laure Sauvage-Perrin hoche la tête, très vite, comme si elle préférait changer de sujet. Un homme sort à son tour de la maison, grand, presque arachnéen, tant ses bras et ses jambes sont longs et maigres.

— Tout va bien ? demande-t-il.

— Oui. Marc, mon compagnon, ajoute-t-elle à l'intention de Béatrice.

L'homme lui accorde un regard bleu à la franchise évidente et une poignée de main solide.

— Docteur Marc Perrin-Sauvage, précise-t-il.

— Vous êtes médecin ?

— Chirurgien.

— Je suis désolée de vous demander ça dans de pareilles circonstances, mais on aurait bien besoin de votre aide sur la grande plage…

Il échange un regard avec sa femme, jette un coup d'œil à sa fille qui s'est approchée pour écouter.

— Je vous suis, à une condition.

— Dites-moi.

— Vous me ramenez auprès de ma famille dès ce soir. Je veux bien passer les journées à soigner des patients, mais je veux mes soirées et mes nuits auprès des miens. Il nous reste huit jours pour trouver une solution…

— Une solution ?

— Pour survivre.

Béatrice le dévisage. Elle est tellement plongée dans les besoins immédiats, les urgences à gérer, qu'elle ne parvient pas à se projeter au-delà des explosions.

— C'est entendu, dit-elle seulement. Je vous laisse prendre vos affaires.

38

H - 173

Lili-Ann n'y tient plus. Elle s'est retenue toute la matinée de consulter son téléphone, mais elle a besoin de vérifier, d'être sûre. Alors qu'elle se penche au-dessus de Brahim, endormi, pour récupérer l'appareil dans le vide-poche, elle espère presque trouver un SMS, un Adieu, un On t'aime, tout plutôt que ces vies tranchées dans la sienne sans possibilité d'au revoir.

Aucune notification ne s'affiche à l'écran.

Lili-Ann mord l'intérieur de sa joue pour ne pas fondre en larmes une nouvelle fois. Elle lance son navigateur, part à la pêche aux informations. Le Japon a subi deux tsunamis dévastateurs avant même d'être frappé par les explosions, qui ont depuis balayé le pays d'est en ouest. Aucune communication n'a été établie avec la zone grise, ni au Japon, ni en Nouvelle-Zélande, ni en Alaska, ni sur la côte ouest de l'Amérique, que le mur grignote mètre après mètre.

Lili-Ann passe d'un site à l'autre, s'arrête sur des photos terrifiantes prises à l'approche du mur d'explosions. Elle se sent extérieure à elle-même, son esprit s'est éloigné pour lui permettre d'analyser la situation. Celle-ci est limpide, pour la première fois depuis trois jours. Lili-Ann conservait jusqu'ici un mince espoir que ses parents aient atteint Paris, la contactent, et qu'elle fasse demi-tour pour les retrouver. C'est terminé, elle n'y croit plus. Il n'y a aucun retour en arrière possible, seuls comptent les vivants qui l'attendent, là-bas, sur sa terre d'enfance.

Oh ! Laure, frangine. Te serrer fort.

D'eux, il n'y a plus que nous.

D'un battement de cils, elle chasse ces pensées. Il lui reste à peine plus d'une semaine à vivre, elle refuse qu'elle se résume à des pleurs. Mais, dans l'urgence de retrouver sa sœur et sa nièce, l'immobilité forcée des embouteillages devient plus insupportable encore. Elle doit trouver une occupation, ou elle deviendra folle.

Lili-Ann se penche vers Gwenaël qui écrit à sa droite.

— Je peux lire ?

Les yeux vert pâle de Gwenaël se plantent dans les siens.

— D'accord, dit-il après quelques secondes.

Il fouille dans son paquet de feuilles, lui en confie une vingtaine avec un coup d'œil anxieux. Elles sont annotées et raturées de partout.

— Désolé, s'excuse-t-il, j'espère que tu vas t'y retrouver, c'est juste que…

— … pas assez de temps pour recopier.

— Voilà.

Elle lui sourit, arrange les feuilles par réflexe, baisse les yeux. Elle n'aspire qu'à se perdre dans les mots pour tromper son impatience et s'éloigner du drame qui ravage sa famille. C'est pourtant ce même drame qui la cueille dès la première ligne. Les pages défilent, écho déformé de ce qu'elle vit depuis trois jours. Des explosions incompréhensibles surviennent, des inconnus se rencontrent, décident de faire un bout de chemin ensemble.

Il y a Ève au sac à dos vide et l'Enfant, qui marchent ensemble sur leur interminable ponton imaginaire. Il y a Lou-Ann à la mémoire amputée – troublants, ces « Ann » que Gwenaël a rajoutés à la main à chaque occurrence de ce prénom – et Zéphyr, dont les messages tourbillonnent dans le vent. Il y a les explosions. Il y a la route et la mer que Lili-Ann pressent au bout ; alors, elle qui a tant envie d'atteindre l'horizon dégagé de l'océan ne parvient pas à s'arrêter avant d'y être, d'y être au moins un peu, par la magie de la lecture.

— Tu faisais quoi, avant les explosions ?

— On s'en fout, lâche Zéphyr.

Je déglutis avec peine. J'ai mal aux pieds, je suis fatiguée, nous marchons depuis des heures, et ce type se montre de plus en plus hostile sans que je comprenne pourquoi. J'aurais mieux fait de partir de mon côté.

— Je ne m'en fous pas, moi.

Ma voix se brise. Je me brise. Zéphyr me dévisage. Les larmes se bousculent au bord de mes cils, je me mords les lèvres pour tenter de les contenir, en vain. Alors je souffle :

— Aime-moi !

Il penche sur le côté son étrange tête imberbe.

— Comment ça « Aime-moi » ?

— Aime-moi. Juste aime-moi.

— Pourquoi ?

Je lève le menton vers lui.

— Parce que tu es là, et que je suis là. Que tous les autres, les gens de ma vie, sont absents. Et j'ai besoin… Je ne sais pas, juste de quelqu'un.

Les yeux de Zéphyr sondent le brouillard des miens. Je lui offre mes larmes sans ciller. Il acquiesce et esquisse un sourire qui s'efface aussitôt.

J'essuie mes joues d'un revers de la main tandis que nous nous remettons en marche. Nous quittons la route pour nous engager sur un chemin creux sous les arbres. Je laisse Zéphyr passer devant moi. Il est vraiment très grand, pas loin de deux mètres. Juste en bas de sa nuque, je devine la naissance d'un tatouage qui se prolonge sûrement sur le haut de son dos.

L'odeur d'iode s'engouffre par mes narines lorsque le chemin cesse de monter, et la mer apparaît devant nous.

Nous avons beau la surplomber du haut de la falaise, j'ai l'impression fugitive, comme chaque fois que je la regarde, que sa présence me domine, m'emplit et m'apaise. Comment peut-il y avoir encore des lieux aussi beaux ? Comment, quand tant de gens sont en train de mourir ?

Une brise emmêle mes cheveux tandis que nous entamons la descente sur l'étroit sentier à flanc de roche, plein de bruyères et de lichens.

Adossée à la falaise, la plage forme un croissant long d'une centaine de mètres et se termine par des pointes sombres qui se perdent dans les profondeurs de l'eau verte. Le côté par lequel nous arrivons est minéral mais, à l'autre bout, une large zone recouverte d'arbres secs et de terre monte en pente douce sur environ trente mètres. Puis la paroi granitique se dresse, là aussi, comme un mur infranchissable.

Je suis des yeux la ligne d'algues noires qui dessine sur le sable le niveau de la mer à marée haute. Il me semble percevoir un mouvement, au loin, entre les arbres.

— Il y a quelqu'un, murmure Zéphyr.

Nous reprenons notre chemin, excités par cette présence inattendue. Enfin, le sentier s'ouvre sur un petit éventail de sable qui marque le début de la plage. J'ôte mes chaussures.

— Lou-Ann ? On va voir qui c'est ?

Cette idée me dérange. J'ai l'impression que cette personne, là-bas, n'a pas envie de nous rencontrer. Elle nous a sûrement vus descendre la falaise ou marcher sur la plage, mais elle n'est pas sortie des arbres.

— Tu ne veux pas la laisser venir quand il ou elle en aura envie ? Après tout, c'est nous les intrus.

Il me jauge un instant, la tête inclinée dans cette attitude pensive qui commence à m'être familière. Et, sans un mot, il s'éloigne vers la falaise.

Lili-Ann relève les yeux et fixe Gwenaël, abasourdie.

— Quoi ? lâche-t-il, gêné par son regard insistant.

— Cette plage, la plage que tu décris dans l'histoire… À un détail près, c'est exactement l'endroit où j'ai grandi. C'est dingue, tout y est, le chemin creux, le sentier, la falaise, les arbres tout au bout…

Gwenaël la dévisage.

— Quel détail diffère ? demande-t-il enfin.

— Il y a un deuxième accès à ma plage. Un escalier sculpté à même la falaise qui aboutit au fond du jardin de mes parents.

— Alors ce n'est pas pareil, tranche Gwenaël. Dans mon roman, il n'y a pas d'escalier et aucune maison en haut de la falaise.

Comme si cette conversation était terminée, il replonge le nez dans ses feuilles. Lili-Ann relit le passage plusieurs fois, troublée. La ressemblance est saisissante. Ou bien est-ce juste elle qui a tellement envie d'arriver qu'elle plaque ce qu'elle connaît sur les descriptions de Gwenaël ?

À l'avant de la voiture, Valentin conduit, Sara alimente la conversation. Ils progressent d'une dizaine de mètres. À ce rythme-là, ils n'arriveront pas avant plusieurs jours encore. Lili-Ann prend une longue inspiration, puis elle tend la main, exige la suite de l'histoire, et dès que Gwenaël la lui abandonne, elle s'y coule tout entière.

39

H - 156

Valentin se réveille en sursaut pour la troisième fois de la nuit.

Cris. Éclats de lumière mouvante. Une voiture est en flammes, une quinzaine de mètres devant eux. Des battes de base-ball dans les mains, des inconnus courent entre les voies, frappent les carrosseries au hasard. C'est comme si, pour chaque heure retirée au décompte final, le monde et ses habitants devenaient un peu plus fous. Valentin est content d'avoir quitté Paris, ça doit être le carnage, là-bas.

Il croise le regard cerné de Gwenaël. Son téléphone en guise de lampe de poche, celui-ci tente de travailler à son roman sans parvenir à faire abstraction du chaos qui enfle au-dehors.

Deux filles d'une vingtaine d'années apparaissent soudain devant la vitre de Valentin. Elles hurlent comme des animaux, lèchent le verre. Elles veulent l'effrayer. Elles semblent terrorisées.

Un garçon les rejoint, saute sur le toit de la décapotable, dégringole sur le pare-chocs avant. À l'intérieur, tous sont à présent réveillés et observent les agissements du groupe dans un silence tendu.

Resserrant sa prise sur la poignée du club de golf, Valentin fixe les filles qui tambourinent sur sa vitre dans l'espoir de la briser à mains nues. Il les comprend. Il n'aurait pas rencontré Lili, il serait sûrement avec eux à tout casser, anticipant les explosions comme des enfants qui sautent sur leur château de sable avant que la marée l'engloutisse.

— Bordel, lâche Gwenaël alors que deux autres mecs armés de battes approchent avec un sourire effrayant.

Il rassemble ses feuilles, les pose à ses pieds, s'empare du club de golf et débloque la portière. Sara tente de le retenir, mais c'est trop tard, il est déjà sorti et saute, lui aussi, sur le capot avant. Le type qui s'y trouvait se réfugie à terre, surpris.

— Tu dégages, connard ! crie Gwenaël en brandissant le club de golf. Tu siffles ta bande de crétins pathétiques et tu te barres ! Vous n'avez rien de mieux à faire de vos derniers jours, sérieux ? Dégagez ! Allez !

Ces gamins auraient plus besoin d'un câlin que d'une engueulade, et Valentin ne peut s'empêcher de penser que Gwenaël réagit comme un vieux con réac. Ou juste comme un homme au bout du rouleau qui voit sa fin approcher et tente de se persuader que son entreprise de création a encore du sens ?

Peu importe, sa détermination et sa colère ont gagné ; les casseurs s'éloignent. Mais ils hantent les pensées de Valentin qui ne parvient pas à se rendormir. Il repense au supermarché. Que le monde bascule si vite dans les pillages et la violence le perturbe. Le fléau avant le fléau. Jamais il ne l'aurait imaginé, mais il a suffi de quatre jours où chacun a peu à peu abandonné sa place dans la société pour que celle-ci vacille. L'instinct de survie des hommes s'est réveillé. Et il n'est pas beau à voir.

Le sommeil le fuit des heures durant, et l'aube le trouve épuisé.

À l'avant, Lili déjeune avec appétit. Comment peut-elle dévorer ainsi ? Hier, elle n'a rien avalé de la journée, et là… Les réactions de cette fille restent un mystère, même pour lui qui décrypte d'ordinaire facilement les motivations de ceux qui l'entourent.

Il attrape son téléphone, fait défiler les applications, le repose. Aux dernières nouvelles, les explosions progressent avec une régularité glaçante, leur vitesse n'a pas varié, et personne ne sait ce qu'elles sont ni comment les contrer. Il est de plus en plus certain que les deux implacables murs se rejoindront sur la dernière frontière des survivants entre seize heures et dix-sept heures à la date prévue. Il leur reste sept jours. Une petite semaine. Valentin ne tiendra jamais aussi longtemps. Son masque se fissure de partout, non seulement le dernier qu'il a enfilé, celui du riche propriétaire de la décapotable, mais aussi tous ceux qu'il a portés au cours des années – le gentil fils, le premier de la classe, le clown du collège, l'ami fusionnel, l'amant sans attache, le petit copain attentionné, le gendre idéal, le salaud volage, l'étudiant fêtard, le stagiaire modèle… Il a passé sa vie à s'étayer avec ces archétypes pour se sentir plus fort, plus sûr de lui. Et voilà que les trop nombreux costumes se lézardent, le laissent à nu, sans défense.

Terrorisé par la fragilité abyssale qu'il entrevoit derrière, Valentin fixe le soleil levant.

Plutôt se cramer les rétines que d'affronter sa véritable identité.

40

H - 153

Béatrice et Marc Perrin-Sauvage se faufilent entre les véhicules et la foule nombreuse qui arrive à pied. Ils parviennent enfin en haut de la grande plage où Béatrice attache sa moto.

Elle observe un instant la marée humaine qui recouvre le sable. Les familles avec enfants sont rassemblées sur la droite. Au centre, ce sont les fêtards qu'elle a installés cette nuit, et à gauche, le baisodrome, même si ces deux dernières zones ont tendance à se mêler. Là-bas, des enceintes puissantes vomissent de la techno que personne ne semble entendre. C'est toujours calme, le matin. Dès que la nuit tombe, en revanche, les instincts se libèrent.

Se faufilant entre les dormeurs, Béatrice rejoint Karen devant la cabane surélevée des secouristes. Une dizaine de pompiers y ont élu domicile, et c'est devenu le point de ralliement des policiers et des gendarmes.

— Béa ! lance Karen en l'apercevant depuis la petite terrasse de la cabane. Ça va ?

— Lieutenante, répond simplement Béatrice en guise de salut.

Karen est chaque jour plus familière, comme si toutes les barrières sociales tombaient les unes après les autres dans son esprit. Et chaque fois que Béatrice la retrouve, l'attirance de sa jeune collègue pour cette foule est plus évidente. Elle finira par se fondre en elle. Demain. Après-demain. Elle entrera dans le flot de chair et n'en ressortira plus.

Béatrice grimpe l'échelle de la cabane, rejoint Virgile Guilhem.

— Comment s'est passée la nuit ?

— Un carnage. Une quinzaine de morts à la suite d'une rixe. Une trentaine d'autres dans un suicide collectif qu'on n'a pas su repérer à temps. Et on n'a pas arrêté de soigner des blessés. On ne sert plus qu'à ça, maintenant.

— Qu'est-ce que vous avez fait des corps ?

— On a mis les premiers à l'eau. Les vagues les ramenaient. Alors, on a réquisitionné un entrepôt là-bas, de l'autre côté de la route.

— OK. On prend le relais, Virgile. Marc est médecin, il nous aidera aujourd'hui. Tu devrais rentrer chez toi un moment…

— Je te rappelle que tu as, toi aussi, passé la nuit debout.

— Et ?

Il esquisse un sourire, lève les yeux au ciel.

— Je vais dormir ici, dans un coin, souffle-t-il. Tu me réveilles si besoin, hein ?

— Promis.

Béatrice passe la tête par la porte. Quatre pompiers se reposent à l'intérieur sur des matelas de fortune. Elle ressort. Il reste une semaine. Combien de nouveaux arrivants s'agglutineront sur ce bout de côte ? À un moment, il n'y aura plus de place. Béatrice imagine les noyades à venir, lorsque la pression se fera trop forte en haut de la plage et que les personnes installées au plus proche du rivage n'auront d'autre choix que d'entrer dans l'eau. Déjà, dès que la marée remonte, c'est la panique.

Ses yeux dérivent jusqu'à l'extrémité de la plage où des couples – des trios, des quatuors – baisent sans se soucier des regards. À la rougeur subite des joues de Virgile, elle devine qu'il n'y a pas mis les pieds de la nuit. Il a toujours été prude, à tel point qu'elle se demande s'il n'est pas encore puceau à quarante ans passés. Elle lui vole le sifflet qui pend de sa poche et le pousse à l'intérieur pour qu'il se repose.

— Ça te fait peur d'aller voir par là-bas si tout le monde va bien ? demande-t-elle à Karen.

— Non.

Béatrice se tourne vers Marc.

— On a regroupé des blessés près de l'entrée de la plage. Si je tombe sur une urgence, je donne un grand coup de sifflet pour que vous me rejoigniez ?

— Entendu.

Le médecin quitte aussitôt la plate-forme et se met au travail.

Béatrice et Karen le suivent, puis bifurquent vers l'ouest de la plage. Elles progressent avec difficulté, secouant les personnes immobiles pour vérifier si elles sont encore vivantes. Sur leur chemin, elles découvrent trois morts, dont elles tentent de retenir la position pour les emmener à l'entrepôt en revenant. Béatrice essaie de ne pas se laisser atteindre, mais à chaque cadavre, la boule dans sa gorge grossit, surtout au dernier, visiblement étranglé. Qui l'a tué ? Était-ce une demande de sa part ? Elle ne le saura jamais.

Karen, elle, affiche un sérieux à toute épreuve. Plus elles approchent du bout de la plage, plus les coups d'œil en direction de sa supérieure se multiplient, au point que celle-ci l'interroge :

— Oui ?

Karen esquisse un sourire. S'arrête. Béatrice l'imite. Comme Karen garde le silence, elle insiste :

— Il y a un problème ?

— Je vais t'embrasser.

Ce n'est pas une question, ni une demande, et Karen joint le geste à la parole. En temps normal, Béatrice l'aurait repoussée gentiment. La normalité n'étant plus qu'un souvenir, elle se laisse embrasser, entrouvre les lèvres par lesquelles se glisse la langue de Karen.

— J'aime les mecs, Karen.

— Je sais. Mais je ne voulais pas mourir sans t'avoir embrassée.

Béatrice n'est pas gênée, ni par les vingt ans qui les séparent, ni par le désir évident de Karen. Elle n'en ressent pas. Cependant, la fin du monde est dans une semaine, et elle éprouve à l'endroit de sa collègue une tendresse suffisante pour lui ouvrir les bras. Karen s'y réfugie, glisse son visage dans le cou de Béatrice. La sensation est d'une douceur touchante.

— Tu vas rester ici, hein ? lui demande Béatrice après quelques secondes.

Karen hoche la tête. Béatrice appuie son front contre le sien. Elle redécouvre dans cette proximité inédite le visage de Karen et, émue, pose ses lèvres une dernière fois sur sa bouche. Puis elles se détachent, presque à regret. Sans un mot, Béatrice tourne les talons.

Dans sa poitrine, elle sent son cœur battre avec une acuité inhabituelle. *Il est donc encore là*, songe-t-elle. Sans le vouloir, Karen a réveillé en elle un espoir trop humain qu'elle peine à présent à repousser. Celui d'aimer et d'être aimée.

41

H - 126

Brahim suit avec inquiétude la course de la jauge à essence. Il économise le carburant, coupe le moteur dès que possible, mais les bouchons consomment beaucoup, et ils roulent sur la réserve depuis un moment.

— On a besoin de carburant, annonce-t-il.

— Pas sûr qu'il en reste dans les cuves des stations-service, observe Lili-Ann.

— On pourrait siphonner le réservoir d'une voiture abandonnée ? suggère Sara.

Brahim acquiesce. Il y a pensé, bien sûr, et il le fera s'ils ne trouvent pas d'autre solution – il déteste l'idée d'enfreindre la loi, même une semaine avant la fin du monde.

Mine de rien, en quatre jours, ils ont parcouru plus de trois cents kilomètres. Brahim rallume le GPS pour évaluer plus précisément leur position. Sur l'écran, la carte peine à s'afficher, ne lui offrant qu'un quadrillage sur fond gris et une icône de chargement qui n'en finit plus de tourner. Après quelques minutes d'attente sans résultat, il le coupe.

— Les satellites déconnent, constate Lili-Ann.

Elle lève des yeux inquiets vers le bleu obstiné du ciel. Brahim lit sur son visage les questions qu'il a cessé de se poser : sauront-ils ce qui se passe vraiment avant que les explosions les rattrapent ? Ont-ils envie de le savoir ? Lui, non. Il ne voit pas l'intérêt de passer la semaine à se torturer les méninges pour essayer de comprendre. Et puis, il a toujours aimé les mystères. Il est de ceux qui s'émerveillent d'un tour de magie et se fichent d'en connaître le truc.

Plus la journée avance, plus Brahim sent s'intensifier le bouillonnement intérieur de Lili-Ann. Son regard est comme aimanté par les carcasses de vaches bourdonnantes de mouches qui gisent dans les champs. Certaines ont dû contracter des infections fatales à force de ne pas être traites. Pour les autres… Les réserves de nourriture françaises ne sont sûrement pas épuisées partout, mais les pillages ont vidé les supermarchés, et les automobilistes les moins prévoyants coincés dans les méandres bondés de cette route ont parfois été au plus proche pour se nourrir.

C'est en fin d'après-midi que Lili-Ann craque. Ils sont à l'arrêt depuis deux heures et le soleil échauffe les esprits. D'un doigt rageur, Lili-Ann décapote la voiture, saisit le gyrophare, se lève. Brahim relance le moteur sans qu'elle ait besoin de le demander. La sirène redémarre.

— Écartez-vous ! hurle Lili-Ann. Écartez-vous, bordel !

Valentin enjambe le dossier, l'attrape par les épaules, tente de la calmer. Il la croit en train de perdre les pédales. Il ne voit pas qu'elle a au contraire trouvé le moyen d'expulser sa frustration pour ne pas se laisser dévorer par elle.

Lili-Ann se dégage sans douceur de son étreinte.

— Laisse-moi, Val ! J'ai besoin de crier !

— D'accord. Je t'aide, alors.

Ils reprennent d'une même voix :

— Allez, dégagez le passage ! Police ! Écartez-vous !

Ils progressent de quelques mètres, ce qui est en soi un exploit, tant les carrosseries se touchent. Soudain, le moteur tressaute, puis s'arrête.

— Place, faites place ! s'égosille Lili-Ann.

— Lili…, tente Brahim.

— Circulez ! Circulez, putain !

— Lili !

— Quoi ?

— On est à sec. Plus d'essence.

— Merde. Merde ! C'est pas possible, pas maintenant !

Cette fois, c'est bien du désespoir qui s'abat sur elle, ses lèvres tremblent, sa peau pâlit, elle retombe sur son siège comme une poupée de chiffon. Valentin n'ose pas la consoler et regagne la banquette arrière. Lili-Ann, elle, reste prostrée plusieurs minutes, les yeux dans le vague. Et puis, sans transition, elle se redresse. Hume l'air.

— Brahim, il reste combien de kilomètres à parcourir ?

— Une petite centaine, à vue de nez.

Lili-Ann se retourne vers Valentin, Sara et Gwenaël. Un éclat amusé au fond des yeux, elle lance :

— Vous êtes déjà montés à cheval ?

42

H - 118

Ils sont à peine entrés dans l'enceinte du haras que les sourires se figent sur les visages.

— Putain…, murmure Sara.

L'endroit est isolé de la route par un petit bois, mais ils ne sont visiblement pas les premiers à s'aventurer ici. Des cadavres de chevaux jonchent une pelouse. Une partie de la viande a été retirée des os. La peau déchiquetée et les viscères reposent à côté, entourés d'une nuée de mouches. Était-ce de la cruauté gratuite ? Le cercle d'herbe noircie qui se découpe sur le sol répond à sa question. Barbecue improvisé. Comment ceux qui ont fait ça ont-ils pu manger devant ces carcasses alors que Gwenaël lutte contre la nausée ?

Sara est la première à réagir. Elle dépose ses affaires devant la maison et file droit vers les écuries qui se dressent un peu plus loin.

— Si j'en crois les noms indiqués sur les portes, lance-t-elle en revenant deux minutes plus tard, ce haras abrite au moins une trentaine de bêtes. Il y en a huit ici. Les box sont vides. Qui m'aide à chercher les autres ?

Tous répondent présents, sauf Gwenaël, qui les regarde partir en direction des champs. Puis, ses feuilles sous son bras, il marche vers la maison.

Elle n'a pas été vandalisée. Peut-être parce que la porte n'est pas verrouillée. Tandis qu'il la referme derrière lui, l'odeur de charogne s'estompe et son estomac s'apaise. Il traverse l'entrée, pénètre dans un salon à la décoration datée. Un coup d'œil lui suffit pour adopter le grand canapé de cuir. Il s'y installe, profite des quelques minutes de calme qu'il a devant lui avant leur retour.

Mais dans le silence, d'autres questions surgissent.

Comment ses parents réagissent-ils aux explosions ? Et ses copains d'enfance restés là-bas ? Que deviennent-ils, tous ? Que font-ils en ce moment ? Une culpabilité sourde lui compresse la poitrine. Son imagination se transforme soudain en page blanche. Gwenaël est incapable de se projeter dans leur univers, incapable de deviner ce qu'ils vivent, comme si en les quittant, en les trahissant, il avait construit un mur infranchissable dans son esprit.

Alors il replonge dans son roman.

Je longe la falaise en direction des arbres à l'extrémité de la plage, là où nous avons aperçu une silhouette. Qui que ce soit, je ne veux pas le déranger. Mais ces arbres m'intriguent.

Le sable se mêle de terre tandis que j'approche de l'endroit où le sol monte en pente douce. J'entre dans l'ombre des feuillages.

Au détour d'un pin, un arbre différent apparaît et je m'immobilise. L'orme se tient face à la mer. Un arbre-roi au tronc large, aux racines usées et aux branches épaisses qui se contorsionnent jusqu'au ciel. Émerveillée, j'agrippe la plus basse, me hisse à la force des bras et entame l'ascension.

Depuis quand n'ai-je pas grimpé à un arbre ? Impossible de me souvenir. Mais les gestes sont familiers. Mains qui agrippent, poussée de la jambe, plus haut, toujours plus haut.

Quand j'atteins le sommet, le ciel s'éclaircit dans une bourrasque de vent. Le haut de l'arbre tangue, mes mains s'agrippent un peu plus au tronc. Je tourne mon visage vers la mer que le soleil à présent dévoilé illumine de milliers de reflets dorés. J'ai l'impression d'être sur un bateau en pleine mer, vigie perchée en haut du mât, avec personne à des kilomètres à la ronde. Je sais que c'est faux, bien sûr. Zéphyr est là, sur la plage. Le monde a changé malgré moi et je n'y peux rien, aucune prise là-dessus. Tout ce que je connaissais depuis des années : fini. Il ne reste que moi, et du temps. Je ne sais pas quoi en faire, de tout ce temps que je ne prenais pas et qui m'est donné de force avec rien pour l'occuper, ces choses qu'on fait, des agendas pleins à craquer, une vie qu'on remplit pour s'empêcher de penser. Tout ça, envolé. Obligée de me regarder en face, d'écouter les questions qui me poursuivent.

J'ai les larmes aux yeux.

C'est le vent.

Voix.

Porte qui s'ouvre.

Gwenaël interroge du regard Sara et Valentin qui viennent d'entrer.

— On a trouvé des montures, lâche ce dernier.

C'était sportif. Lili a dû grimper dans un arbre pour ne pas se faire massacrer !

Grimper dans un arbre. Gwenaël hausse un sourcil, amusé par la coïncidence avec ce qu'il vient d'écrire. Sara lui explique que les chevaux s'étaient cachés tout en bas du champ, au bord d'un cours d'eau. Terrorisé, l'étalon du groupe a foncé sur Lili-Ann. Elle a trouvé refuge dans un arbre et y est restée perchée pendant un quart d'heure jusqu'à ce que les autres parviennent à éloigner l'animal.

— Bref, on a récupéré les chevaux les plus calmes. Lili-Ann et Brahim les installent dans les box pour qu'ils ne sentent pas les carcasses… Tu as visité ?

— Non.

Sara lève les yeux au ciel et se dirige vers l'escalier.

43

H - 117

Sara sort de la maison.

À la vue des lits accueillants et des quelques vivres découverts dans un congélateur à la cave, ils ont décidé de passer la nuit ici pour repartir le lendemain à cheval. Tous ont besoin d'une vraie nuit de sommeil. Et d'une douche. Surtout d'une douche.

Les garçons ont aussitôt réquisitionné la salle de bains.

En attendant son tour, Sara va vérifier que leurs montures se sont apaisées. Elle a toujours aimé les chevaux. Ils l'obligent au calme, elle qui peine tant à le trouver.

Tandis qu'elle marche vers l'écurie en se forçant à ne pas regarder les carcasses, la conversation qu'elle a eue avec Gwen juste avant leur départ se rejoue dans sa tête. Pour « vivre pleinement les jours qu'il nous reste », a-t-elle avancé, afin de le pousser à partir vers la dernière frontière des survivants. Qu'est-ce que c'est *vivre pleinement* ? Pour elle, ça ressemblerait à un mélange de fête, de nourriture au fromage dégoulinant, de baise, de jeu, de poésie, de technologie et de maths. Et ce soir, elle a décidé qu'elle aurait au moins les quatre premiers éléments.

Elle pénètre dans l'écurie. L'odeur de foin, de graisse à cuir et de crottin que reconnaissent tous ceux qui ont fréquenté un centre équestre l'assaille. Lili-Ann est là, occupée à frotter le chanfrein d'une grande jument baie. Sara la rejoint.

— Tu as trouvé une nouvelle copine ?

— Ouais. Elle a une conversation reposante.

Sara sourit.

— As-tu exploré la sellerie ?

— Il y a tout ce dont on a besoin. On va réserver la monture la moins impressionnante pour Valentin.

Celui-ci n'est jamais monté à cheval et, en effet, lui confier un pur-sang à la bouche aussi sensible que cette jument n'est pas une bonne idée – ni pour lui, ni pour elle. Le petit hongre pie fera un compagnon de voyage plus docile.

— Tu n'as pas de famille ? demande soudain Lili-Ann.

— J'ai Gwen.

Lili-Ann n'insiste pas.

Elles distribuent aux chevaux des rations de granulés, vérifient que les abreuvoirs fonctionnent encore, rassemblent le harnachement. Lorsque tout est prêt pour le lendemain, Lili-Ann se laisse tomber sur une balle de foin. Ses yeux bruns fixés sur le béton du sol sont soucieux. *Elle est tellement jeune*, songe Sara. Vingt-quatre, vingt-cinq ans ? Une dizaine d'années de moins qu'elle. Une décennie entière que Lili-Ann n'aura pas l'occasion de vivre.

— Ça va ? demande Sara.

— J'ai l'impression d'avoir gâché tellement d'heures à m'acharner sur des trucs inutiles.

Sara s'assied à côté d'elle.

— Comme ?

— Mon mémoire de master. Les cours qui ne me serviront jamais à rien. Les gens que je me suis obligée à voir parce que ça n'aurait pas été poli de les envoyer chier même si j'en mourais d'envie. Les démarches administratives pourries. La vaisselle. Bon, OK, corrige-t-elle, je ne me suis pas acharnée tant que ça sur la vaisselle.

Elles échangent un sourire.

— C'est que, sur le moment, tout ça te semblait important, tempère Sara.

— Oui et non. Je le faisais parce que c'est ce qu'on attendait de moi. Parce que c'est ce qui était sérieux pour l'avenir. Tu n'as pas cette impression-là ?

— Si. Mais je vois aussi toutes les heures pour lesquelles je n'ai aucun regret. (Lili-Ann lui lance un regard interrogateur.) Celles que j'ai passées avec de chouettes personnes, mes voyages en solitaire, mes voyages avec Gwen, les rencontres qui m'ont aidée à concevoir mes drones, leur mise au point, les échecs successifs et les victoires auxquelles ces échecs ont mené. Les soirées calmes, les soirées alcoolisées, les nuits blanches à refaire le monde. Les heures où j'ai embrassé, les heures où j'ai fait l'amour, les heures où j'ai dansé jusqu'à l'épuisement, les heures passées dans des lectures que je ne pouvais pas lâcher, les heures passées à rêver ma vie, les heures passées à réaliser ces rêves…

— Je vois, souffle Lili-Ann. C'est marrant, j'imaginais que si ce genre de truc m'arrivait – pas exactement ce genre, mais une maladie incurable, tu vois –, j'allais regretter les journées à faire ma loque et à m'enfiler des séries télé sous ma couette.

— Et ?

— Ben non. Même les plus pourries, je ne regrette pas de les avoir vues.

— Moi non plus !

Elles éclatent de rire.

— Au fait, ce soir, c'est festin, Brahim s'est mis aux fourneaux pendant que Valentin se douche. Tu viens ?

— Je vous rejoins.

44

H - 116

Lili-Ann s'assied à la table ronde qui trône dans le séjour et rejette en arrière ses cheveux humides.

Sentir le jet d'eau brûlant sur ses épaules et passer des vêtements propres dénichés dans un placard lui a fait un bien fou. Elle n'a plus qu'une envie : se jeter sur la platée de lasagnes préparée par les garçons.

— Tu bois quoi ? demande Valentin.

Il a dû trouver du gel dans la salle de bains, parce que ses cheveux sont plus impeccables que jamais – trop : dans leur situation, cet acharnement capillaire devient ridicule. Lili-Ann examine les bouteilles posées sur la desserte.

— Rhum-orange.

Tandis que Valentin remplit leurs verres, Brahim se charge des assiettes qu'il sert généreusement. Quelqu'un a branché son téléphone aux enceintes. David Bowie joue *Blackstar* en sourdine. Une conversation anodine sur la nourriture s'engage et, tandis que la nuit tombe au-dehors, c'est comme si chacun prenait soin de ne rien évoquer d'important ou de grave, de rester dans la futilité, de rire malgré tout. Cette soirée sonne comme une trêve. Demain, ils reprendront leur route, qui se séparera ensuite. C'est peut-être leur dernière soirée tous les cinq. Les liens qu'ils ont tissés dans l'interminable embouteillage sont palpables, et l'affection qui en résulte déploie autour d'eux un cocon de confiance qui touche Lili-Ann en plein cœur. Même Gwenaël semble détendu.

Après le dessert, Lili-Ann sort son appareil photo et fait quelques clichés de ses compagnons. Il ne sert plus à rien de garder des images, mais c'est sa manière d'apprivoiser ce moment. Et puis elle a toujours aimé la poésie de l'inutile.

Elle s'apprête à monter se coucher, quand Brahim déniche un jeu de cartes. Elle hésite. Reste. Brahim leur apprend un jeu qu'elle ne connaît pas et, au bout d'un quart d'heure, la partie bat son plein. Brahim et Sara s'affrontent avec une énergie explosive. Ils sont si déchaînés que leur irrésistible bonne humeur contamine leurs compagnons. Lorsque Sara abat ses dernières cartes, remportant la partie, elle saute en criant dans tout le salon, le corps secoué par une danse étrange qui se termine juste derrière Gwenaël.

— Tu viens ? lui glisse-t-elle.

Sourire aux lèvres, il se lève et la suit à l'étage.

Brahim se retire lui aussi dans sa chambre. Valentin s'affale sur le canapé, sort de sa poche une cigarette électronique, tire une bouffée.

— Tu fumes ? s'étonne Lili-Ann. Tu n'as pas fumé depuis qu'on est partis…

Il a aussi beaucoup bu au cours de la soirée – la chevauchée du lendemain risque d'être rude. Il ne répond pas, une ride d'inquiétude creusée entre ses sourcils. Lentement, il rejette un minuscule filet d'air embrumé entre ses lèvres. La regarde. Puis il semble prendre une décision.

— Tu ne m'as toujours pas reconnu, hein ?

— Je devrais ?

Il tire une nouvelle fois sur sa clope électronique, ébouriffe d'une main ses cheveux, exhale un large nuage de vapeur. Lili-Ann se fige. Comprend.

— Toi…

Un sourire en coin s'accroche à la commissure de ses lèvres, creusant sa fossette. Choquée, Lili-Ann tente de faire coller Valentin et l'inconnu penché à sa fenêtre qu'elle a photographié quatre jours plus tôt. N'y parvient pas.

— Simple changement de costume, lâche-t-il en guise d'explication.

— Non, murmure-t-elle, il n'y a rien de simple là-dedans. Je connais un paquet de comédiens qui rêveraient d'avoir un don de caméléon pareil, crois-moi…

Lili-Ann détourne les yeux.

Elle aime l'idée de destin, se dire que cette première rencontre dont elle ne se souvenait plus les a liés et qu'une main invisible a entremêlé leurs chemins afin qu'ils se retrouvent la nuit suivante.

En même temps, elle a zoomé pour prendre cette photo qu'elle a détaillée pendant plusieurs minutes, une fois rentrée chez elle. D'ordinaire, elle se souvient très bien des visages qu'elle photographie. Ils s'impriment dans sa mémoire autant que dans l'appareil lorsqu'elle presse le déclencheur. Comment a-t-elle pu ne pas le reconnaître ? Comment ces deux versions de Valentin peuvent-elles provoquer en elle des impressions si différentes ? Laquelle doit-elle croire ?

La méfiance qu'il lui inspirait quelques jours plus tôt se ranime soudain, créant entre eux un malaise palpable.

— Je vais me coucher, souffle-t-elle en évitant son regard.

45

H - 113

Gwenaël suit des doigts la colonne vertébrale de Sara, dessinant un cercle autour de chaque bosse. La tête posée sur sa poitrine, elle a fermé les paupières. La respiration qui soulève son dos s'apaise peu à peu. Il détaille son corps menu, s'arrête un instant sur l'arrondi de ses fesses, dépose un baiser dans ses cheveux courts. Ses yeux se perdent sur les taches du plafond.

Sara voulait recréer autour d'eux une famille. Une grande, une bruyante, une tribu joyeuse. Mais les explosions leur ont arraché ce projet. Sara n'aura jamais sa tribu, et c'est ce qui le rend le plus triste, dans toute cette histoire. Ne pas pouvoir combler ce désir commun, ne pas le partager avec Sara chaque jour, ne pas regarder grandir leurs enfants, ne pas échouer à les protéger du reste du monde, ne pas les aider à devenir des adultes bien dans leurs baskets. Il aurait aimé cela. Il aurait aimé la voir mère. Il aurait aimé être père. Lui qui passe sa vie à créer seul aurait aimé créer quelque chose avec Sara, si hermétique à son processus d'écriture, même après toutes ces années passées ensemble.

Est-ce cette impossibilité de donner la vie qu'il fuit en s'acharnant à terminer son roman avant que le couperet ne tombe sur leurs existences ?

Peut-être. La nécessité impérieuse qu'il ressent n'est pas rationnelle, il sait juste que cette histoire a besoin d'être racontée, que ces personnages ne le laisseront pas en paix tant qu'il n'aura pas découvert leur sort. Il s'est accordé une soirée de pause ; pourtant, il sait que cette nuit, quand Sara dormira, il se relèvera pour avancer dans son histoire.

La tête de Sara roule sur sa poitrine et ses yeux bleus se plantent dans ceux de Gwenaël.

— À quoi tu penses ?

— À combien je t'aime.

— Et alors, combien ?

— L'infini au carré.

Elle sourit. Se redresse sur ses coudes.

— Prouve-le-moi une deuxième fois.

TROISIÈME PARTIE

46

H - 102

Lili-Ann et Brahim chevauchent en tête du groupe. Ils décident du chemin à suivre grâce à une carte de la région trouvée au haras, préférant les petites routes de campagne aux axes encombrés. Lili-Ann sait qu'ils n'arriveront pas aujourd'hui, les chevaux ne parcourront pas cent kilomètres d'une traite. Pourtant, pour la première fois depuis qu'ils ont quitté Paris, elle a vraiment l'impression d'avancer, et cela la rassure.

— Tu crois en Dieu, Brahim ? demande-t-elle soudain en s'engageant sous les arbres qui bordent la route.

— Oui. (Il réfléchit quelques secondes avant de poursuivre.) Mais je ne crois pas qu'Il nous regarde et nous juge à chaque instant. Je veux dire, on voit bien qu'Il n'a déjà pas le temps d'aider chacun de manière individuelle, il suffit de regarder le nombre de personnes qui galèrent dans le monde. C'est pour ça que les hommes doivent s'entraider, tu vois, parce qu'Il ne peut pas tout faire. On ne devrait Le prier que quand on a quelque chose de très important à demander. Sinon, ça brouille le signal, et Il ne peut pas répondre à ceux qui ont vraiment besoin de Son intervention.

— Donc aider les autres, pour toi, c'est un peu faire le job que ton Dieu n'a pas le temps de faire ?

— C'est ça.

Lili-Ann aime cette idée. Née dans une famille athée, c'est la première fois qu'elle se pose la question de la religion de manière si concrète.

— Et donc, tu crois en la vie après la mort ?

Brahim hausse les épaules.

— Bah, ça serait un peu triste que l'existence s'arrête à jamais quand on passe l'arme à gauche. Et en même temps, s'il n'y a rien, ni paradis, ni enfer, ni quoi que ce soit, on n'aura pas l'occasion d'être tristes, parce que, ben, on sera morts, vraiment morts morts, sans possibilité de ressentir ou de penser. Alors je me dis, on verra bien. Si ça continue, je serai content. Si ça s'arrête pour de bon, je ne pourrai pas être déçu. C'est gagnant-gagnant.

Lili-Ann sourit. Mourir, c'est gagnant-gagnant. Il n'y a que Brahim pour sortir un truc pareil sans que ça paraisse absurde.

Ils progressent un moment en silence sur le bas-côté de la route.

— Les explosions, tu penses que c'est ton Dieu qui les envoie ? Pour punir les hommes, ou un truc du genre ?

— Oh, non. Ça a dû Lui échapper, Il s'est aperçu du problème trop tard. Sinon, Il s'en serait occupé.

Il y a une telle confiance dans sa voix… Lili-Ann aimerait la ressentir, croire qu'une entité veille sur leur planète. Mais elle n'y parvient pas. Cette idée lui est trop étrangère.

Elle jette un coup d'œil à Valentin qui traîne à l'arrière. Il les ralentit. Pourtant, elle ne peut pas se résoudre à l'abandonner. Elle a hâte que leurs chemins se séparent, tout en étant consciente qu'elle vivra ce moment comme une déchirure. Comment quelqu'un peut-il inspirer des sentiments aussi contradictoires ?

Elle replonge le nez vers la carte pliée sur le garrot de son cheval et étudie le chemin qu'il reste à parcourir.

47

H - 98

Valentin ôte ses étriers et secoue les jambes pour les détendre.

Les filles et Gwenaël ont l'air d'être montés à cheval toute leur vie. Brahim, qui n'avait pas chevauché depuis l'adolescence, s'en sort honorablement. Valentin, en revanche, est ridicule. Il a mal aux fesses, ses muscles et son entrejambe mettront plusieurs jours à s'en remettre, et l'absence de contrôle total qu'il a sur sa monture l'agace au plus haut point. Surtout que celle-ci marche moins vite que les autres et qu'elle les rattrape tous les dix pas dans un trot rebondissant, désagréable au possible. Mais ce qui le perturbe le plus est l'attitude de Lili. Elle l'ignore depuis leur départ du haras. Même ce midi, lorsqu'ils se sont arrêtés pour que les chevaux se reposent – en descendant de selle, il a bien cru qu'il ne parviendrait plus jamais à marcher –, Lili ne lui a pas accordé un regard. Or, il n'a pas le temps d'attendre qu'elle revienne vers lui. Valentin a commencé à s'exposer, il ne peut plus reculer maintenant. Il doit essayer de lui expliquer.

— Allez, mon gros, souffle-t-il à son cheval, rattrape-la.

Cela lui prend quinze minutes d'effort intense, mais il dépasse Sara et Gwenaël. Parvenu juste derrière Lili, il lance :

— Ce n'était pas moi non plus, à la fenêtre. Pas vraiment.

Elle se retourne. Tire sur ses rênes pour se porter à sa hauteur.

— Comment ça ?

— Je t'ai offert la photo que tu désirais.

— Parce que tu lis dans mon esprit, en plus ?

En plus de quoi ? Il n'ose pas poser la question devant son évidente hostilité.

— Ton pas était léger, dit-il, tu souriais, il faisait beau… Tu voulais de l'insouciance. Je t'en ai donné. C'est tout.

— Mais alors, explique-moi, Valentin, tu es qui ? Si tu n'es ni celui qui m'a envoyé son numéro sur un avion en papier, ni ce mec aux chaussettes verticales ?

— Un peu des deux. Un peu de cent autres. On a tous plusieurs facettes.

Elle secoue la tête.

— Pas à ce point opposées.

— Ton monde a l'air tellement simple, observe-t-il en délaissant pour une fois l'ironie. J'aimerais vivre dans le même.

Lili secoue la tête, agacée.

— Pourquoi as-tu offert de m'accompagner, au juste ? Tu n'as pas de parents ? Tu as esquivé la question quand je t'ai interrogé à propos de ta famille, l'autre jour, sur le parking du supermarché.

Valentin déglutit.

— Je ne les ai jamais connus.

Ce n'est pas tout à fait un mensonge. Il n'a jamais eu la sensation de connaître sa mère, même s'il l'aimait infiniment. Ce n'est pas tout à fait la vérité non plus. Lili doit lui imaginer une vie qui n'a rien à voir avec celle qu'il a réellement vécue. Mais s'il commence à parler de sa mère, il va s'effondrer pour de bon.

Il tourne la tête. Lili le fixe d'un air inquisiteur à travers sa frange emmêlée. Il n'y a aucune chaleur dans son attitude. Valentin soutient son regard et souffle :

— J'ai proposé de t'accompagner parce que je n'aurais pas supporté d'être seul avec moi-même.

Elle lève les yeux au ciel, se détourne. Qu'est-ce qui a cloché ? s'interroge Valentin. Son ton ? Son regard de chien battu ? La légère emphase qu'il a employée ? Il pensait avoir déployé la prestation appropriée à la situation, n'importe qui se serait adouci après une confidence pareille. Pas Lili – à croire qu'elle ne se contentera pas d'un baratin dénué de contenu.

— Je n'étais pas un enfant désiré, poursuit-il. Je crois que je l'ai senti tout petit, même si je ne connaissais pas les circonstances de ma naissance. Et j'ai dû… comment dire ? Séduire mon monde ? Comprendre ce que les autres attendaient de moi et m'y conformer, surtout ne pas faire de vagues, pour être accepté. Aimé. J'ai appris très jeune à m'adapter. Je ne saurais pas me comporter différemment.

Lili écoute sans le regarder. Elle ne commente pas son aveu. Lui sait qu'il triche, qu'il manque trop d'informations pour que cette confidence soit sincère. Mais c'est un début.

— Tu sais que tu n'étais pas un enfant désiré, lâche-t-elle après quelques minutes, mais tu n'as jamais connu tes parents. Tu te fous de ma gueule ?

OK. Il n'a plus le choix. Il s'efforce de dresser un mur mental entre ses pensées et ce qu'il doit dire, comme si ce n'était pas vraiment son histoire, qu'il racontait celle de quelqu'un d'autre.

— J'ai grandi avec ma mère, souffle-t-il d'un ton détaché. Quand j'étais petit, elle m'a inventé un père pompier mort en héros. Et puis, à l'adolescence, elle m'a raconté que mon père était en fait une histoire d'un soir. Je l'ai bombardée de questions. Elle m'a soutenu qu'il était mort, mais je n'arrivais pas à la croire, et elle a fini par s'énerver si fort que j'ai cessé toute question. Ce qui ne l'a pas empêchée de tenter de se suicider pour la première fois la semaine suivante.

— Merde…

— Ouais. Pour toi, la famille est une évidence. Pour moi, c'est… plus compliqué.

— Aucune famille n'est idéale.

— Certaines encore moins que d'autres.

— Tu sais qui était ton père, finalement ?

Les mâchoires de Valentin se contractent malgré lui.

— J'en sais assez, dit-il.

Ils chevauchent un moment côte à côte.

— Bascule ton bassin vers l'avant et avance vers le pommeau de ta selle, lui conseille Lili.

— Quoi ?

— Ça sera plus confortable.

Il suit ses instructions. Effectivement, cette nouvelle position soulage son entrejambe, et il suit les mouvements de sa monture avec plus d'aisance.

— Merci, dit-il.

Pour toute réponse, elle hoche la tête et talonne sa jument pour rejoindre Brahim. Valentin suit des yeux les longues mèches brunes qui oscillent dans son dos comme des algues.

— Pas gagné, murmure-t-il.

— Quoi donc ? demande Sara.

Il se retourne à demi, réalise qu'elle s'est approchée sans qu'il s'en rende compte. Sara lui lance un sourire ironique.

— Rien, répond-il. Où irez-vous, toi et Gwen, en arrivant chez les parents de Lili ?

— On rejoindra des copains qui campent sur une plage, quelques kilomètres plus à l'ouest. Si tu veux venir…

Il ne veut pas. Mais il commence à comprendre que Lili repoussera chacune de ses tentatives d'approche, et il n'est pas du genre à s'acharner. Il préfère le facile, le sans risque, l'esquive.

— C'est gentil, dit-il à Sara avec un sourire franc.

48

H - 92

Il est près de vingt et une heures lorsque Sara décrète une pause. Elle a faim, elle a sommeil, et les chevaux aussi. Lili-Ann approuve à contrecœur.

— On repart dans quatre heures, prévient-elle.

Personne ne proteste. Sara s'occupe de sa monture et aide Valentin à prendre soin de la sienne, puis elle dévore un sandwich en regardant Gwen prendre des notes.

— Tu vas dormir ? lui demande-t-elle.

Il acquiesce.

— Viens là.

Elle se glisse dans son étreinte. Quelques minutes plus tard, Gwen s'endort à même le sol, et Sara s'endort à même Gwen.

Il leur semble qu'ils viennent à peine de s'assoupir lorsque Lili-Ann les secoue doucement, mais la nuit profonde les détrompe. Plusieurs heures se sont écoulées. Sara sangle son drone sur la croupe de son cheval, et ils se remettent en selle.

Ils s'engagent sur une route embouteillée. Les arbres qui la bordent laissent apparaître un vaste lambeau de voûte étoilée. Pour tromper l'ennui, Sara cherche des yeux les constellations familières. Son père lui avait appris à les reconnaître, et les nommer une à une lui donne l'impression de renouer avec ces années lointaines passées à suivre ses parents.

— Une fois, confie-t-elle à Gwen, ma mère m'a réveillée en fin de soirée alors que je dormais déjà. C'était un peu après le Nouvel An, je m'en souviens parce que je portais un pyjama E.T. que j'avais eu pour Noël, et que j'avais repris la classe la veille. Ma mère m'a dit d'enfiler un gros pull pendant qu'elle me mettait des bottes. J'ai protesté en disant que j'avais école le lendemain. « C'est bien plus important qu'une matinée d'école. Tu vas voir ! » Encore à moitié endormie, je l'ai interrogée sur notre destination, mais ni elle ni mon père, qui nous attendait dans la voiture, n'ont accepté de m'en dire plus. On a roulé hors de la ville et on s'est arrêtés en haut d'une colline. La nuit n'était pas encore noire, seulement d'un bleu profond. Ma mère m'a emmitouflée dans une couverture, m'a entourée de ses bras. Je me souviens d'avoir alors levé les yeux et d'être restée bouche bée en découvrant le nombre hallucinant d'étoiles dans le ciel dégagé. Mon père a déployé un télescope. C'est là que j'ai compris ce qu'on faisait. Ils en parlaient depuis des jours. On venait admirer la comète de Halley. Je l'ai cherchée des yeux, et je l'ai aperçue, avec sa traîne blanche.

— 1986, intervient Gwen.

— Pardon ?

— Le dernier passage de la comète de Halley, c'était en 1986.

— Possible. On est restés plusieurs heures à la regarder. J'étais frigorifiée, pourtant je refusais de me plaindre, parce que je ne voulais pas rentrer à la maison. À travers l'objectif du télescope, la comète était incroyable. C'est la plus belle chose que j'ai vue de toute ma vie. À un moment, j'ai dû m'endormir, parce que je n'ai aucun souvenir du trajet du retour.

Sara se tait.

— Tu ne m'avais jamais raconté cet épisode, s'étonne Gwen.

— Non. Je gardais quelques histoires en réserve pour nos vieux jours.

Ils échangent un sourire.

— Ce *sont* nos vieux jours, observe Gwen à mi-voix.

Sara acquiesce, la gorge nouée.

Au plus profond de la nuit, elle se met à chanter pour se tenir éveillée. D'abord, elle choisit les chansons avec soin. Et puis la fatigue qui la saisit est telle qu'elle cesse de se censurer. Toutes les comédies musicales de ces trente dernières années y passent. Valentin et Gwen reprennent les refrains à tue-tête avec un plaisir mâtiné de honte lorsqu'ils réalisent qu'ils connaissent les paroles par cœur. Bientôt, Brahim se joint à leur chœur dissonant, et Sara ne peut retenir un fou rire en l'entendant scander *Les Rois du monde*.

Seule Lili-Ann demeure silencieuse.

Lorsqu'un gris tendre adoucit le ciel, des effluves iodés leur parviennent par-dessus les vapeurs des pots d'échappement. Sara rejoint Lili-Ann.

— Tu reconnais le coin ?

— Oui.

— C'est encore loin ?

— Non.

— Alors, pourquoi es-tu si nerveuse ?

Lili-Ann se mord les lèvres.

— Et si j'avais parcouru tout ce chemin et qu'ils ne soient pas là ?

Sara ne peut s'empêcher de ressentir une vague de tendresse. C'est comme si Lili-Ann luttait en permanence contre sa nature. Comme si chaque choix qu'elle avait effectué dans sa vie était destiné à gérer la montagne d'anxiété qu'elle trimballe – faire du théâtre pour se sentir plus à l'aise face aux autres, pratiquer les arts martiaux pour avoir moins peur de la force physique, prendre des photos pour mieux analyser ce qui se passe devant elle, mettre en scène pour maîtriser les événements… Et pourtant, Lili-Ann montre peu ses faiblesses, préférant opposer à ce qui l'inquiète une force et une dureté aussi sincères que factices.

— Ta sœur t'a dit qu'elle t'attendait là-bas, non ?

— Oui, mais…

— Vu la manière dont tu en parles, elle a l'air plutôt fiable.

— Elle l'est. Elle l'a toujours été. C'est juste qu'un imprévu pourrait…

Sara tend le bras, attrape la main de Lili-Ann, la serre doucement.

— Respire, calme-toi, et allons voir.

Une demi-heure plus tard, Lili-Ann replie sa carte et les entraîne hors de la route. Ils s'engagent dans un chemin latéral dont la terre a été creusée de nombreuses fois par les roues d'une voiture. Les branches qui se rejoignent au-dessus de leurs têtes filtrent les rayons obliques du soleil matinal, jetant sur leurs silhouettes des papillons de lumière.

Soudain, alors que le chemin s'incline vers la gauche, la maison surgit devant eux.

49

H - 82

Une voiture grise est garée devant la façade de granit. Celle de Marc, le compagnon de Laure. Lili-Ann saute à terre, confie ses rênes à Sara, court jusqu'à la porte qu'elle ouvre à la volée.

Elle crie :

— Laure ? Ninon ? Marc ?

Aucune réponse. Sans cesser d'appeler, Lili-Ann passe en revue le salon, la cuisine, les chambres à l'étage. La maison est déserte. Cependant, des affaires traînent, qui ne sont pas celles de ses parents, et des jouets d'enfant ont été sortis des placards. Lili-Ann fonce au jardin. Inlassablement, elle appelle sa sœur en remontant la pente de gazon qui mène à la falaise. Valentin et Brahim se joignent à elle, la suivent jusqu'au portail de bois branlant à la peinture écaillée qui marque le fond de la propriété. Enfant, Lili-Ann et Laure avaient interdiction de s'en approcher, car il s'ouvre sur l'escalier vertigineux creusé dans la roche. Bien que son père l'ait depuis renforcé d'une rampe, il reste impressionnant et impraticable par mauvais temps.

La mer lui apparaît dans une rafale de vent,

infinie, d'un bleu-vert dense saupoudré d'or. Lili-Ann ne prend pas le temps d'admirer le panorama. Elle scrute la plage en contrebas, cherche des silhouettes familières.

— Là ! indique Valentin.

Deux personnes avancent vers les vagues, leurs pantalons relevés sur les mollets.

Laure et Marc.

Ils sont au rendez-vous !

Le cœur de Lili-Ann s'emballe tandis qu'elle dévale les marches quatre à quatre. Elle entend Valentin pester, tenter d'adopter son allure, puis renoncer. Comment pourrait-il ? Elle connaît chaque anfractuosité de ces marches, chaque piège invisible creusé par les tempêtes, chaque angle retors des rochers.

Elle est à mi-chemin lorsqu'elle distingue sa nièce, assise sur une serviette au pied de la paroi. Ninon l'a vue, elle aussi. Elle se lève, appelle sa mère. Lili-Ann poursuit sa course. Elle franchit d'un bond le bas de l'escalier, atterrit à pieds joints dans le sable, se redresse. À vingt mètres de là, Ninon hésite, comme si elle craignait de se tromper, de s'élancer vers une inconnue. Elle danse d'un pied sur l'autre en regardant Lili-Ann approcher. Le doute disparaît de ses grands yeux, et soudain, elle n'y tient plus, se rue en avant. Trois foulées, deux foulées, une foulée. Impact. Le petit corps nerveux de Ninon se plaque contre celui de Lili-Ann, ses bras s'enroulent autour de son cou, la serrent fort, trop fort, à lui faire mal.

— Je suis là, puce, murmure Lili-Ann contre sa joue.

— Lili, répond simplement Ninon dans un souffle.

Laure et Marc sont remontés vers le haut de la

plage. Les pieds de Ninon retrouvent le moelleux du sable, mais elle refuse de s'éloigner de sa tante et reste là, collée à sa cuisse. Lili-Ann dévisage sa sœur, un sourire tremblant sur ses lèvres. Ses cheveux châtains sont attachés à la va-vite et les cernes qui marquent sa peau mate ne sont pas plus creux que d'ordinaire. Seul son regard clair porte une lassitude inhabituelle. Lili-Ann embrasse sa sœur, saisit ses avant-bras, s'écarte. Elles ont toujours été pudiques dans leur affection. Laure, surtout. Laure qui ne montre rien de ce qui ondule en elle.

— Tu pues le cheval, observe celle-ci.

— C'était ça ou ne pas arriver à temps.

— Je suis contente que tu sois là. Même si…

Elle n'a pas besoin de terminer sa phrase. L'absence de leurs parents imprègne chaque grain de sable, chaque vague, chaque algue séchée de cette plage. Est-ce que Laure a pleuré lorsque les explosions ont balayé le Japon ? Lili-Ann n'a jamais vu de larmes dans les yeux de sa sœur, sauf lorsqu'un fou rire la saisit. Elle n'a jamais su, au juste, ce que ressentait son aînée, ni si ses choix de vie la rendaient heureuse. C'est comme si cette question – le bonheur – était trop abstraite pour concerner Laure. Seules les décisions comptent et, une fois prises, sa sœur les assume jusqu'au bout.

Lili-Ann dépose une bise amicale sur la joue de son beau-frère. Pour elle, Marc est l'archétype du mec fiable. Trop lisse, jugeait-elle au début de sa relation avec Laure. Lili-Ann aime les gens rugueux, ceux que l'existence a écorchés, aux peaux marquées, aux yeux trop vifs, aux bouches abîmées, sublimées d'avoir rassasié mille fois leur faim et d'avoir faim encore. Les échevelés de la vie aux tempêtes intérieures. Tout l'inverse de ce médecin solide, aux manières un peu brusques. Puis elle a appris à le connaître. À l'apprécier. Et face à la menace des explosions, le pragmatisme imperturbable de ce couple la rassure.

— J'allais repartir aider sur la grande plage, dit-il.

— Ça doit être le bordel, observe Lili-Ann.

— Tu n'as pas idée… J'attends mon taxi.

— Ton taxi ?

— Une flic.

Lili-Ann repense à leur utilisation du gyrophare, il y a quelques jours. Alors comme ça, certains policiers continuent de travailler. Cette idée l'apaise, comme si toute normalité ne s'était pas encore évaporée.

Valentin s'est arrêté en bas de l'escalier, afin de ne pas gêner leurs retrouvailles. La main de Ninon se crispe sur la cuisse de Lili-Ann. Sa nièce n'a jamais été à l'aise avec les inconnus. Ils la gênent, la rendent silencieuse et réservée, elle si explosive avec ses proches. Elle a besoin de temps pour apprivoiser l'autre. Lili-Ann a envie de la rassurer – c'est un ami, puce, ne t'en fais pas – et, en même temps, elle ne peut faire abstraction de sa propre méfiance vis-à-vis de ce caméléon insaisissable.

— C'est Valentin, dit-elle seulement. Lui, qui descend, s'appelle Brahim. Et tout là-haut, il y a Sara et Gwenaël.

50

H - 82

Gwenaël s'est figé en haut des marches, frappé de stupeur. Il balaye la crique du regard. Chaque détail est conforme à ce qu'il imaginait : le promontoire rocheux qui s'élève tout à droite comme un plongeoir naturel, le chemin difficile d'accès à flanc de falaise, le dessin du rivage, la ligne noire dessinée par les algues à mi-hauteur, l'eau verte étincelante, l'improbable zone de terre semée d'arbres, à sa gauche, les pointes sombres qui s'enfoncent dans l'eau de chaque côté… Il n'a qu'un effort minime à faire pour visualiser ses personnages qui déambulent sur le sable. Lili-Ann avait raison. C'est bien ici que se déroule son roman.

Comment a-t-il pu inventer un lieu qui existe déjà ? Et par quelle magie a-t-il rencontré précisément la fille qui l'y mènerait ? Pire : par quel hasard incroyable le vent a-t-il jeté ses feuilles dans les mains de Lili-Ann ? La chaîne d'événements qui l'a guidé jusqu'ici l'abasourdit. Y aurait-il un sens caché à cette situation qui semble n'en avoir aucun ? Les explosions existent-elles dans le but précis de l'amener sur cette plage avec ses compagnons ? Absurde. Le monde ne tourne pas autour de lui. Alors quoi ?

Une question plus immédiate se glisse bientôt au-devant de toutes les autres. Comment expliquer à Sara l'évidence qui le saisit ? Gwenaël ne partira pas. Il sait déjà qu'il en est incapable. Et Sara, dressée à côté de lui, Sara si allergique à l'immobilité, brûle déjà de s'en aller rejoindre leurs amis.

— Je suis désolé, Sara.

— Désolé ? De quoi ?

— Je dois… Je vais rester ici. Pour écrire.

Elle le dévisage.

— Tu veux dire que…

Oui, c'est très exactement ce qu'il veut dire, et tandis que Sara le comprend, une incrédulité teintée de révolte se peint sur son visage.

— Je vais écrire sur cette plage, confirme-t-il. C'est ma plage, celle du livre, tu comprends…

— Non. Je ne comprends pas. On avait prévu de… Tu avais accepté de les rejoindre et de finir ton histoire là-bas, de finir *notre* histoire là-bas !

Sa voix a le tranchant de la colère. C'est vrai, il a promis de retrouver leurs amis, plus loin, sur la côte. « Une dernière fête avant la fin du monde », ont proposé ceux-ci, une célébration dissolue, moite, démesurée, une ode à la vie pour accueillir leur mort. Gwenaël a accepté d'y accompagner Sara sans enthousiasme car, pour lui, célébrer la vie, c'est écrire, pas boire jusqu'à vomir et baiser tout ce qui passe à sa portée.

— Je sais que j'avais accepté, souffle-t-il. C'est pour ça que je suis désolé.

Il sent le regard furieux de Sara posé sur lui. Puis elle tourne les talons et s'éloigne vers le jardin.

51

H - 79

Lili-Ann est remontée dans la maison avec Laure, Marc et Ninon. Elle joue un moment avec sa nièce. C'est elle qui doit alimenter le jeu, tant Ninon ne parvient plus à utiliser son imagination. C'est comme si le mur d'explosions détruisait tout rêve en elle à mesure qu'il approche. La poitrine de Lili-Ann se serre lorsqu'elle s'en rend compte.

Laure et Marc, attablés dans le salon, pianotent sur un ordinateur portable. La flic ne s'est pas montrée de la journée. Lili-Ann s'approche, intriguée.

— Votre connexion Internet fonctionne ?

Son smartphone tourne dans le vide depuis des heures.

— Ça rame, répond Laure, mais oui. Le problème n'est pas tant la connexion que le nombre de sites hors service… Bon, il ne faut pas compter sur les abris antiatomiques, ils sont déjà pleins.

Lili-Ann la dévisage sans comprendre.

— On cherche un moyen de se protéger des explosions, lâche Marc.

— Mais…

Lili-Ann réalise alors qu'elle a admis l'idée de sa

mort inéluctable, l'idée de la fin du monde annoncée partout. Laure et Marc, eux, n'ont pas renoncé. Peut-être parce qu'ils ont Ninon ? On doit changer de perspective lorsqu'on est parent.

Lili-Ann tire une chaise, s'installe à côté d'eux.

— Des blockhaus ? propose-t-elle en repensant au conseil de son coloc.

— Après avoir vu les vidéos des explosions, je doute que ce soit assez solide. On a pensé à la grotte au pied de la falaise. Seulement, le granit est trop abîmé à l'intérieur. Elle risque de s'écrouler sur elle-même, de nous assommer ou de nous piéger dans les éboulis.

— Pour l'instant, ça me paraît quand même être l'abri le plus crédible, observe Marc.

Lili-Ann tente de les aider. À chaque nouvelle idée, Laure et Marc se lancent dans des calculs compliqués de résistance des matériaux et se plaignent de ne pas posséder toutes les données. Lili-Ann n'y comprend rien. Les maths, la physique et la géologie, ça n'a jamais été son truc.

Elle tourne la tête vers la véranda – le jardin d'hiver, comme l'appelait son père en arrosant les dizaines de plantes qu'il y cultivait. Ninon s'est collée à la vitre et, craintive, observe les chevaux attachés à la palissade du jardin. Sara les a dessellés à leur arrivée et ils broutent tranquillement. Lili-Ann descend les trois marches qui mènent à la véranda. Sa jument n'est plus là. Sara a dû la libérer en se disant qu'elle n'en aurait plus besoin.

— Tu veux aller les voir ? propose Lili-Ann à sa nièce.

Ninon secoue la tête. Trop tôt. Les bêtes sont

impressionnantes, et elle ne s'est pas encore habituée à leur présence.

Lili-Ann effleure les feuilles tendres de l'oranger et du citronnier. Son père a passé tant d'heures à en prendre soin qu'ils avaient fini par donner des fruits. Cette année, ils n'en auront pas le temps. Intriguée, Ninon la rejoint, caresse elle aussi les plantes, lui lance un regard interrogateur.

— Tu sais quoi, Ninon ? On va les libérer.

— Libérer qui ?

— Les plantes. On va les sortir de leur pot et les mettre dans le jardin.

— À quoi ça sert ?

Terrible fatalité dans sa voix. Ninon a six ans, et malgré les efforts de ses parents, elle sait qu'elle va mourir ; alors plus rien ne sert à rien, ni croire, ni jouer, ni jouer à croire, plus rien.

La gorge nouée par l'émotion, Lili-Ann demande :

— Tu aimerais mourir dans un pot, toi ?

Ninon la fixe. Hausse une épaule.

— Non, admet-elle.

— Je crois qu'elles non plus n'aimeraient pas ça.

— C'est des plantes, ça ne pense pas.

— Qu'est-ce que tu en sais ? Peut-être qu'on ignore juste comment interagir avec les végétaux, comment les écouter. Peut-être qu'on n'a pas les bonnes oreilles ou les bons récepteurs. Il y a des arbres immenses dans les forêts tropicales, qui font plusieurs dizaines de mètres de haut, et pourtant, le bout de leurs branches ne touche pas celui de leurs voisins, ils conservent une distance avec les autres, comme si, par politesse ou par pudeur, ils ne voulaient pas envahir l'espace vital de leurs compagnons de vie.

On appelle ça la timidité des arbres. Et on n'a pas la moindre idée de comment ça fonctionne. Tu vois, Ninon, moi, je crois que les plantes aussi parlent et pensent, mais c'est une forme de communication et de pensée si différente de la nôtre qu'on ne la comprend pas. Alors, on fait comme si elle n'existait pas. Et ce n'est pas juste.

Ninon la dévisage de ses grands yeux sérieux.

— D'accord, dit-elle. On les plante dans le jardin.

Ninon prend le pot du citronnier entre ses bras, le soulève avec peine. Lili-Ann ne l'aide pas, elle devine que la petite tient à le porter seule, alors elle se contente d'ouvrir la porte coulissante de la véranda et de suivre sa nièce dans le jardin, une pelle métallique à la main. Arrivée sur le gazon, Lili-Ann s'arrête.

— À ton avis, où est-ce que ce citronnier se sentirait bien ?

Ninon pose sa joue contre les feuilles, ferme les yeux.

— Il dit qu'il veut s'installer là, souffle-t-elle en pointant le bosquet d'hortensias près de la balançoire.

Lili-Ann sourit.

Je vais t'inventer des jeux, Ninon. Je vais t'inventer un monde magique, un monde où les plantes parlent et où les oiseaux dansent dans le ciel du soir. Notre monde. Mais en mieux. Un monde où on a encore le droit de rêver.

Lili-Ann a conscience que cette entreprise est une manière de fuir la situation, de ne pas se préoccuper de sa mort prochaine et de ne pas penser à celle de ses parents. Parce qu'à présent qu'elle a rejoint sa sœur, que cette volonté farouche qui la tenait a abouti, elle ne sait plus à quoi se raccrocher pour repousser les larmes et la terreur qui montent dans son ventre. À part à l'imaginaire. À part à l'enfance. À part à Ninon.

Émue, elle rejoint sa nièce qui creuse déjà la terre.

52

H - 76

Valentin passe une main nerveuse dans ses cheveux.

Il parcourt la plage pieds nus depuis des heures, de long en large. Lili-Ann a retrouvé sa famille. Valentin ne peut plus s'approprier la quête de la jeune femme pour oublier la sienne. La lettre de sa mère le hante.

Fais de chaque seconde à venir un joyau fragile comme une fleur sauvage, a-t-elle écrit. Et puis : *Ne laisse pas la peine t'ôter ce que tu mérites plus que n'importe qui. Vis et aime de toutes tes forces, Valentin, pour qu'aucun regret ne t'étreigne si ces explosions t'emportent au bout du voyage. Il est urgent que tu penses à toi.*

Vis et aime de toutes tes forces.

Valentin remonte le bas de son pantalon, entre dans l'eau, donne des coups de pied dans les vagues. Elles accueillent sa colère et ses peurs avec un mépris vexant.

Il pose ses yeux sur l'horizon. Sa mère est morte pour qu'il soit libre d'elle. Libre de penser à lui pendant ces quelques jours qu'il lui reste à vivre. Mais ce n'est pas parce qu'on sait qu'on va mourir qu'on est capable de changer à ce point. Ça demanderait de se regarder en face. Et ça, il en est incapable.

Une boule dans la gorge, il reprend sa marche sur le sable.

53

H - 75

Sara s'est assise sur le rivage et observe les vagues qui s'allongent à ses pieds. Leur fraîcheur la soulage sans l'apaiser.

Lili-Ann leur a fourni des couvertures et des sacs de couchage. Elle n'a invité personne à l'intérieur de la maison. Le message est clair. Elle ne les veut pas chez ses parents, ni Valentin, ni Gwen, ni elle, ni même Brahim qu'elle serait plus encline à abriter du fait de son âge. Elle n'a pas besoin d'annoncer que leurs chemins se séparent ici, tous l'ont compris et s'efforcent de ne pas empiéter sur l'intimité de sa famille.

Seulement, Lili-Ann se trompe.

Gwen restera là. Valentin aussi, qui marche d'un bout à l'autre de la langue de sable comme un lion en cage. Brahim n'a pas l'air pressé de s'en aller non plus. Et Sara… Sara sent le feu furieux qui l'anime lui hurler de fuir cet endroit avant de s'y engluer, sans parvenir pourtant à faire un seul geste en direction de l'escalier de pierre. Parce que son amour est là. Et que le quitter sans espoir de le revoir la déchirerait en deux.

Valentin s'assied à côté d'elle, ôte ses baskets, les jette au loin d'un geste désinvolte. Sara détaille les nombreux bateaux qui se découpent sur le ciel bleu. Toutes les plages du littoral doivent être bondées, envahies de réfugiés et de fêtards du monde entier. Sauf celle-ci, cachée et difficile d'accès. Ils ont atterri sur le seul coin désert de la région.

— Je déteste le calme, gronde Sara.

— Pareil, lâche Valentin.

Il s'allonge, étire ses bras au-dessus de sa tête, laissant apparaître une bande de peau blanche en bas de son ventre. Valentin a un corps nerveux et fin, tout en muscles déliés. Félin. Rien à voir avec Gwen et sa longue carcasse de rêveur potelé.

— On pourrait trouver à s'occuper, dit-elle en détournant le regard.

Il laisse échapper un rire bref, roule sur le côté sans se préoccuper du sable humide qui se colle à ses vêtements, la dévisage sous ses longs cils androgynes.

— Tu me dragues parce que tu es en colère.

— Il y a dix ans, grimace-t-elle, les garçons ne voyaient pas aussi clair dans mon jeu. À croire que je suis rouillée.

Il se redresse, s'assied près d'elle, passe un bras autour de ses épaules. C'est un geste de frère.

— Je suis sûr que vous allez vous réconcilier. Gwenaël… Écrire est sa manière de se protéger, non ?

— Tu me baiserais, si tu ne connaissais pas l'existence de Gwen ?

— Nan. Trop vieille.

— Salaud, lâche-t-elle en repoussant son bras.

Valentin tient bon, dépose une bise sur sa joue. Elle aime ses provocations permanentes.

— À défaut de faire la fête, on pourrait regarder, propose-t-elle…

— AEVE ?

— Ouais ! Je vais le chercher.

Elle remonte vers la falaise, récupère son drone et la tablette de commande.

— Je peux essayer ? demande Valentin lorsqu'elle le rejoint.

Elle lui confie la tablette et lui explique comment diriger l'appareil. Valentin effectue plusieurs essais sur la plage avant que Sara l'autorise à diriger AEVE vers la mer et à monter en altitude. Sur l'écran, la côte apparaît, tout en pointes et en creux.

— Va vers la plage, là.

— C'est une plage ? Le sable est bizarre…

— Peut-être parce que ce sont des gens.

Valentin écarquille les yeux. À mesure qu'AEVE approche de la plage, ils distinguent mieux la multitude de silhouettes qui la recouvrent, et la musique prend le pas sur le chuintement du vent.

— Une dernière fête avant la fin du monde, murmure Sara.

Cette plage est située à trois kilomètres du point de rendez-vous que leur a donné Barthélemy. Lui et les autres doivent être ici. Ou y seront bientôt.

Ils observent un moment la marée humaine, zooment sans la moindre gêne sur la zone qui ressemble à une orgie géante. Puis Sara récupère les commandes et ramène le drone pour économiser sa batterie.

Voir cette foule l'a perturbée plus qu'elle l'imaginait.

— Je ne plaisantais qu'à moitié, tout à l'heure, Val.

— Comment ça ?

— Il est hors de question que je meure sans faire l'amour une dernière fois, et si Gwen s'absorbe dans son imaginaire au point que je ne puisse plus l'atteindre, ce sera avec quelqu'un d'autre.

— Tu le tromperais juste avant de mourir ? Tu ne crois pas que tu le regretterais ?

— Non.

— Tu as de la chance. D'autres se sentiraient coupables.

Ils se taisent un moment. L'idée d'une sexualité commune, telle une bouée de sauvetage pour s'accrocher jusqu'au bout à la vie, s'immisce dans leurs esprits et s'y creuse une place séduisante.

— Faisons un pacte, propose Sara. Si Gwen s'éloigne irrémédiablement, que Lili-Ann ne te laisse pas approcher, et qu'on est coincés ici, la veille des explosions, on baisera.

Valentin l'étudie, cherche sur son visage une trace de plaisanterie. N'en trouve aucune. Un sourire amusé étire ses lèvres.

— Je suis ton homme, déclare-t-il en tendant une main solennelle.

— Je sais bien, répond Sara en la serrant.

54

H - 69

Accroupi dans les plis d'une grande couverture écossaise, Brahim souffle avec application sur les premières flammes qui lèchent le bois. Le soleil déverse encore sur la mer sa lumière d'or ; pourtant, il a semblé naturel à Brahim de préparer un feu de camp au pied de la falaise pour accueillir la nuit. Il dormira là ce soir, sous les étoiles, à même le sable, comme il l'a fait cent fois sur les plages de son pays natal, et cet écho du passé ranime dans son esprit un précieux éclat d'enfance.

Peu à peu, tandis que le disque du jour plonge derrière l'horizon, tous s'approchent. Gwenaël, d'abord, assis sur son tas de feuilles pour ne pas qu'elles s'envolent et se consument par inadvertance. Sara et Valentin, ensuite, qui discutent à mi-voix. De la musique leur parvient d'un peu plus loin sur la côte, où des milliers de points brillants apparaissent les uns après les autres, tels des astres tombés du ciel ; une rythmique agressive de boîte de nuit que la distance adoucit. Brahim bascule son corps en arrière, s'étend de tout son long sur la couverture, les doigts croisés derrière la tête. Parce que ses yeux caressent le sommet de la falaise, il est le premier à voir Lili-Ann. Elle descend l'escalier tortueux avec la légèreté d'un elfe, puis traverse la langue de sable pour les rejoindre.

— Hey ! s'exclame Sara en l'apercevant. Tu manges avec nous ?

— Pas faim, merci.

Elle porte sous son bras gauche un bocal rond dans lequel tourne son poisson rouge et, sous le bras droit, une ramette de papier qu'elle dépose sans un mot à côté de Gwenaël. Il lève le nez, la remercie d'un sourire, retourne à son travail – comment arrive-t-il à se concentrer malgré les conversations alentour ? Lili-Ann s'assied près de Brahim. Elle cale le bocal dans le sable avant de passer son large pull rayé par-dessus ses genoux repliés. Songeuse, elle s'abîme dans la contemplation des flammes.

— Ça va ? s'enquiert Brahim après quelques minutes.

— C'est bizarre d'être chez mes parents en sachant qu'ils ne reviendront pas. Et puis Laure et Marc… Ils cherchent à tout prix une solution pour se protéger des explosions.

— Tu n'as pas envie d'en trouver une ?

— Si. C'est juste que… j'aimerais avoir leur foi en l'avenir. Croire qu'il existe un avenir possible. Et je n'y arrive pas. Même s'ils trouvent un abri, je me dis qu'au dernier moment, on mourra quand même, que ça ne fonctionnera pas, que ce n'est pas la peine d'espérer. Je ne sais pas pourquoi je suis aussi défaitiste. Peut-être à cause des journalistes. Les mots qu'ils ont employés. Les « murs » d'explosions « implacables », tu sais. La terrible « zone grise » où rien ne subsiste. Ça laisse peu de place à l'avenir, des mots comme ça. Parce que, en imaginant qu'on y arrive, tu vois, qu'on en réchappe malgré tout, est-ce que je voudrais vivre dans un monde sans couleurs ? Tu voudrais, toi ?

Elle tourne vers Brahim deux yeux noyés de doute.

— Tu veux dormir à la belle étoile avec nous ? répond-il simplement.

— C'est gentil. Je remonterai plus tard, je crois. Tu ne voulais pas visiter la région ?

Brahim ferme les paupières, écoute un instant le chuintement du ressac.

— Cette plage a un pouvoir étrange, dit-il. C'est comme si, une fois arrivé là, il n'était plus possible de repartir.

— Sauf lorsqu'elle est ton point de départ, observe Lili-Ann. J'avais tellement hâte de quitter cet endroit, ado…

— Pourtant, tu y es revenue.

— Oui. C'est chez moi.

— Il était trop à l'étroit dans son sac, ton poiscaille ?

Elle esquisse un sourire.

— Il n'y a pas d'étang où le libérer dans le coin, et on a établi il y a des années que l'eau salée ne lui réussissait pas. Alors, je le balade. Je lui dois bien ça. Il est le seul être au monde qui ne m'ait jamais lâchée.

— Et Laure ?

— Partie de la maison pour faire sa vie. Normal, hein. Mais sur le moment… elle m'avait abandonnée. Je l'ai ressenti comme ça.

— Tes parents ?

— Sérieusement ?
— Ils ne t'ont pas abandonnée…
— Ils sont morts, Brahim.
— Ils ne l'ont pas choisi.
— Le résultat est le même.
Son regard a la dureté rugueuse de la falaise. Un regard-muraille pour se protéger de la douleur.
La nuit n'est pas encore totale lorsque Laure approche à son tour du feu de camp. Elle lance un talkie-walkie à sa sœur.
— Pour communiquer avec la maison si le réseau tombe complètement en rade, lâche-t-elle.
— Et ça, c'est quoi ? s'intéresse Sara en désignant la cocotte-minute qu'elle tient contre son ventre.
— Pâtes bolognaise.
— Pour nous ?
— À ton avis ?
— Laure, s'exclame Valentin, tu es ma nouvelle héroïne !
— Ouais, ouais, sourit celle-ci en levant les yeux au ciel.
Laure confie la nourriture et les couverts à Valentin, puis elle scrute les environs.
— S'il pleut cette nuit, indique-t-elle, il y a la grotte, hein…
— Une grotte ? répète Gwenaël en sursautant comme si un animal venait de le mordre. Où ça ?
— La fissure dans la paroi, là-bas. Lili-Ann vous montrera. Bonne nuit à tous.
Les yeux de Laure balayent une dernière fois la petite bande, et elle tourne les talons.
— Encore merci pour les pâtes ! crie Sara à son

dos. C'est super bon ! (Elle se retourne vers les autres.) Vous en voulez ?

Le plat circule de main en main, chacun piochant quelques bouchées. Même Lili-Ann mange. Brahim refuse d'un sourire, il se contente des fruits secs qui leur restent de la chevauchée.

— Il y a quelqu'un là-bas, lance soudain Lili-Ann.

Elle pointe la zone où poussent des arbres, à l'autre bout de la plage. Effectivement, une lueur s'y déplace. Une lampe de poche ?

Brahim surprend un regard entre Lili-Ann et Gwenaël, indéchiffrable.

— On pourrait lui proposer de partager notre repas, propose Valentin.

— Avec la lumière du feu, il nous a forcément vus, objecte Lili-Ann sans quitter Gwenaël des yeux. Vous ne voulez pas plutôt le *laisser venir quand il ou elle en aura envie ?*

— Ça me paraîtrait logique, répond Gwenaël. *Après tout, c'est nous les intrus*, il était là avant notre arrivée.

Ils échangent un sourire en coin complice. Brahim s'allonge à nouveau, goûtant les crépitements du bois. Il va dormir maintenant. Ainsi, lorsque dans quelques heures ses compagnons auront sombré dans le sommeil, il ranimera les flammes, veillera sur leurs rêves et s'assurera qu'ils ne prennent pas froid dans ce printemps encore jeune.

Ce serait quand même con d'attraper un rhume cinq jours avant la fin du monde.

55

H - 66

Finalement, Lili-Ann s'arrache aux flammes, remonte à tâtons vers la maison. Au moment où elle se glisse dans son lit, cernée par la décoration adolescente de sa chambre, une petite silhouette apparaît à la porte.

— Je peux dormir avec toi ? demande Ninon.

— Viens.

Ninon plonge dans l'échancrure de la couette, se colle à Lili-Ann, se tortille pour creuser le matelas. Puis elle s'immobilise. Lili-Ann pose une main sur les cheveux de sa nièce et les caresse doucement.

— Lili ?

— Oui ?

— Papi et mamie, ils sont vraiment morts ?

— On ne peut pas être sûrs. Mais c'est probable.

— Ça te rend triste ?

— Très.

— Moi aussi, ça me rend triste. Tu crois que les explosions, elles vont nous tuer aussi ?

Les doigts de Lili-Ann s'arrêtent un instant, puis reprennent leur caresse.

— Tes parents cherchent un moyen de nous mettre à l'abri.

— Toi, tu ne cherches pas ?

— Je… non.

— Pourquoi ?

— Parce que si quelqu'un peut trouver une solution, c'est ta maman. Elle a toujours été très forte pour trouver des solutions.

— Ah, d'accord.

Cinq minutes plus tard, Ninon dort à poings fermés.

56

H - 56

Gwenaël se frotte les paupières. Il n'a pas fermé l'œil de la nuit. Il sait qu'il ne tiendra pas longtemps avec si peu de sommeil, mais il ne s'agit plus de tenir longtemps, il s'agit d'avancer, de creuser son sillon de mots aussi loin que possible. Tenir à distance la réalité des explosions par la fiction.

Il jette un coup d'œil à la mer. Elle s'est retirée sur une bonne vingtaine de mètres, et Lili-Ann, pieds nus, s'est assise au bord de l'eau sans se soucier de mouiller ses vêtements. La gamine – Nina ? Ninon ? – est là, elle aussi. Elle s'est dessiné une marelle à la limite du sable sec et sautille jusqu'au ciel, encore et encore.

Percevant un mouvement à la limite de son champ de vision, Gwenaël tourne la tête. Une silhouette oscillante se découpe sur la ligne des arbres. Un homme, vieux, du moins c'est l'impression qu'il donne à cette distance. Il marche vers la gamine. Celle-ci s'immobilise, craintive, et fuit vers Lili-Ann. L'homme hésite, passe une main dans ses cheveux épars. Les rejoint. Il finit par s'asseoir à côté de Lili-Ann, qui le salue.

Gwenaël est trop loin pour entendre leur conversation. Au lieu de se rapprocher, il choisit de l'inventer. Les dialogues sont tellement plus beaux dans les fictions, débarrassés des banalités. C'est un point sur lequel le réel le déçoit toujours. Sauf avec Sara. Il ne pourrait jamais inventer les paroles de Sara ; elle le surprend chaque fois, et c'est pourquoi il l'aime. Il l'aime parce qu'il ne peut pas l'écrire. Mais eux, Lili-Ann et le vieux, assis là-bas à fleur de vagues, il peut.

Gwenaël les observe un moment, décrypte leurs postures, devine leurs intonations.

Oui, il peut les écrire.

L'homme s'approche de sa démarche oscillante tandis que je regarde la mer, assise à la limite de l'eau. Je le devine du coin de l'œil, sans tourner la tête. Je le laisse venir à moi.

Lorsqu'il arrive à ma hauteur, je sens comme un tremblement fébrile dans l'air. Je me lève, lui offre mon bras, l'aide à s'asseoir. Alors, seulement, je le regarde.

Il a le visage maigre et les joues creusées, des lèvres fines et pâles. Il paraît faible, une flamme vacillante prête à s'éteindre. Mais sous la broussaille de ses sourcils blancs, je découvre un regard affûté, plein de l'assurance qui manque à ses gestes. Il y a quelque chose d'éclaté dans ces yeux-là, comme un vitrail futuriste où des centaines de bâtonnets de verre auraient été assemblés de manière anarchique. Il me sourit.

— Pourquoi vous êtes là ? demande-t-il.

Sa voix est une forêt.

— Je ne sais pas. On a marché, on est venus. Et vous ?

— Je suis malade. Avec tout ce qui se passe, je ne peux plus suivre mon traitement. Alors, je suis là pour ne pas mourir vraiment.

Je ne suis pas sûre de comprendre le sens de ses mots. Pourtant, je hoche la tête, parce qu'il les énonce avec tellement de conviction.

Repoussés par la marée, nous remontons sur le sable pour éviter d'être trempés. J'observe la trace que nos corps ont laissée plus bas s'effacer peu à peu au rythme des vagues. J'en compte cinq avant de me retourner vers lui.

— Vous vous appelez comment ?

— Maxence.

— Vous avez beaucoup de souvenirs, Maxence ?

— Oui, beaucoup. Un peu trop, peut-être. Pourquoi ?

— Vous voulez bien m'en prêter ? Parce que moi, je n'en ai presque pas.

— Ça fait mal, les souvenirs, parfois ; il y en a certains que j'aurais préféré oublier.

— Ça fait mal aussi de ne pas en avoir. Vous voulez bien ? Peut-être que si vous me les prêtez ils vous feront moins mal ?

Ses lèvres plissées se redressent en un sourire.

— Peut-être.

Gwenaël relève la tête à l'instant où Lili-Ann et sa nièce passent à sa hauteur. Absorbé par son écriture, il ne s'est pas aperçu du départ du vieil homme.

— Il voulait quoi ? demande Gwenaël à Lili-Ann.

— Faire connaissance, je crois. Il a l'air très seul.

— Il s'appelle comment ?

— Max.

Gwenaël se fige. Nouvelle déflagration intérieure.

— Max ? répète-t-il d'une voix blanche.

— Oui. Pourquoi ?

Max. Maxence.

— Pour rien.

Mais en lui, chaque écho entre son texte et la réalité est comme un signe, comme un encouragement, comme une exhortation à poursuivre.

À terminer.

Alors il se remet au travail, poussé par ce nouvel élan.

57

H - 53

Béatrice Blanche pénètre dans le commissariat désert et monte droit à l'étage. Jean-Baptiste Lesage est assis derrière son ordinateur. Béatrice tapote sur la vitre du bureau pour attirer son attention. Il relève la tête, lui fait signe d'entrer.

— Y a plus que nous, Bébé. Les autres ont jeté l'éponge.

Elle sourit, se laisse tomber sur une chaise.

— Ça devait finir par arriver, lâche-t-elle. Sur quoi tu bosses ?

— Je lisais une dépêche du ministère de l'Intérieur. La dernière, visiblement.

— Balance.

— Je résume : chaos généralisé dans les villes de France, hôpitaux bondés et en sous-effectifs – comme si c'était nouveau –, évasions massives de prisonniers, circulation impossible, tant les routes sont saturées, les autorités européennes ont cessé de chercher l'origine des explosions ou le moyen de les arrêter, les rats quittent le navire, planquez-vous, bonne chance à tous.

— Rien que ça.

Ils restent silencieux quelques secondes. Béatrice sent le regard d'acier de JB rivé à elle.

— Tu n'as pas dormi, dit-il.

— Si, je me suis écroulée dans la cabane des secouristes sur le coup de cinq heures du mat. J'ai écrasé trois heures.

— Je vais avoir besoin de toi, Bébé. Et je n'ai pas envie que tu me claques entre les doigts.

— Je sais, t'inquiète. Deux infirmières et trois médecins ont proposé spontanément leur aide, je t'avoue que ça nous a soulagés. Une dizaine de volontaires nous épaulent pour sillonner la plage et gérer les urgences. Et malgré ça, on ne contrôle rien. Ça devient n'importe quoi.

— On est en état d'urgence mondial. Tout ce qu'on peut faire, c'est mettre des rustines là où ça pète pour continuer à rouler.

— T'es vraiment le roi des métaphores pourries, sourit-elle.

Béatrice dépose une bise sur sa joue barbue et quitte le commissariat.

Lorsqu'elle regagne la plage, elle aperçoit le docteur Marc Perrin-Sauvage qui opère un massage cardiaque sur une femme. Elle court jusqu'à lui, repousse les gens qui s'agglutinent autour d'eux.

— Je peux aider ?

Concentré, le médecin ne répond pas et s'acharne à réanimer la jeune femme. Après plusieurs minutes, il s'arrête, pose deux doigts contre sa jugulaire à la recherche du pouls, se redresse. Il contemple le visage de sa patiente d'un air las.

— Morte, dit-il. Overdose. Ça n'arrête pas.

— Je suis désolée, Marc…

— Le monde entier est désolé, putain ! s'énerve-t-il. (Il se relève, inspire profondément.) Excuse-moi. C'est une longue journée.

— Tu veux que je te ramène ?

Marc jette un regard circulaire sur la plage.

— Dans une heure ? propose-t-il.

— D'accord.

Avoir posé une limite semble lui redonner des forces. Il s'approche du mari de la femme décédée et échange quelques mots avec lui. L'homme est en pleurs. Pourtant, après avoir déposé un baiser sur le front de sa femme, il empoigne ses épaules, et Marc saisit ses pieds.

— Je m'en occupe, lui glisse Béatrice, tu as mieux à faire.

Marc hésite, puis lui laisse sa place et part s'occuper d'une enfant au pied entaillé. Sans un mot, Béatrice et l'homme dont les larmes coulent encore se frayent un chemin jusqu'à l'entrepôt pour y mettre le corps. Lorsqu'ils l'atteignent, un pompier propose de prendre le relais. L'homme s'accroche un moment à sa femme sans se résoudre à la lâcher. L'odeur de décomposition est insoutenable. Béatrice déglutit, au bord de la nausée, et tourne les talons, laissant l'inconnu gérer seul son impossible deuil.

58

H - 52

Valentin se roule en boule sur son matelas à l'intérieur de la grotte.

Vis et aime de toutes tes forces. Vis et aime de toutes tes forces. Vis et aime de toutes tes forces. De toutes tes forces.

Son poing s'écrase contre la roche, comme pour faire taire la voix de sa mère.

La douleur lui fait l'effet d'un électrochoc. Alors, il en est là, à se faire mal physiquement pour supporter ses propres pensées, exactement comme elle le faisait. Ce n'est pas ce qu'elle aurait voulu, et ce n'est pas ce qu'il veut non plus. Il ne doit pas rester seul, il risquerait de faire une connerie.

Bouleversé, il se lève, sort de la grotte, retrouve la lumière du jour. Lili n'est nulle part en vue. Brahim non plus. Le regard de Valentin accroche la silhouette solitaire de Sara, assise en bas des marches. Rassuré, il se dirige vers elle.

59

H - 52

Sara bouillonne.

C'est à peine si Gwen l'a regardée depuis ce matin, et ils n'ont pas échangé plus de trois phrases. Comme si elle n'existait pas. Comme s'il la poussait à s'en aller. Et plus les heures passent, plus ce projet grandit en elle. Exister pour Gwen seul lui suffirait, mais s'il lui refuse toute attention, elle devra exister pour d'autres, sans lui. Elle en a besoin.

— Hey !

Elle se retourne, plisse les yeux pour se protéger du soleil. Valentin lui sourit.

— T'as une sale tête, observe-t-elle.

— Merci.

— Je t'en prie.

Il laisse échapper un rire sans joie. Elle saute soudain sur ses pieds.

— On fait un truc ?

— Quoi ?

— Je sais pas. Un truc. Un jeu de cartes, un château de sable, n'importe quoi ! Je deviens folle à ne rien faire alors que les explosions approchent, qu'on ignore encore pourquoi, qu'on ne trouve pas de solution… Si je reste assise une minute de plus, je vais courir me cogner la tête contre la falaise ou, je ne sais pas, partir. Je pète un câble, là.

Il lui jette un coup d'œil étrange, comme s'il jaugeait son sérieux.

— Tu veux faire un *château de sable* ? Je doute que ça nous aide face aux explosions, Sara…

— Et pourquoi pas ? Si ça se trouve, c'est la clef pour les stopper. Les tarés qui ont lancé ces explosions attendent juste que quelqu'un construise un château de sable quelque part pour tout arrêter. Et personne n'y pense, forcément ! C'est pas plus absurde que cette putain de situation, si ?

Valentin passe un bras amical autour de ses épaules et la serre un instant contre lui.

— D'accord, dit-il doucement, va pour un château.

Rassurée d'avoir un objectif concret, même futile, Sara court sur le sable mouillé et remonte ses manches. Ils se mettent d'accord sur le plan de l'ouvrage, quatre tours de différentes hauteurs, un chemin de ronde entouré de douves profondes, une porte d'entrée devant un pont, des tourelles de garde… Durant plus d'une heure, ils creusent, construisent, sculptent, comme si leurs vies en dépendaient. La mer entame sa remontée, menaçant leur ouvrage. Ils ajoutent un deuxième mur sur l'avant du château pour le protéger des vagues. Elles ne sont plus qu'à quelques mètres lorsque Valentin se redresse et lance :

— Ninon ! Il faut aller la chercher, elle va adorer ça !

— J'y vais !

Sara file vers l'escalier, le gravit à toute allure. Elle débarque, essoufflée, dans le jardin. Lili-Ann est en train de jouer avec sa nièce, des draps en guise de capes et des bâtons pour épées.

— Hé ! chevaliers, nous avons un château à défendre, en bas ! Mettrez-vous vos lames au service d'une noble cause ?

Lili-Ann hausse les sourcils d'étonnement. Laure et Brahim émergent de la maison. Ce dernier porte un torchon sur l'épaule.

— Qu'est-ce qui se passe ?

— On a fait un château, s'exclame Sara. Venez !

Seule Laure la regarde comme si elle était un alien. Les autres se prennent au jeu et la suivent. Ils arrivent juste à temps pour voir les premières vagues lécher les fortifications.

— En selle, chevalier ! crie Sara à Ninon.

La gamine la suit en hurlant, son bâton-épée brandi devant elle. Elle envoie valser ses chaussures et saute dans la cour intérieure du château avec Valentin et Sara. Ensemble, ils luttent, reconstruisant à mesure que l'eau se fraye un chemin jusqu'à eux. Lili-Ann les aide. Ninon sautille, surexcitée. Tous savent qu'ils perdront face à la mer, mais ils résistent le plus longtemps possible.

— Allez, les exhorte Valentin, comblez la brèche ! Comblez la brèche !

Finalement, la marée montante passe le mur d'enceinte et se déverse à leurs pieds. Ils s'acharnent jusqu'à ce que le château ne soit plus qu'un monticule détrempé et informe. Alors, ils capitulent et regagnent ensemble le sable sec pour se sécher.

Sara a retrouvé le sourire. Le jeu l'a défoulée. Pourtant, elle sait qu'elle a seulement repoussé le problème.

Ninon, avant de remonter jusqu'à la maison avec Lili-Ann, se glisse en face d'elle et enroule ses bras autour de sa taille. Le ventre de Sara se noue. Elle ferme les yeux un instant, au bord des larmes.

— Ça va, ma grande ? demande Brahim.

Elle prend sur elle, ravale sa tristesse, se retourne vers lui.

— Oui. Qu'est-ce que tu trafiquais là-haut ?

— J'ai proposé de cuisiner le dîner. Beignets de crevettes et risotto aux asperges, il n'y a plus qu'à réchauffer.

— Tu es vraiment le mec idéal, Brahim ! Comment ça se fait que tu sois célibataire ?

Il hausse les épaules en souriant, l'air de dire « c'est la vie », et se détourne pour ranimer le feu.

Sara se fout une baffe intérieure. Elle vient de rappeler à un homme que personne ne l'aime, trois jours avant la fin du monde. En même temps, aujourd'hui, comparé à Gwen, n'importe qui lui semble un mec idéal. Et puis, elle a de plus en plus de mal à filtrer ses pensées qui s'échappent malgré elle.

Un doute s'insinue dans son esprit.

Est-ce juste la tension nerveuse accumulée ?

Elle file vers l'escalier creusé dans la roche, décidée à intercepter Marc dès son retour.

60

H - 48

— C'est quoi ? demande Lili-Ann en désignant le sachet posé sur la table du salon.

Elle a passé l'essentiel de la journée à inventer des jeux avec sa nièce, et se sent aussi épuisée que fragile. L'effort qu'elle doit faire pour ne pas revoir en boucle les vidéos des murs d'explosions et pour ignorer tout ce qui, ici, la ramène à ses parents est de plus en plus insoutenable. Laure, elle, explore encore et encore la bande FM d'une radio crachotante, à la recherche d'une station qui émettrait. Elle suit le regard de Lili-Ann.

— Des pastilles d'iode.

— Et ça sert à… ?

— Si on s'en sort, les centrales nucléaires auront morflé. Alors, le temps de se barrer quelque part où il y en a moins, l'iode nous évitera une irradiation trop sévère.

Bam ! Retour de réalité en pleine gueule. Elle s'assied à la table et plaque ses mains sur le bocal de Loüm pour les empêcher de trembler.

— Je vois.

Laure reprend sa tâche. Quelques accords de

guitare s'échappent des enceintes. Elle attend la fin du morceau dans l'espoir d'entendre un flash info. Mais une nouvelle chanson commence. Laure repousse l'appareil avec un soupir.

— Ça devient compliqué d'avoir des informations…

— Bah arrête de t'acharner.

Laure plante ses yeux gris dans ceux de Lili-Ann. Elles n'ont jamais eu grand-chose à se dire – des taiseux de père en filles, dans cette famille, seule leur mère comblait le silence de la maison par d'interminables mélodies égrenées au rythme de ses déplacements. Pour Laure, ouvrir la bouche n'est jamais anodin.

— Tu tiens le coup ? demande-t-elle.

Lili-Ann se mord les joues. Lentement, elle fait non de la tête, incapable de parler. Laure ne la lâche pas du regard, comme si elle tissait un cocon imaginaire autour de sa petite sœur. Mais ce n'est pas de douceur dont Lili-Ann a besoin. Tristesse et colère s'assemblent en elle en une déferlante de révolte. Elle se lève, marche jusqu'au mur, le frappe du plat de la main, de toutes ses forces. Elle crie :

— Putain ! Quel est le bâtard qui a décidé de détruire une planète entière ? Tu ne vas pas me faire croire que c'est un phénomène naturel ou je ne sais quelle autre connerie ! Quelqu'un essaie d'annihiler l'humanité ! Et nous, on est là comme des cons à ne pas savoir quoi faire, parce que qu'est-ce qu'on pourrait faire, hein ? Qu'est-ce qu'ils pouvaient faire, les parents ? Ils ne pouvaient rien faire ! Ils sont morts comme des rats !

Laure s'est approchée et essaie de la prendre dans

ses bras. Ce n'est pas un geste naturel, entre elles. Lili-Ann se laisse pourtant aller contre sa sœur, ravalant les larmes qui brûlent ses yeux.

— Viens voir, souffle Laure tandis qu'elle s'apaise.

Elle l'entraîne vers la table, ouvre une pochette, en sort un papier qu'elle déploie. Une carte du Japon. C'est bien Laure, ça. Étudier la situation de leurs parents puis, lorsqu'elle devient ingérable, enfermer le tout dans un dossier, comme pour éloigner l'idée de leur mort.

— La veille des explosions, ils étaient là, indique-t-elle en désignant une ville sur la côte est de la plus grande île. Ensuite, ils ont été rapatriés à Osaka, ici. Ils n'ont pas pu prendre l'avion. Soit ils ne sont jamais arrivés à Osaka, soit ils sont arrivés trop tard. Dans ce cas, ils se sont sûrement dirigés vers la côte ouest pour prendre un bateau vers la Chine. Mais les autres aéroports asiatiques auraient déjà été fermés à leur arrivée là-bas.

Elle explique ce parcours d'une voix calme en le traçant du doigt sur le papier.

— Laure…

— Ils auraient pu continuer à fuir à pied ou en voiture, sauf que les murs d'explosions les ont forcément rattrapés à un moment, c'est impossible de…

— Laure !

Sa sœur relève la tête et la regarde, surprise.

— Quoi ?

— Ils me manquent. Ils me manquent tellement…

Les lèvres de Laure se mettent à trembler.

— À moi aussi, avoue-t-elle tandis qu'une larme s'échappe du coin de son œil.

Lili-Ann l'essuie d'un doigt et serre à nouveau sa sœur contre elle.

— Je ne sais pas ce que je ferais sans toi, murmure-t-elle. Je serais déjà devenue folle.

— Mais non, répond Laure. Tu serais dans ton lit avec des tablettes de chocolat, enfouie sous une dizaine de couettes, en train de prier pour que les explosions passent à côté de toi.

— C'est bien ce que je dis.

Elles échangent un sourire humide.

Ninon jaillit soudain dans la pièce. Elle se précipite vers sa mère et lance d'une voix excitée :

— Venez ! Venez ! Papa est rentré, il veut vous montrer… un truc !

— Il est où ?

— En haut du jardin !

Laure et Lili-Ann la suivent au-dehors. Debout devant le portillon de bois qui mène à l'escalier, Marc se retourne à leur approche. Son visage est tendu.

— Qu'est-ce qu'il se passe ? s'inquiète Laure.

— Les vagues…

Lili-Ann fronce les sourcils en scrutant la mer. La houle n'a cessé de forcir depuis ce matin et creuse à présent la surface d'ombres menaçantes. Pourtant, le ciel est encore bleu et il y a peu de vent.

— Elles sont rarement aussi grosses par ici, observe Laure.

— Ces vagues ne sont pas naturelles, murmure Lili-Ann. L'effet des explosions ?

D'un hochement de tête, Marc indique qu'il adhère à cette théorie. Il précise :

— Les journalistes ont parlé de tsunamis en Asie.

— Tu crois qu'il pourrait y en avoir un en France ?

— Je ne sais pas.

— Il faut que je prévienne les autres, décide Lili-Ann.

Marc l'arrête, désigne la silhouette de Sara qui descend l'escalier vers la plage.

— Elle a vu. Et, pour le moment, ils ne risquent rien à y dormir tant qu'ils restent au pied de la falaise. Si la houle forcit, par contre, ils devront monter ici…

Soudain, Marc se fige.

— Il y a une possibilité de refuge que nous n'avons pas explorée…

— Laquelle ? s'étonne Laure.

— Tu vas devoir calculer la résistance, tu es meilleure que moi pour ça, mais je pense que…

— De quoi tu parles ? Marc ?

— Lili, n'en parle pas aux autres pour le moment. Je dois…

Il a fait volte-face. Laure le suit vers la maison, Ninon sur ses talons. Lili-Ann ne bouge pas. Le bocal de Loüm sous le bras, elle fixe les rouleaux qui frappent la côte. C'est le premier signe tangible de l'avancée des murs d'explosions. D'autres suivront. Et cette idée la terrifie.

Une possibilité de refuge ?

Les mots lui semblent virtuels.

Inconcevables.

Une heure plus tard, elle descend jusqu'à la plage, un lourd panier oscillant à côté de ses jambes. Tous sont réunis autour de leur campement improvisé la veille. Même le vieux Max est là. Lili-Ann les rejoint, dépose près de Valentin son panier qui heurte le sable avec un tintement joyeux.

— Des bouteilles ! s'exclame-t-il. Pile à l'heure de l'apéro !

Elle se laisse tomber à côté de lui. Il sourit, puis pioche dans le panier la tour de verres en plastique qu'il distribue autour du feu.

— Lili, tu veux quoi ?

— Je ne bois pas.

Il lève les yeux au ciel.

— Évidemment.

— Je t'emmerde.

— Pourquoi tu as descendu ces bouteilles, si ce n'était pas pour les boire ?

— J'ai pensé que ça vous ferait plaisir. Je ne pense pas qu'à moi.

Valentin éclate de rire.

— Si, Lili, souffle-t-il assez bas pour qu'elle soit la seule à l'entendre dans le fracas des vagues. Tu ne penses qu'à toi, depuis le début tu ne penses qu'à toi. Et ce n'est pas un reproche, hein.

— Ce n'est pas vrai, proteste-t-elle vivement. J'ai pensé à ma nièce, à ma sœur.

— C'est pour toi que tu es venue ici, pas pour elles.

— Tu fais chier, Valentin.

— Rhum ou vodka ?

Les mâchoires de Lili-Ann se contractent un instant. Puis elle lâche :

— Rhum.

61

H - 44

Valentin se sent bien. Le costume du fêtard désinvolte lui est toujours allé comme un gant, et la camaraderie joyeuse qui règne entre eux ce soir après l'épisode du château de sable lui donne l'illusion de vivre un beau moment d'amitié. Ou de vivre tout court, comme le lui a demandé sa mère.

— … Et c'est à ce moment-là que Gwen m'a embrassée, conclut Sara.

— Tu oublies l'épisode du furet, intervient l'intéressé avec un sourire en coin.

— Le furet !

Ils rient.

— C'est quoi, cette histoire de furet ? demande Brahim.

— Je vous ai dit que, dans cette cité universitaire, ma chambre était en face de celle de Gwen. Eh ben, juste au moment où il allait enfin se décider à m'embrasser, on a entendu un cri dans le couloir. On est sortis voir. Un étudiant hurlait, il disait qu'il avait vu un rat entrer par la porte de ma chambre restée entrouverte.

— Un rat énooooorme, fait Gwenaël d'une voix aiguë.

— En réalité, c'était le furet d'une voisine qui s'était échappé, et il avait pissé sur mon lit. Du coup, j'avais l'excuse parfaite pour passer la nuit dans la chambre de Gwen.

— Comme si tu avais besoin d'une excuse…

— Moi non, mais toi, oui.

Gwenaël lance à Sara un coup d'œil amusé, avant de raturer une énième phrase sur la page qu'il est en train de relire.

Valentin baisse les yeux. Sur la couverture aux motifs écossais, ses doigts ne sont qu'à quelques millimètres de ceux de Lili. Cette dernière semble plus détendue qu'il ne l'a vue jusqu'ici. Elle a le sourire facile et les flammes illuminent la peau pâle de son visage. Une fossette se creuse soudain à la commissure de ses lèvres. Elle sent son regard. Elle joue avec lui. Cette idée balaye ses doutes, le rend audacieux. Il se déporte vers elle pour atteindre son oreille.

— Marche avec moi. S'il te plaît.

— Où ?

Il se lève, lui tend une main. Lili se met debout sans son aide. Elle ne doit en effet pas boire souvent, ses premiers pas sont hésitants et le contenu de son verre manque d'être avalé par le sable. Enfin, ils s'enfoncent dans la nuit.

Leurs regards se frôlent. S'évitent. Valentin ajuste son attitude : démarche louvoyante et détendue aux hésitations subtiles, visage basculé vers le ciel, ton dégagé.

— Tu n'as pas envie, toi, de vivre une dernière histoire d'amour ?

— Une dernière déception, tu veux dire ?

Il rit. Retour à l'envoyeur. La carapace de Lili vient de balayer sa suggestion sans même l'envisager, mais Valentin se sent trop euphorique pour capituler si vite. Il se dresse devant elle, saisit ses épaules, capture son regard.

— On n'aura pas le temps d'en arriver à ce stade, Lili ! On aura juste le beau, le fou, le grisant ! Juste le début glorieux, sans l'effet boomerang. C'est parfait, non ?

— Je crois que je vais vomir.

— Le romantisme n'est pas forcément gerbant, tu sais…

— Non, je vais vomir, vraiment…

Ce qu'elle fait.

Valentin retient les longs cheveux bruns de Lili tandis qu'elle élimine son trop-plein de rhum. Elle finit par se redresser, hilare. Elle ne semble pas s'apercevoir qu'il la tient contre lui, ce qui lui convient tout à fait.

— Qu'est-ce qui te fait rire ?

— Je n'ai… n'avais jamais… été bourrée !

— Jamais, jamais ?

— Jamais !

— Waouh ! Première cuite de ta vie deux jours avant la fin du monde… Il était grand temps que tu me rencontres !

Elle reprend sa respiration, puis se dégage de son étreinte et inspecte les environs. Les premiers arbres s'élèvent à quelques mètres d'eux.

— Faisons demi-tour.

Il sent qu'il est en train de la perdre une fois de plus.

— Regarde-moi. Lili, regarde-moi. Je peux être qui tu veux pour les jours qui nous restent. Qui veux-tu que je sois ?

— Toi.

Sa réponse claque comme une gifle. Valentin dessoûle aussitôt, la fixe, déglutit. Lili pose une main fugitive sur sa joue, puis repart seule vers le camp.

— Qui tu veux sauf moi, murmure-t-il à la fine silhouette qui se découpe sur les flammes.

62

H - 44

Sara jette un coup d'œil vers Gwen. Il noircit une énième page, penché sur son tas de feuilles. Lui qui invente tant d'histoires oublie jusqu'aux moments-clefs de la leur. Alors elle les lui re-raconte inlassablement, sans le moindre effet. La prochaine fois, la moitié des détails de leur premier baiser aura déserté sa mémoire. Y aura-t-il une prochaine fois ? Sara retient un soupir, se tourne vers le vieux Max dont les cheveux blancs en pétard dansent dans la brise.

— J'ai aperçu une cabane entre les arbres, tout à l'heure, dit-elle. C'est là que vous êtes installé ?

— En effet.

— Ça a l'air humide. Vous n'en souffrez pas trop ?

Max se redresse, boit une gorgée de café. Un petit sourire s'accroche à la commissure ridée de ses lèvres.

— Ce feu me fait du bien.

— Vous n'avez pas de médicaments ? On pourrait demander au beau-frère de Lili-Ann, il est médecin…

— C'est gentil. Ne vous en faites pas pour moi.

Refus poli, traduit Sara. Bon.

Lili-Ann réapparaît, seule. Sans même la regarder, Gwen lui tend quelques pages qu'elle s'empresse de déchiffrer. Le cœur de Sara se brise. Jamais il ne lui abandonnerait ainsi son travail en cours. Au début, il lui offrait les premières versions de ses textes. Et puis il a cessé, et peu à peu, ils ont même arrêté de parler de ses romans, auxquels elle n'accédait qu'une fois publiés.

Celui-ci, elle ne le lira pas, car il ne verra jamais le jour. Elle n'aura pas l'occasion de savoir ce qui traverse Gwen à la veille des explosions, les sentiments qu'il sait si bien cacher dans le quotidien et si bien partager par la fiction. À cette pensée, elle ne peut s'empêcher de déchiffrer quelques lignes par-dessus son bras.

Et mon nom, tu vois, c'est pareil, toujours cette impression qu'il me manque quelque chose, mon nom, Lou-Ann, c'est comme ça que je m'appelle, ça n'est pas un nom, qu'est-ce que c'est ? Deux diminutifs, c'est le mot, deux bouts de noms inachevés accolés l'un à l'autre comme deux unijambistes qui pensent de cette manière trouver leur équilibre mais qui luttent à chaque pas pour ne pas tomber…

Sara se crispe.

Lou-Ann.

Le flot noir de la jalousie se précipite dans ses veines.

— On peut parler ?

Le stylo de Gwen s'immobilise. Il la dévisage.

— Tu as tes yeux-diamants, observe-t-il.

C'est comme ça que Gwen appelle son regard noir,

parce qu'il est si dur et si brillant. Elle se lève, indique la grotte du menton. Gwen la suit à l'intérieur. Ils franchissent la fissure dans la roche, parcourent à tâtons le petit boyau, débouchent dans la salle principale. Gwen attrape la lampe torche posée à l'entrée et l'allume. Si Brahim, Gwen et Sara ont passé les dernières nuits à la belle étoile, Valentin s'est installé ici un matelas de sable sur lequel il a posé une couverture et un duvet confiés par Lili-Ann. Ses baskets traînent dans un coin, jetées au hasard. Sara a plusieurs fois hésité à le rejoindre la nuit dernière sans oser trahir l'accord qu'ils venaient de sceller. Tromper ne lui a jamais posé de problème. Être trompée non plus, du moment qu'elle ne le sait pas. Mais la bribe de texte qu'elle vient de découvrir sonne comme une trahison.

— Depuis huit ans qu'on est ensemble, attaque-t-elle, tu ne m'as jamais mise dans un de tes bouquins, et tu y mets Lili-Ann alors que tu la connais depuis cinq jours ?

Gwen la regarde sans répondre. Sans comprendre. Comment pourrait-il ? Il n'a pas idée à quel point Sara se sent blessée d'être cantonnée au réel, de n'avoir aucune place dans son imagination. Ces derniers jours, ils ont tant de mal à communiquer qu'elle ne parvient pas à lui donner la seule information importante, ces mots qu'elle a envie de prononcer mais qui restent lovés au fond de son ventre. Gwen serait incapable de partager avec elle cette nouvelle, elle le sent. Alors elle n'exprime que le futile, que l'absurde, que la goutte d'eau, que le trop-plein. Pathétique. Sara se sent pathétique.

— Ce n'est pas Lili-Ann, dit-il enfin. Pas

vraiment. J'ai juste emprunté un bout de son nom qui m'évoquait mon personnage.

— Prends-moi pour une conne, oui !

— Sara…

Il fait un pas vers elle, tente de l'attirer contre son torse. Elle se dérobe.

— Quel est le problème, Sara ? demande-t-il d'une voix douce, comme s'il tentait de calmer une enfant colérique. Tu sais que je m'inspire des gens que je rencontre.

— Pourquoi elle ?

— Le processus créatif est difficile à expliquer. C'était… logique.

— Allez vous faire foutre, toi, ton processus créatif et tes excuses de merde !

Sara fait volte-face, jette la lampe, quitte cette grotte qui l'étouffe. Il lui reste trois jours à vivre. Trois jours à sentir la vie en elle. Trois jours à se consumer comme le bouquet final d'un feu d'artifice. Elle ne va pas les passer coincée ici, près d'un homme qui ne sait plus lui rendre son amour parce qu'il ne la voit plus, tout accaparé qu'il est par son œuvre.

Dévastée, elle contourne le feu sans s'en approcher. Brahim, Valentin, Lili-Ann et Max discutent dans la lumière mouvante. Sara ne leur dira pas au revoir. Sara n'a jamais pu dire au revoir aux gens qui comptent.

Elle hésite à monter récupérer un cheval. Puis renonce. Elle a besoin de marcher, de sentir le goudron d'une route sous ses pieds, de s'appuyer sur sa solidité pour trouver la force de partir vraiment. Sara marche vers le bout de la plage, grimpe le chemin à flanc de roche qu'elle devine à peine dans l'obscurité, s'engage sous les branches du chemin creux.

Peu avant de rejoindre la route, une silhouette immobile la fait sursauter. Une femme est assise sur une moto, cheveux épais rassemblés sur sa nuque, un casque sous le bras. Leurs regards se croisent. La femme sourit, l'air amical. Elle a des dents incroyablement droites qui luisent dans l'obscurité.

— La grande plage, demande Sara, c'est par où ?

— À gauche. Suivez les autres. C'est déjà bondé là-bas, vous savez, vous feriez mieux de…

— Parfait. Merci.

Sara s'éloigne sur la route de campagne qui passe devant la propriété des parents de Lili-Ann. Quelques personnes marchent dans la même direction qu'elle, mais ce n'est rien comparé au flot de réfugiés qu'elle découvre en atteignant la route principale. Des centaines et des centaines de personnes, une manifestation géante sans le moindre slogan.

Sara observe un instant cette marée de têtes. Elle veut se sentir appartenir. À une famille. À l'humanité. À ce monde au bord de la rupture. Alors, elle pénètre parmi les corps anonymes et s'y creuse une place, calquant son pas sur celui des autres.

63

H - 43

Béatrice marche vers la falaise par le chemin creux.

Elle a déposé Marc chez lui en fin d'après-midi, puis est rentrée dormir quelques heures. Elle s'apprêtait à retourner vers la grande plage, mais, sans trop savoir pourquoi, elle a roulé jusqu'ici, une fois de plus. Peut-être parce qu'elle devine que sa nuit va être agitée et qu'elle ressent la nécessité d'admirer durant quelques minutes une humanité plus sereine, comme pour prendre des forces.

En haut de la falaise, elle s'arrête. Quatre personnes sont assises autour d'un feu. Elle reconnaît Max Charpentier et sourit, heureuse qu'il ne soit pas seul. Puis elle détaille la jeune femme emmitouflée dans un gros pull à côté de lui. Longs cheveux bruns, visage à moitié dissimulé par une frange… Ce pourrait être la petite sœur de Laure Sauvage, mais à cette distance, c'est difficile à dire.

Une cinquième personne que Béatrice n'avait pas remarquée s'approche et s'assied près des autres. Un homme, un peu plus jeune qu'elle, juge-t-elle.

Béatrice hésite à descendre. Ce n'est pas qu'il

fasse vraiment froid, mais elle va attraper la crève si elle reste ici en plein vent. En même temps, Virgile l'attend pour entamer leur tournée nocturne. Elle devrait y aller.

— Encore quelques minutes, murmure-t-elle en contemplant la lumière du feu.

Béatrice remonte son col, s'assied et serre ses bras autour de son torse.

64

H - 43

— Sara est partie, annonce Gwenaël en rejoignant ses compagnons.

Lili-Ann relève la tête du roman. Personne n'ose parler, alors elle se lance :

— Partie… Partie ?

— Je pense.

— Merde. Ça va, toi ?

Il sourit, un sourire d'une tristesse infinie.

— Comment voudrais-tu que ça aille ?

— Tu ne vas pas lui courir après, essayer de la ramener ? intervient Valentin. Peut-être qu'elle tente de te faire réagir ?

— Non. Je ne peux pas lui apporter ce dont elle a besoin. Elle a eu raison de partir.

Sa détresse est si évidente que l'air tremble autour de lui. Brahim pose une main amicale sur son épaule. Gwenaël le remercie d'un hochement de tête. La conversation repart, pleine d'hésitations, incapable d'effacer ce qui vient de se passer. En choisissant de partir, Sara a reconnecté cette crique au reste du monde. Lili-Ann, elle, tente de fuir encore. Elle se replonge dans sa lecture.

Elle ignore pourquoi l'histoire qu'invente Gwenaël lui parle si fort mais, chaque jour qui passe, elle prend plus d'importance. C'est comme si l'imagination de l'auteur grignotait le réel, l'absorbait, le remplaçant peu à peu. Lili-Ann trouve ça aussi fascinant qu'effrayant.

— Je sais, a dit Gwenaël lorsqu'elle lui en a fait la remarque quelques heures plus tôt. Avant, c'était simple, il y avait une ligne claire entre ma vie et mes textes. Elle s'est brouillée. La frontière est devenue poreuse, comme une aquarelle qui prend la pluie.

Lili-Ann sourit. Elle devine déjà ce qu'il ne veut s'avouer. D'une manière ou d'une autre, l'imminence de la fin du monde a libéré en Gwenaël un don qui dépasse l'art du conteur. Ou le transcende.

L'instant d'avant, ils ne sont pas là. Et puis, à un moment, la sensation d'être observée, je me retourne. Ils se tiennent à la lisière du cercle de lumière dessiné par le feu, immobiles comme une statue. Elle, longue fille aux joues creusées et aux pommettes saillantes, chignon de samouraï blond, jean déchiré, corps perdu dans les plis d'un pull trop large. Pendu à son bras, comme le prolongement évident d'elle-même, lui, ce si petit homme aussi noir qu'elle est pâle, ses deux poings serrés, les yeux plantés loin au-devant. Tous les deux si graves et si absents.

Personne ne parle. Seuls les crépitements du feu brisent le silence, accompagnés par le grondement des vagues qui se couchent et se retirent sur le sable. Soudain, la fille plante ses yeux dans les miens. Deux yeux sauvages, derrière les mèches de cheveux qui lui barrent le front comme les montants d'une cage. Je tremble. Un regard a suffi pour que je comprenne qu'elle est comme nous. J'ignore ce que c'est, « comme nous », juste une impression, une résonance, cette vibration qui s'empare de moi.

Je lui fais signe qu'ils sont les bienvenus. Elle jette un coup d'œil méfiant à Zéphyr, un autre à Maxence. S'assied. Le garçon l'imite, se colle à son flanc, la tête passée sous son bras. Il ferme les yeux.

— Je vais faire comme lui, dit Maxence.

Il s'allonge dos au feu, un pull glissé sous la tête en guise d'oreiller. Zéphyr déroule sa longue carcasse et se dirige vers la fente sombre de la grotte comme si la présence de la fille et de l'enfant était normale et acceptée, comme s'ils avaient toujours été là.

Je reste seule, assise face à eux, le feu entre nous. Je me mets à parler. Je veux faire sentir à cette fille qui je suis, tout au fond, ces choses qu'on ne dit pas.

LOU-ANN – Il y a ces phrases qu'on entend sur nous encore et encore, alors au bout d'un moment on se dit que ce doit être vrai ; « tu t'en sors bien », ce qu'on dit de moi, tous ils m'ont dit ça, les profs, mes parents, des amis, « Tu as de la chance, tu t'en sors bien », ou aussi : « Je n'arrive pas à m'inquiéter pour toi, tu t'en sortiras toujours », et c'est vrai, c'est vrai que je m'en sortais bien, seulement qu'est-ce qu'ils savaient de ce qui se passe dans ma tête pour pouvoir dire ça, penser qu'ils pouvaient dire de moi « Tu t'en sors bien », qu'est-ce qu'ils savaient de ma violence, ces mots qui se bousculent, ces gestes que je retiens, comment auraient-ils pu imaginer ? Ils se rassuraient en se disant que je vais bien pour oublier que j'allais moins bien avant, mais moi, toujours avant de m'endormir, quand je n'ai plus la force de retenir le torrent de boue qui coule dans mon cerveau, toujours ces questions qui palpitent et mes muscles qui se contractent jusqu'à l'épuisement, et ce besoin de hurler, cette façon silencieuse de hurler que j'ai le soir, le visage qui se contracte et un souffle qui vient du fond du ventre et les larmes qui montent sans que je sache pourquoi, ils ne savent pas, ça, ces éternités que je passe à ne pas réussir à m'endormir, à me tourner, me retourner ; et mon nom, tu vois, c'est pareil, toujours cette impression qu'il me manque quelque chose, mon nom, Lou-Ann, c'est comme ça que je m'appelle, ça n'est pas un nom, qu'est-ce que c'est ? Deux diminutifs, c'est le mot, deux bouts de noms inachevés accolés l'un à l'autre comme deux unijambistes qui pensent de cette manière trouver leur équilibre mais qui luttent à chaque pas pour ne pas tomber, et je ne sais pas pourquoi il me manque ces morceaux de noms, ces morceaux de vie, ces souvenirs absents, ne pas se souvenir, ne pas connaître la source de ces larmes, ce qu'il s'est passé, c'est…

D'un coup je me tais. Elle me sourit. On voit qu'elle n'a pas l'habitude de sourire ; un léger flottement, un tremblement au coin des lèvres avant de trouver les bons muscles, le geste exact. Et elle dit :

— Oui.

Après, elle me dit qu'elle s'appelle Ève.

— Et lui ?

— Lui, il n'a pas de nom. Il ne parle pas.

Lili-Ann relève la tête.

— C'est qui, Ève ? Je veux dire, si tes personnages sont des échos de la réalité, elle, c'est qui ?

— Aucune idée.

— Laure ? Et Ninon serait le gamin qui l'accompagne ?

— Je ne pense pas.

— Sara, alors ? Tu écris leur arrivée juste quand Sara s'en va, ça n'est pas un hasard.

Gwenaël se fige. La dévisage.

— Ève ne ressemble pas à Sara, dit-il.

— Je ne ressemble pas à Lou-Ann.

— Je ne peux pas écrire Sara, je n'ai jamais su.

— Tu écris une autre version de Sara, c'est tout. Rappelle-moi comment s'appelle le projet sur lequel elle a passé l'essentiel de son temps ces dernières années ?

— A… AEVE ! Ève. Celle qui aurait pu sauver ses parents. Merde, comment est-ce que je n'ai pas vu ça ? Mais tu oublies l'enfant.

Lili-Ann lève les yeux au ciel.

— Un enfant qui ne parle pas. Un enfant qui n'a pas de voix, qui n'en aura jamais. Un enfant qui se comporte comme un songe. Un rêve d'enfant… Sérieusement, Gwenaël, tu ne saisis pas le parallèle ?

Il déglutit difficilement.

— C'est l'enfant que je n'aurai pas avec Sara, comprend-il.

Pour toute réponse, Lili-Ann se contente d'une moue désolée. Puis elle replonge dans le roman. C'est à présent la seule activité qui apaise ses angoisses. Le seul moyen de ne pas penser aux explosions qui avancent vers eux comme une armée invincible.

65

H - 42

Brahim s'éloigne. Il frissonne en perdant la chaleur du feu, remonte le col de son manteau. Le départ de Sara l'a atteint plus qu'il ne l'a montré. Il se sent responsable de ses jeunes compagnons. Mais il a beau leur faire à manger, ramasser du bois pour le feu, lancer des conversations lorsqu'il pense qu'ils en ont besoin, il n'a pas su aider Sara. Il se sent inutile. Et il déteste cette sensation.

Arrivé en bas du sentier qui remonte la roche escarpée, Brahim lève les yeux. Il y a quelqu'un là-haut. Il en mettrait sa main à couper. Un peu plus tôt, il a aperçu l'éclat d'un téléphone, vite dissimulé. Brahim entame l'ascension.

Un sourire l'accueille au sommet. La femme s'est redressée et le dévisage.

— Bonsoir, lance-t-il comme s'il était tout à fait normal de se trouver seule ici, en plein vent, en pleine nuit.

— Bonsoir, répond-elle sur le même ton.

Sa voix est grave, presque rauque. La lumière de la lune sublime sa peau mouchetée, si pâle qu'elle paraît briller dans cet écrin d'ombre.

— Vous êtes la policière qui a ramené Marc à moto tout à l'heure.

— En effet. J'allais repartir sur la grande plage.

Brahim observe les silhouettes de ses compagnons en contrebas, réunies autour du feu comme des papillons près d'une lampe.

— Je vous ai aperçue il y a déjà près d'une heure. Pourquoi n'êtes-vous pas descendue nous rejoindre ?

— J'aurais eu l'impression de déranger.

— Mais vous n'êtes pas partie.

— Non.

Il l'entend sourire, un petit pétillement humide de lèvres qui s'écartent, et ce son lui fait l'effet d'une décharge électrique.

— Est-ce que vous avez besoin d'un coup de main, sur la plage ?

— C'est gentil. On se débrouille.

— Je ne vous proposais pas mon aide, dit-il avec calme, je vous pressais de l'accepter. Vous pourriez me raccompagner demain en venant chercher Marc ? Je ne peux pas rester là à ne rien faire. Je pensais en être capable, mais non.

Elle l'étudie, comme si elle pesait le pour et le contre.

— Je comprends, lâche-t-elle enfin. Et je pourrais utiliser une paire de bras supplémentaire.

— Merci. Je m'appelle Brahim.

— Béatrice.

Elle l'invite à la suivre d'un geste. Arrivés à la moto, elle lui tend un casque et il s'installe dans son dos, s'accrochant à l'arrière du siège plutôt qu'à elle pour ne pas la gêner. Béatrice démarre. La route est si noire de monde qu'ils s'y frayent un chemin à coups de klaxon et de rugissements de moteur. Brahim cherche Sara des yeux. Ne la trouve pas.

Une demi-heure plus tard, ils atteignent ce que Béatrice appelle « la grande plage ». Elle fait plusieurs kilomètres de long, et il ne reste plus un seul centimètre carré de sable dégagé. Brahim avise les enceintes assourdissantes devant lesquelles danse une assemblée gigantesque. Au-delà, dans l'obscurité, d'autres semblent en plein ébat sexuel.

Un homme en uniforme fait signe à Béatrice, cinquante mètres plus bas. Ils le rejoignent.

— Virgile, j'avais peur de ne pas te trouver, lance Béatrice, soulagée.

— Je te guettais. Des gens se sont fait piétiner dans un mouvement de foule il y a une heure, on a une cinquantaine de morts.

— Merde.

— Ouais. Ça risque de recommencer, la mer monte, il y a de moins en moins d'espace… En attendant, il reste des corps à évacuer. Je vous préviens, certains étaient des enfants, et ils sont dans un sale état.

— On s'en occupe. C'est Brahim, il vient aider.

Le gendarme salue Brahim et tourne les talons. Ce dernier suit Béatrice dans une zone où il ne distingue que des familles avec enfants.

— On a trouvé quelques maisons vides pour abriter cette population, explique Béatrice, et on a mis en place des zones d'accueil d'urgence. Mais ils sont tellement nombreux… et certains refusent de quitter la plage.

« Cette population. » Béatrice tente de mettre à distance les pleurs et les visages torturés qui se tournent sur leur passage. Est-ce vraiment possible ? Brahim se force à sourire, presse une épaule, caresse les cheveux d'un gamin. Offrir un réconfort minuscule, une parcelle d'humanité dans l'horreur. Il repère deux pompiers qui passent d'un blessé à l'autre, trente mètres plus bas. Il crie pour se faire entendre de Béatrice par-dessus la musique :

— Là-bas !

Elle acquiesce. C'est bien la zone où s'est déroulé le mouvement de panique. Un père serre contre lui le corps de son enfant. Brahim s'accroupit devant lui. L'homme lui lance un regard de noyé, comme si Brahim allait être capable de ressusciter son fils.

— Évacuons-le, propose Brahim.

— Non… Non ! Anthon…

— Je suis désolé. Il ne reviendra pas.

Brahim cherche Béatrice des yeux. La trouve. Elle est dans une situation similaire.

66

H - 40

Béatrice détache délicatement une femme des corps sans vie de son compagnon et de leur fille. Rester professionnelle. Ne pas se laisser aller à l'émotion. Elle touche le poignet de la femme.

— Voulez-vous les emmener jusqu'à l'entrepôt avec moi ?

La femme hoche la tête, les joues baignées de larmes. Elle semble comme ailleurs. Sidérée. Béatrice l'aide à se relever. Lorsqu'elle soulève l'enfant mort, elle aperçoit Brahim qui a réussi à convaincre un homme de remonter vers la route avec sa fille dans les bras. Une bouffée d'affection envahit Béatrice. Elle connaît à peine Brahim, mais il se dégage de lui une bonté qui la touche.

Durant une heure, ils convoient des cadavres, repoussant la nausée et le désespoir.

Soudain, un cri retentit à mi-hauteur entre l'eau et la route. Des hommes et des femmes se lèvent, affolés, avant d'être poussés par d'autres, déséquilibrés, et de retomber sur le sable. Certains rampent pour échapper à la vague humaine qui balaye les familles.

— Ça recommence ! s'exclame Béatrice.

Elle court vers la zone avec Brahim. Finalement, le mouvement de foule s'interrompt tout seul, mais Béatrice sent qu'il pourrait repartir à n'importe quelle seconde et se répandre sur la plage.

— J'ai une idée, lance Brahim. On devrait organiser les familles en groupes d'une trentaine de personnes, avec les enfants au centre et les adultes autour, afin qu'ils puissent faire barrière en cas de nouvelle panique.

Béatrice le dévisage. Elle ne s'était pas attendue à ce qu'il se rende réellement utile, et il ne cesse de la surprendre.

— C'est… c'est une très bonne idée, Brahim.

Ils échangent un sourire. Puis ils se mettent au travail, déplacent les gens, parlementent avec les plus réticents. Certains proposent de les aider. Bientôt, c'est une soixantaine de personnes qui sillonnent la zone familiale de la plage pour organiser les groupes et traduire les consignes dans différentes langues. Lorsqu'un camion plein de packs d'eau arrive, éclairant la nuit de son gyrophare orange, les bouteilles passent de main en main. L'idée de Brahim est parvenue à créer une cohésion et une collaboration qui n'existaient pas jusqu'ici, apaisant les angoisses.

La nuit est bien avancée quand Virgile les rejoint.

— Comment ça se passe de l'autre côté ? demande-t-elle.

— Pas mal d'overdoses, des comas éthyliques… Ça a l'air presque calme, chez vous, s'étonne-t-il.

Elle sourit.

— C'est grâce à Brahim.

— Tout le monde s'y est mis, rectifie celui-ci.

— C'était ton idée, et tu peux en être fier, parce qu'elle a fonctionné au-delà de mes espérances.

Il accepte le compliment d'un sourire.

— Là d'où je viens, précise-t-il, les adultes s'occupent de tous les enfants, pas seulement des leurs.

Ses yeux dérivent vers l'entrepôt où ils ont entassé les corps. Il lâche :

— Vous avez fait ça toutes les nuits depuis… ?

— Ouais. Une bonne partie des journées aussi.

Il se tourne vers elle, plonge dans son regard, puis demande :

— Et… ça va ?

La sollicitude avec laquelle il pose cette question balaye d'un coup le vernis de professionnalisme que Béatrice tentait de maintenir. Non, ça ne va pas. Elle a vu plus de morts en une semaine qu'en vingt ans de carrière. Elle est l'une des dernières flics en activité de la région. Et elle va mourir à son tour dans deux jours. Elle va mourir, putain !

— Je…

Ses jambes se dérobent. Elle se rattrape à Brahim qui la soutient.

— Eh, là, ça va aller…

C'est un mensonge, ils le savent tous les deux. Mais c'est un mensonge qui fait du bien.

— Il y a un endroit pour faire une pause ? s'enquiert-il.

— La cabane des secouristes, indique Virgile. On a récupéré du café soluble, c'est mieux que rien.

Béatrice se laisse entraîner à travers la foule. Elle entend des voix qui les remercient. Elle ne parvient pas à répondre. Elle se sent si fatiguée, soudain.

Brahim la pousse doucement vers l'échelle de la cabane et assure sa montée.

Il doit avoir une vue imprenable sur mon gros cul, songe-t-elle.

Arrivée sur la plate-forme, elle s'assied, adossée à la rambarde, face à la cloison de bois, comme pour se couper de ce qui l'entoure. Brahim réapparaît à ses côtés une minute plus tard, deux tasses de café fumant entre les mains. Elle accepte la sienne avec gratitude. Il se laisse glisser à côté d'elle. Pendant un long moment, ils ne parlent pas, écoutant les hommes et les vagues qui s'agitent dans la nuit encore noire.

Et puis Béatrice tourne la tête vers lui.

— Je suis contente que tu sois venu.

— Je suis content d'être là, répond-il en fixant les lattes devant eux.

67

H - 36

Brahim s'oblige à ne pas la regarder. S'il la regarde, il va la dévorer des yeux avec une telle intensité que ça deviendra gênant. Il ne veut pas briser la complicité qui se tisse entre eux. Il admire la force de caractère de cette femme et son sens du devoir si semblable au sien. Et il apprécie qu'elle ne montre aucune honte après son moment de faiblesse. C'est le genre de femme qu'il pourrait aimer jusqu'à la fin des temps. Sauf que la fin des temps est dans deux jours.

— Je regrette de ne pas avoir appelé mes sœurs et les cousins quand il restait du réseau, dit-il.

— Ils sont où ?

— Tanger, pour la plupart. Je les imagine tous ensemble. J'espère que c'est le cas.

Brahim sent une chaleur au niveau de son genou. Béatrice a décalé sa jambe, qui le touche à présent. Il accentue le contact. À peine. Brahim se sent tout entier là, dans ces deux centimètres de peau pressés contre une autre peau. Il ressent un tremblement dans son ventre, violent, comme un papier qui se froisse. Il tourne enfin la tête vers elle. Elle se laisse observer quelques secondes, puis lui rend son regard. Brahim y lit la même urgence tranquille que celle qu'il ressent. Il y a une densité inédite dans leurs respirations, une ultraconscience de cet autre corps qui bruisse juste à côté, si proche.

— On va chez toi ? propose-t-il.

Le grondement des vagues qui s'abattent en contrebas lui semble démesuré, comme chacune de ces secondes de silence, plus ample, plus condensée que toutes les secondes qu'il a vécues jusqu'à ce jour.

— D'accord.

Quinze minutes plus tard, ils slaloment entre les voitures et les réfugiés. Béatrice coupe par les voies secondaires et les chemins de terre qui séparent les champs. Elle éteint le moteur devant une maison à la façade grise.

Il fait bon, à l'intérieur. À force de dormir à la belle étoile, ces derniers jours, Brahim a presque oublié la douceur réconfortante des foyers. Il tourne sur lui-même. Télévision, canapé, table recouverte de documents de travail et de courrier pas ouvert, cuisine américaine, bibliothèque, tapis rouge. La décoration est minime, fonctionnelle, et pourtant agréable. Béatrice l'observe du coin de l'œil tandis qu'il absorbe chaque détail qui s'offre à sa vue. Finalement, Brahim s'arrête sur elle.

Elle a retiré sa veste, et la lumière du lampadaire révèle le roux sombre de sa chevelure. Pas un instant il ne s'inquiète de ce que la lumière dévoile de lui, de ce ventre que les années ont arrondi, des cheveux qui disparaissent sur ses tempes déjà grises. Brahim prend la vie comme elle vient, toujours. Et c'est Béatrice qui vient. Qui s'approche. S'approche encore.

— Ça fait longtemps que je n'ai pas…

— … et moi donc, sourit-il avant de l'embrasser.

68

H - 34

Lili-Ann se réveille à l'aube sur la plage, près du feu éteint. Elle regarde autour d'elle. Aucune trace de Brahim. Gwenaël écrit toujours au pied de la falaise. Valentin doit être dans la grotte. Lili-Ann se lève et marche vers les vagues. Elles sont de plus en plus hautes, de plus en plus puissantes. Pour la première fois de sa vie, cette mer lui semble étrangère et dangereuse.

— Bonjour !

Valentin s'avance, pieds nus dans le sable humide, bas de pantalon retroussé, mèches en bataille, visage chiffonné du matin. Sa barbe a poussé ces derniers jours, presque rousse, bien plus claire que ses cheveux. Ses cernes, en revanche, ont foncé, rendant son regard plus tourmenté que jamais.

Une pensée lui revient soudain, celle qu'elle a eue en rentrant chez elle juste après l'épisode de l'avion de papier. Elle s'était dit qu'appeler serait tricher, mais que si elle recroisait l'inconnu de la photo, ce serait le signe que leurs destins étaient liés, et alors, elle suivrait ce signe. Ironique. Elle l'a suivi sans même en avoir conscience.

— Tu as dormi ? demande Lili-Ann.

— Quelques heures, je crois. J'ai rêvé. Je ne me souviens plus de quoi.

Il hausse les épaules. Sourit.

Lili-Ann aimerait passer une main dans ses cheveux, discipliner la pagaille soyeuse qui règne là-haut, comme pour revenir en arrière, à Paris, à ce garçon trop lisse qui se changeait sans pudeur derrière une voiture et qui semblait si sûr de lui dans son louvoiement nonchalant. Elle ne le fait pas. Ce ne serait pas juste. Car il paraît davantage lui-même, ainsi.

— C'est quoi, ton tatouage ?

Il lui lance un regard gris-doux, comme les plumes d'un jeune oiseau de mer, puis d'un geste, il remonte son pull et son tee-shirt jusqu'au-dessus de l'épaule. Du bas de son dos à ses omoplates, un gigantesque arbre se déploie, tronc noueux, longues branches arachnéennes qui se perdent sur sa nuque et ses épaules. Un corbeau est posé sur l'une d'elles. C'est un arbre d'hiver, sans la moindre feuille. Et c'est sa couleur qui étonne. Un rouge très sombre, dérangeant.

— Tu connais le poème ? demande-t-il.

— Non.

— Je l'ai appris à l'école, en maternelle. *Sur l'arbre rouge, as-tu vu / Le corbeau noir ? / L'as-tu entendu ? / En claquant du bec, il a dit / Que tout est fini ; / Les fossés sont froids, / La terre est mouillée. / Nous n'irons plus rire et nous cacher, / Dans la bonne chaleur du blé. / Le corbeau noir a dit cela, / En passant, / Dans l'arbre rouge couleur de sang*[1].

1. Marguerite Burnat-Provins, « Sur l'arbre rouge », dans *Chansons rustiques*.

— Un poème de circonstance… C'est de qui ?

— Une femme. Marguerite quelque chose, je n'ai jamais réussi à retenir son nom, dit-il en se rhabillant. Ses mots, en revanche… J'étais tout petit. Et ils ne sont jamais sortis de ma tête. Ils m'obsédaient au point que je les ai gravés à même ma peau. Enfin, plus ou moins. C'est une libre interprétation.

Soudain, Valentin blêmit. Lili-Ann suit son regard et se fige à son tour. Une vague vient de rejeter un corps sur la plage, à une dizaine de mètres. Un homme. L'eau le recouvre, le découvre, le recouvre à nouveau. L'abandonne, enfin. La peau de son visage est bleue et gonflée comme un masque de monstre.

— Tu as déjà vu des morts ? demande Valentin.

Sa voix n'est qu'un filet incertain.

— Ouais. Pas un noyé. Celui-là est horrible.

— Qu'est-ce qu'on fait ?

Lili-Ann jette un coup d'œil circulaire. Marc. Il est médecin. Il saura quoi faire. Elle court vers le camp, retourne les couvertures jusqu'à mettre la main sur le talkie-walkie.

— Marc ! Marc, tu es là ?

Silence.

— Marc ?

— Lili ? répond la voix grésillante de son beau-frère.

— Les vagues ont ramené un mort. Un noyé.

— J'arrive.

Lorsqu'elle relève les yeux, elle aperçoit le vieux Max qui émerge des arbres. Lui et Valentin se retrouvent près du corps. Ils le détaillent un instant, comme s'il s'agissait d'une œuvre d'art. Lili-Ann reste à distance. Elle frissonne, croise les bras, les serre autour de ses côtes.

Marc ne tarde pas. Il examine le corps, puis remonte vers Lili-Ann.

— Il a dû dériver depuis la grande plage, dit-il. Ils ont mis des corps à l'eau, là-bas. Je vais le repousser dans les vagues, ajoute-t-il en retirant son pantalon.

Il retourne près du noyé et entre dans la mer en le traînant derrière lui, plongeant sous les vagues comme un surfeur passant la barre.

Le vieux Max s'approche de Lili-Ann, l'oblige à s'asseoir. Il est d'une pâleur effrayante.

— Max, vous allez bien ?

— Ce n'est rien. Juste de mauvais souvenirs qui remontent.

69

H - 33

Adossé au bas de la falaise, Gwenaël observe les silhouettes de ses compagnons qui se découpent sur fond de vagues, baignées par la douce lumière du matin.

C'est Max qui le happe. Sa tranquillité. Sa peine évidente. Et la délicatesse avec laquelle il aide Lili-Ann à s'asseoir alors qu'il n'est pas plus vaillant qu'elle.

Gwenaël baisse les yeux, décapuchonne son stylo.

Pour dire Max, pour dire Maxence, c'est Lou-Ann qui doit parler.

Ce matin, le jour s'est levé plus tôt que moi. Maxence aussi. Mal réveillée, je le salue à peine en sortant de la grotte. Mon ventre grogne. J'attrape le sac à dos et en sors un paquet de biscuits.

L'immobilité de Maxence interrompt ma fringale. Je devine ses épaules crispées sous son pull. Le soufflet de sa maigre poitrine est le seul mouvement perceptible de son corps ; ses doigts figés agrippent le tissu sombre de son pantalon et ses yeux plantés au loin affichent une détresse et une dureté qui me désarment. C'est alors qu'il se met à parler.

MAXENCE – Elle s'appelait Marine. Marine, fille d'Hélène. Extirper ces noms de mes souvenirs, douleur nécessaire pour leur redonner une existence ; la vie qu'elles ont eue, la leur rendre. Marine, fille d'Hélène. Des noms trop longtemps tus, pour oublier, un rideau qui tombe sur la mémoire afin de pouvoir vivre sans elles, sans se reprocher leur absence, ce plus jamais inacceptable et monstrueux. Marine, fille d'Hélène. Hélène, mère de Marine. Je les nomme pour la première fois depuis si longtemps. Mon amour tout entier envolé, volé, voilé ; Marine d'abord, premier nom perdu, interdit, petite flamme qui s'éteint sans raison. Injuste. Hélène ensuite, feu de joie qui s'étouffe. Et moi, perdu dans ma propre révolte, dans ma douleur sourde, sourd à la sienne, aveugle au monde, je la laisse s'éloigner, s'exiler des hommes jusqu'à l'insupportable ; et moi qui n'ai pas vu. Hélène, deuxième nom innommable qu'on chuchote dans mon dos de peur que je m'effondre. Marine, fille d'Hélène. Marine, ma fille. Hélène, Marine, que je n'ai pas su aimer assez, que je n'ai pas su aider assez, qui m'ont laissé là, qui ne m'ont pas laissé le choix : obligé de vivre. Obligé d'oublier l'inoubliable pour continuer sans elles. Marine, Hélène. Mes amours.

La voix de Maxence s'éteint, mais l'écho de ces noms s'envole dans la lumière du matin et s'éloigne jusqu'où l'on ne peut plus voir. Des larmes se perdent dans les replis de ses joues. Émue, je franchis la distance qui nous sépare pour poser une main sur son bras.

— Ce n'est pas votre faute si elles sont mortes.

Sa respiration s'interrompt. Il tourne ses yeux vers les miens et cherche dans mon regard une confirmation de ce que je viens de lui dire. Alors, même si je n'en sais rien, même si je mens, peut-être, je répète :

— Ce n'est la faute de personne.

L'air s'échappe enfin de ses poumons avec un long soupir.

— Tous, tellement occupés à ne pas parler d'elles devant moi, dit-il. Merci.

70

H - 33

Valentin observe Marc en train de repousser le cadavre vers le large.

Il ne veut pas finir ainsi, les chairs boursouflées par l'eau et le sel. Et pourtant, il se sent déjà plus proche du noyé que des vivants.

— Je n'y arrive pas, maman, souffle-t-il. Je suis désolé. Je n'y arrive pas…

Il arrive d'autant moins à vivre fort que Sara n'est plus là pour l'entraîner dans ses délires. Même Brahim a disparu. Reste Gwenaël, enfermé dans son imaginaire, et la famille de Lili-Ann, qui passe la plupart du temps retirée dans sa tour d'ivoire en haut de la falaise. Inatteignable.

Il s'assied sur le sable humide. Des centaines de goélands dessinent des cercles au-dessus des vagues et piquent vers la surface. Vers les morts, comprend Valentin.

L'histoire de Jonathan Livingston lui revient soudain en mémoire, cet oiseau obsédé par les techniques de vol qui voulait s'élever au-dessus de ses congénères en engageant chaque miette de son énergie dans sa quête de perfection. La mère de Valentin lui a lu ce roman l'été de ses huit ans, un chapitre par soir. C'était leur grand plaisir de partager encore des lectures, alors qu'il aurait pu lire seul.

Jonathan Livingston le goéland, lui, savait vivre de toutes ses forces.

Valentin suit des yeux Marc qui, sa tâche achevée, sort de l'eau. Il ne deviendra pas ce genre d'homme sûr de lui qui semble ne jamais douter de ses choix. Mais il pourrait être… lui-même ? En est-il capable ?

— Je ne veux pas mourir sans que quelqu'un voie et entende qui je suis vraiment.

Ces mots s'envolent dans le vent, comme un défi. Comme une promesse.

71

H - 33

Marc se rhabille.

— Remonte avec moi, demande-t-il à Lili-Ann en remettant son pantalon. On doit parler.

Elle le suit jusqu'à l'escalier et ils gravissent les marches de roche. Ninon leur saute dans les bras dès qu'elle pousse la porte de la maison.

— Marc a trouvé une solution crédible, annonce Laure.

— Pour ?

— Tu vis où, putain ? s'énerve-t-elle. Pour survivre aux explosions ! Demain, dix-sept heures, elles seront là ! Réveille-toi, Lili !

Lili-Ann reste interdite. Demain. Même aujourd'hui, neuf jours après le début de la catastrophe, elle n'arrive pas à réaliser.

— C'est quoi, votre solution ?

— On va…

Soudain, les verres tintent dans le vaisselier. Ils s'entrechoquent. Ninon se jette dans les bras de sa mère qui la serre contre elle.

— Ça tremble fort, sanglote-t-elle.

— Ça va aller, ma chérie… Ça va aller…

Lili-Ann déglutit.

Jusqu'ici, elle avait encore un maigre espoir que quelqu'un quelque part trouve une solution pour mettre fin aux explosions. Elle se voilait la face. Car, à présent que le sol s'est mis à trembler comme un ultime frisson avant le néant, le déni devient impossible, et l'espoir dérisoire.

Les explosions les frapperont, même ici, dans ce havre d'enfance aux étés scintillants.

— Laure. Votre solution, c'est quoi ?

Les yeux clairs de son aînée se fichent dans les siens, gris sur brun, étincelants d'une même détermination. Laure passe une main rassurante dans les boucles de Ninon et répond :

— Plonger.

QUATRIÈME PARTIE

72

H - 32

— Le sol tremble déjà depuis deux jours, Lili. C'était faible, mais perceptible.

Lili-Ann est assise à la table du salon avec Laure et Marc. Sur le canapé, Ninon fait semblant de jouer avec une poupée. Elle ne perd pas une miette de leur conversation.

— Je n'avais pas remarqué.

— Tu n'as pas voulu remarquer. Vous êtes une belle bande de rêveurs, là en bas.

— Chacun gère la situation comme il peut…

— Ou ne la gère pas.

Lili-Ann soupire.

— Vous m'expliquez votre théorie ?

— La commandante Béatrice Blanche m'a dit qu'elle faisait de la plongée dans le coin, commence Marc. J'y ai repensé hier en rentrant de la plage. L'eau n'est pas la matière la plus résistante qui soit. Trente mètres de béton ou de métal seraient un abri plus sûr que trente mètres d'eau. Sauf qu'on n'a pas ça sous la main. L'eau, si. On ne peut pas être sûrs que ça fonctionnera, parce qu'on ignore la nature exacte des explosions, mais il y a une chance qu'elles soient au moins entravées, ralenties, par une telle masse liquide, et les débris ne nous atteindront pas. C'est en tout cas plus sûr que la grotte sous la falaise qui risque de s'écrouler.

Lili-Ann se frotte les yeux. La mer, c'était le truc de leur mère. Bateau, plongée, planche à voile, tout ce qui s'y rapporte l'intéressait. Elle a peu à peu entraîné chaque membre de la famille dans sa passion, sur et sous l'eau. Cependant, aucun d'eux n'a un niveau incroyable…

— Ninon a déjà plongé ?

— Elle est à l'aise avec son tuba et sait vider son masque. Elle n'a jamais essayé de détendeur, elle est encore trop jeune pour les baptêmes. Toi ?

— Je suis autonome jusqu'à vingt mètres. On va descendre à combien ?

— Il y a une épave de sous-marin au large de la pointe, qui constituerait une protection supplémentaire. Elle est située à une bonne dizaine de milles vers l'ouest, ce qui nous éviterait de nous trouver pile à l'endroit où les deux murs d'explosions se rejoindront. On la trouve à vingt-cinq mètres de profondeur à marée haute.

— Ça veut dire qu'on peut rester… une heure au fond ? Le timing va être serré.

On se tait un moment, chacun réfléchissant aux détails pratiques d'une telle expédition.

— Je ne peux pas laisser les autres en arrière, Laure.

— Qu'ils viennent. Il va falloir récupérer assez d'équipement. Les bouteilles des parents sont dans le garage, j'ai vérifié, elles sont pleines et en bon état. On a quatre combinaisons adultes, et deux enfants.

Pour les masques et les palmes, il y en a toute une collection ici. En revanche, il nous manque un paquet de plombs si tous tes amis viennent, et surtout des stabs, des détendeurs et des bouteilles.

— On pourrait en récupérer au club de plongée de maman ?

— Si personne n'a eu la même idée…

— En dernier recours, il reste le magasin de Jean-Pierre, sur le port.

— Oui. Ça va être un sacré bordel de tout rapporter ici…

— Valentin et Brahim aideront. On peut confier Ninon à Gwenaël et Max.

— Je veux venir avec vous ! s'exclame Ninon dont les larmes menacent déjà de déborder.

Laure quitte la table, s'assied avec sa fille sur le canapé, la prend dans ses bras. Puis elle lui chuchote à l'oreille des mots que Lili-Ann ne parvient pas à entendre. Celle-ci se tourne vers Marc.

— Il y a un autre problème. On n'a pas de bateau.

— On passe au port au retour, on en prend un. On le laisse au mouillage au large de la plage et on rentre en canot pour dormir ici.

— Les vagues…

— On va se débrouiller, Lili.

Ninon sanglote dans le cou de Laure, inconsolable. Lili-Ann se penche par-dessus le dossier du canapé et les prend toutes les deux dans ses bras.

— Tu voudras qu'on joue ensemble ce soir, ma Ninon ?

Ninon regarde sa tante, visage froissé, lèvres frémissantes. Lentement, elle hoche la tête. Lili-Ann dépose un baiser sur sa joue humide.

— Rendez-vous ici à midi pour aller chercher le matériel, lance Marc. Lili, on te laisse sonder les autres pour savoir de combien d'équipements on a besoin.

Alors qu'elle redescend vers la plage, Lili-Ann remarque la silhouette familière de Brahim qui s'approche du feu avec la flic venue chercher Marc ces derniers jours.

73

H - 31

— Je suis heureuse de vous trouver en bonne compagnie, monsieur Charpentier.

Pour toute réponse, le vieux Max adresse un sourire absent à Béatrice. Celle-ci jette un coup d'œil aux occupants de la plage, le jeune homme aux cheveux en bataille et aux yeux fiévreux assis près de Max Charpentier, et le deuxième, plus âgé, adossé à la falaise, le buste enroulé vers l'avant comme s'il voulait protéger de toute agression le tas de feuilles sur lequel il griffonne. Elle ne se sent pas plus vaillante. La trop courte heure de sommeil qu'elle a volée en s'endormant sur la poitrine de Brahim n'a pas suffi à restaurer ses forces.

Il se penche vers elle, touche son poignet, désigne le haut de la falaise.

— Voilà Lili-Ann.

En effet, Lili-Ann progresse sur l'escalier de roche. Béatrice capture la main de Brahim avant qu'il la retire. L'un et l'autre préfèrent ne pas mettre de mots sur ce qu'ils partagent, mais chaque contact physique est éloquent.

C'est Brahim qui a tenu à revenir ici ce matin,

prétextant qu'il voulait leur dire au revoir avant de retourner avec elle sur la grande plage. La route est tellement bouchée que Béatrice aurait préféré s'y rendre directement, de peur d'être coincée ici.

— Tu leur dois notre rencontre, souffle Brahim. Sans eux, je serais encore à Paris. Je te promets qu'on ne reste pas longtemps, je veux juste… Je les aime beaucoup, tu sais. Je ne peux pas les abandonner sans explication.

Elle lui sourit, détaille les ridules aux coins de ses paupières, se perd dans ses iris sombres à la douceur de velours. Cette délicatesse et cette attention aux autres sont-elles la nature profonde de Brahim ? Ou bien a-t-il appris à se comporter ainsi pour s'adapter au monde et aux événements ? Béatrice sait qu'elle ne résoudra pas cette énigme-là. Il faudrait des années à ses côtés, et elle ne les aura pas. Alors elle presse sa main et dit :

— Tu as raison.

En atteignant la plage, Lili-Ann marche droit vers eux.

— Bonjour, Brahim, dit-elle, gratifiant au passage Béatrice d'un regard curieux.

Ou amusé ? Elle note leurs mains liées, leur proximité physique.

— Lili-Ann, je te présente Béatrice.

— Salut. (Elle pivote.) Gwenaël ! Viens, on doit parler !

— Je n'ai pas le temps, je dois…

— Tu lâches ce stylo et tu te ramènes.

Il ne lâche pas le stylo, mais se lève et rejoint le groupe sur les couvertures à demi ensablées.

— Quoi ?

— Laure et Marc ont peut-être trouvé une solution pour survivre aux explosions. Elle nécessite une logistique importante. Je dois savoir qui parmi vous veut nous accompagner.

— Explique, demande le jeune homme aux cheveux en bataille – Valentin, a dit Brahim.

Elle explique. Son débit est brusque, entrecoupé d'hésitations. Pourtant, plus elle parle, plus Béatrice se penche en avant, fascinée. Parce que cette idée de plongée sous-marine est étonnante, culottée, prometteuse. Comment n'y a-t-elle pas pensé plus tôt ? Le docteur Perrin-Sauvage n'a aucune certitude que ce plan fonctionnera, mais c'est selon lui leur meilleure option. Et Béatrice aurait tendance à être d'accord.

— Ce n'est pas au club de plongée qu'il faut aller, intervient-elle. Les garde-côtes possèdent un matériel bien plus performant. Combinaisons épaisses, bouteilles de quinze litres…

— Est-ce qu'ils nous laisseraient nous servir dans leur réserve ? s'inquiète Lili-Ann. On n'a jamais utilisé de matériel conçu pour l'armée, on risque de faire une connerie…

— Ça vaut la peine de le leur demander, non ? rétorque Béatrice. J'ai un ami parmi eux, et je sais où le trouver.

— Virgile, comprend Brahim.

Béatrice confirme.

— Je vais en parler avec Laure et Marc, tranche Lili-Ann. Sur le principe, qui en est ?

Béatrice serre un peu plus la main de Brahim. Il y a vingt-quatre heures, jamais elle n'aurait imaginé s'incruster dans une tentative pareille. Aujourd'hui, en revanche, l'idée d'un futur possible avec cet homme qu'elle connaît à peine la bouleverse. Et si elle doit mourir, elle aime l'idée que ce soit dans le royaume silencieux qui constitue son refuge contre le bruit du monde depuis plus de quinze ans. Mais…

Ils se dévisagent.

— Tu veux ? demande Brahim.

— Abandonner mon poste ?

— On a fait tout ce qu'on a pu la nuit dernière. Lorsque les explosions arriveront pour de bon, que tu sois à ton poste ne changera rien. Que tu sois sous l'eau avec moi, par contre…

Elle inspire longuement. Il a raison, bien sûr. Pourtant, elle a du mal à accepter de laisser JB gérer seul la fin de la crise.

— D'accord, murmure-t-elle enfin.

— Compte-nous tous les deux, lance aussitôt Brahim à Lili-Ann.

— Peut-on prendre un équipement pour Sara ? Au cas où…

— Bien sûr, Gwen.

— J'ai une question con, intervient Valentin. Est-ce qu'on *veut* survivre ? (Un bref silence ponctue sa question.) Vous avez pensé à ce à quoi va ressembler le monde après le passage des explosions ? On a tous vu les images de la zone grise. Plus personne, une surface dévastée sans plantes ni bâtiments… De quoi on va se nourrir ? Combien de centrales nucléaires auront explosé ? Est-ce que ce monde sera seulement *viable* ?

Ils s'entre-regardent, visages graves et sourcils froncés.

— Si on survit, tempère Béatrice, d'autres en auront été capables aussi. Marc n'est certainement pas le seul à avoir eu cette idée, et il y a des abris antiatomiques un peu partout autour du globe. Il faudra les trouver. Reconstruire une société ou apprendre à vivre en dehors.

— Et ce n'est pas comme si on avait un autre monde en réserve, ajoute Lili-Ann. Viable ou non, on verra à ce moment-là. Au pire, on aura repoussé l'heure de notre mort. Au mieux…

— Au mieux, le problème de surpopulation ne sera plus qu'un souvenir, ironise Valentin.

— Mais on sera ensemble.

Ce dernier argument semble ébranler les doutes de Valentin. Il observe Lili-Ann un moment, puis, avec un haussement d'épaules, il lâche :

— Très bien. J'en suis aussi.

— Max ? demande Lili-Ann.

Max Charpentier échange un regard avec Béatrice et, un sourire infime sur les lèvres, il secoue doucement la tête. Il ne viendra pas. Personne n'essaie de le raisonner, pas même Lili-Ann. Il est revenu sur cette plage maudite pour y mourir.

— Huit adultes, en comptant Sara, et un enfant, conclut Lili-Ann. Valentin, Brahim, rendez-vous devant la maison dans deux heures pour aller chercher le matériel. Max, Gwenaël, vous voudrez bien garder Ninon ?

— Avec plaisir ! s'exclame Max Charpentier, le visage illuminé d'une joie soudaine.

Lili-Ann le remercie et descend vers les vagues, l'air songeur. Du bout du pied, elle dessine des formes dans le sable.

74

L'Enfant dessine sur le sable humide. Il a les poings serrés. L'un agrippe le bâton qui lui sert de crayon, l'autre est refermé sur lui-même. Toujours ils sont ainsi. Même lorsqu'il s'endort, il est impossible de desserrer ses doigts.

Assis sur ses talons, il esquisse des êtres, une forêt de corps au tracé enfantin avec des ventres trop gros, des jambes maigres et longues, ou trop courtes parfois, et des cous de girafe au bout desquels se perchent des têtes grimaçantes.

L'Enfant n'a jamais dessiné de sa propre initiative, c'était toujours les adultes qui le lui demandaient. Mais aujourd'hui ce n'est pas pareil. Une pensée s'est mise en route et agit à travers lui, il le sent. Il y a le fil qui le relie à Ève, le pacte silencieux qu'ils ont passé tous les deux et qui dit : « À partir d'aujourd'hui, je t'accompagne. » Il y a les deux autres adultes, Zéphyr et Lou-Ann, qui les attendaient sur cette plage depuis toujours sans le savoir. Il y a ce vieil homme silencieux qui l'attire comme un aimant. Et il y a l'Appel qu'il capte sans effort, cette présence inhumaine qui l'emplit, le parcourt, qui cherche une ouverture en lui, une possibilité. Alors l'Enfant dessine, pour répondre à l'Appel.

Soudain, une vague attrape le dessin et l'efface. Sans s'émouvoir, l'Enfant remonte et recommence son œuvre, comme si celle-ci n'avait jamais eu d'autre destinée que d'être avalée par la mer. Les mêmes êtres difformes renaissent sur le sable humide, tracés par le bâton qui est le prolongement direct de l'Enfant, qui est l'Enfant lui-même.

Peu à peu, l'image se précise. Dans la foule, certains corps se dégagent. Il est difficile de dire ce qu'ils ont en commun, un mouvement, une direction, un imperceptible espace autour d'eux comme une respiration. Invisible singularité qui les extrait de la multitude.

Plusieurs fois, la mer efface. Et l'Enfant recommence, brouillon après brouillon, jusqu'à ce que l'image sur le sable reflète exactement ce qu'elle doit refléter. Jusqu'à ce qu'elle devienne la réponse à l'Appel.

Ève s'approche pour regarder les créatures qu'il laisse émerger du sable. Elle voit les quatre qui ressortent et elle dit : « C'est nous. » Pour la première fois depuis qu'il a saisi le bâton, l'Enfant regarde vraiment son dessin. Il comprend qu'en effet, ce qu'il inscrivait sur le sable sans réfléchir, c'est eux.

Il lève la tête vers Ève et lui sourit. Il lui sourit parce que, comme chaque fois qu'il voit Ève, la sensation qu'il a ressentie au moment où il l'a rencontrée – ce moment où il se tenait recroquevillé dans son buisson et où elle est apparue – l'envahit à nouveau. Son visage s'est inscrit dans les yeux de l'Enfant, telle la promesse d'un amour absolu. Donc l'Enfant regarde Ève, lui sourit. Puis il pose son bâton. Et, d'une vague joueuse, la mer s'en saisit.

75

H - 30

Il fait gris, ce matin. Les nuages arrivés avec la marée montante semblent s'installer. Assise à l'entrée de la grotte, Lili-Ann pose les pages qu'elle vient de lire.

Marc et Laure leur ont offert à tous un nouveau but sur lequel se concentrer pour tromper la peur et avoir la sensation d'agir contre les explosions. Lili-Ann a hâte de partir chercher le matériel de plongée. L'incessant tremblement de terre la glace plus encore que la brise. Elle remonte le col de son pull sur sa bouche. Son haleine se loge dans les mailles et la réchauffe.

Là-bas, Valentin s'est débarrassé de ses vêtements et a escaladé un rocher qui surplombe la mer de quelques mètres. D'un coup, il s'élance. Le torse en avant, les yeux au ciel, insouciant, Valentin déploie toute l'amplitude de ses bras. Une impulsion, ses yeux se ferment, ses pieds s'arrachent à la roche. Il s'envole. Un sourire fend son visage. Un sourire libre d'homme-oiseau que Lili-Ann ne lui avait encore jamais vu. Puis son corps tendu se brise en deux. Il oblique pour fendre l'eau et, sans une éclaboussure, il s'engouffre tout entier dans la masse sombre.

Sa tête réapparaît entre deux vagues. Il nage avec énergie vers les rochers, se glisse hors de l'eau, escalade à nouveau le plongeoir improvisé. Son tee-shirt trempé forme une seconde peau sur son corps. Il écarte les bras, replonge, puis il nage, remonte encore, plonge, nage, remonte… Et chaque fois, ce sourire qui transperce les nuages.

Lili-Ann consulte son téléphone qui ne lui sert plus que de montre. Onze heures. Elle retire ses chaussures, se lève, descend vers les rochers. Elle escalade le promontoire qui griffe ses pieds. Valentin nage dans sa direction avec la même force qu'au premier saut. Il sort de l'eau, la rejoint. Sourit. Lili-Ann ne peut détacher ses yeux des fines fossettes qui se creusent soudain.

— Les vagues sont violentes. Elles peuvent te projeter contre la roche.

— C'est le risque. Mais pendant un instant, un tout petit instant, je vole.

Il dit ça très doucement. Pourtant, Lili-Ann sent derrière ses mots, derrière son regard, un bouillonnement intime. Et il ajoute :

— Essaie.

Elle jette un coup d'œil vers la mer aux creux sombres. Un soudain dégoût monte dans sa gorge au souvenir du cadavre découvert à l'aube. Cette eau est l'eau des morts. Elle n'a aucune envie d'y pénétrer. Et pourtant, si le plan de Laure et Marc fonctionne, la mer pourrait aussi devenir le berceau des survivants.

Elle retire son pull et son jean.

— Tu n'as pas eu peur, toi ?

— Si, chaque fois.

Lili-Ann s'approche du vide. Elle sonde les vagues déchaînées. Vingt fois, elle se dit « J'y vais », et elle n'y va pas. Enfin, elle prend une grande inspiration et plonge.

Lili-Ann n'a pas le temps de penser que, déjà, l'eau mord ses mains, son visage, son corps tout entier. Une sensation de froid l'envahit, qui disparaît vite. Elle fait quelques brasses en apnée avant d'émerger.

Luttant contre les vagues, plongeant sous leurs crêtes, elle regagne les rochers, s'écorche les orteils contre eux.

Valentin n'a pas bougé de son perchoir. Il se met en position. Elle observe chacun de ses mouvements, chaque impulsion, les contractions successives de ses muscles jusqu'à ce point de rupture où la pesanteur happe son corps.

Lili-Ann s'élance, essayant de reproduire ses gestes. Et le ballet continue ainsi pendant un moment. Valentin s'envole. Lili-Ann l'imite. Et là, alors qu'elle le voit sauter une fois de plus, elle comprend.

Une impulsion. Les pieds de Lili-Ann décollent, son corps se tend sans se crisper, et elle ferme les yeux. Lili-Ann vole. Trop longtemps. Sa rencontre avec l'eau est brutale.

Elle remonte vers la surface chercher une bouffée d'air. Le sel pique ses yeux, une boule obstrue sa gorge. La joie pure et le malaise cohabitent en elle. Elle aperçoit Valentin à quelques brasses.

— Dingue, hein ? crie-t-il.

— Oui ! C'est…

Elle ne trouve pas les mots. Un instant, elle s'est sentie légère, délestée de son ombre, comme lorsqu'elle était petite. Mais elle n'a pas besoin de lui expliquer. C'est ce même oubli que Valentin est venu chercher sur ce plongeoir naturel.

Bientôt, la mer est trop basse, les rochers affleurent à la surface. Ils regagnent la plage. Lili-Ann essore ses cheveux et les jette sur son dos.

À l'instant où elle quitte l'eau froide, elle s'arrête. Les vibrations du sol sont plus fortes encore qu'il y a une heure. Elles remontent dans ses jambes. Jamais Lili-Ann n'a senti ses os avec tant d'acuité, et c'est une sensation glaçante. Alors, elle comprend le malaise qui l'a saisie tout à l'heure. Dans l'air et dans l'eau, elle ne sentait plus la terre trembler, elle en était libérée. Mais elle avait conscience de l'illusion. Elle savait que la trêve n'existait que pour eux. Que pour une heure.

— Ça va ? demande Valentin.

— C'était le dernier moment d'oubli, murmure-t-elle. Merci.

Et, sans un regard pour Valentin, elle marche vers ses vêtements abandonnés au pied de leur plongeoir.

76

H - 29

Valentin détaille le corps mince de Lili qui s'éloigne. Elle a une légère asymétrie au niveau de la taille, qui est plus marquée à gauche qu'à droite. Valentin ne peut s'empêcher de trouver ce défaut charmant. Côté pile, côté face. La Lili lumineuse à fleur de peau et la Lili muraille qui reste pour lui une énigme. Ses yeux s'attardent un instant sur la culotte noire qui recouvre ses fesses, puis il se détourne et remonte se sécher.

— Valentin ! appelle Gwenaël, assis à l'entrée de la grotte.

— Oui ?

— Si tu trouves Sara en récupérant le matériel de plongée, essaie de la ramener. S'il te plaît.

Gwenaël s'exprime avec une distance étrange. Il a les yeux rougis par le manque de sommeil et son visage est de plus en plus maladif. Valentin s'accroupit devant lui comme devant un enfant.

— Elle ne reviendra pas si tu ne vas pas la chercher toi-même. Tu sais ça.

Gwenaël baisse les yeux sur son manuscrit.

— Il n'y a plus qu'écrire qui ait du sens, murmure-t-il. Aller au bout de ce texte. Tenir cet engagement avec moi-même.

— Je crois que tu te trompes et que tu vas le regretter. Deux personnes qui s'aiment devraient être réunies à la veille de la fin du monde ; c'est cela, la seule chose qui ait encore du sens.

— Tu ne comprends pas. Sans l'écriture je ne serais plus rien, je serais mort, déjà mort. (Gwenaël le fixe un instant du regard.) Tu essaieras de ramener Sara ?

— Si je la trouve dans la foule, c'est promis.

— Merci.

— C'est l'heure ! lance Lili à la cantonade en se dirigeant vers l'escalier.

Brahim et Béatrice la suivent. Valentin est le dernier à entamer l'ascension. Quitter cette plage est difficile. Qui sait, au fond, s'ils parviendront à revenir ?

En haut de la falaise, dans le jardin des parents de Lili, Laure et Marc les attendent. Ils ont bricolé des remorques étroites pour quatre vélos. Laure et Marc, pragmatiques, ont accepté la proposition de Béatrice de s'équiper auprès des militaires. Valentin les écoute débattre de la marche à suivre sans intervenir. Ils se mettent vite en chemin. Brahim et Béatrice s'en vont récupérer la moto, les autres enfourchent les vélos à remorque.

La pluie se met à tomber à l'instant où ils s'engagent sur la route. Une pluie fine qui forme aussitôt sur les peaux et les guidons une fine pellicule luisante. Valentin rabat la capuche de son pull sur sa tête. Au lieu de l'imiter, Lili bascule son visage en arrière.

77

D'un coup, une pluie chaude d'orage aux gouttes grosses comme des billes martèle les rochers et la mer dans un grondement de bête sauvage. Je m'approche de l'entrée de la grotte. Le plafond d'épais nuages violets ne parvient pas à arrêter les rais de lumière blanche, si blanche qu'elle paraît bleue sur la mer émeraude.

— Zéphyr, viens !

— Quoi, dehors ?

Je me mets à courir, bascule mon visage en arrière pour sentir l'eau ruisseler sur ma peau. Les milliers de gouttes se précipitent vers moi. J'entends la voix de Zéphyr dans mon dos sans en saisir le sens, mots perdus, noyés dans le grondement de l'orage. Bientôt, je n'arrive plus à savoir où est la mer ni dans quel sens tombe la pluie.

Zéphyr me rejoint. Son crâne nu luit dans la lumière de l'orage. Je le regarde, incapable de détacher mes yeux des siens, deux êtres suspendus au milieu des éléments.

Il fait un pas vers moi. Ses lèvres s'accrochent aux miennes, ses mains glissent dans mon dos. Il a un goût de pluie et d'embruns. C'est le meilleur goût du monde.

Je fais passer son tee-shirt par-dessus sa tête. Ses tatouages que je n'avais qu'entrevus m'apparaissent dans toute leur complexité. Ils le recouvrent presque entièrement, du haut des cuisses jusqu'à la base du cou et tout le long de ses bras. Je parcours ces lignes sombres de mes doigts et de mes lèvres, comme pour remplir de ma présence les derniers blancs, lire le labyrinthe de sa peau, y trouver le chemin de nos mémoires égarées.

Ses mains s'aventurent sur mon ventre, remontent vers mes seins. Son souffle chaud dans mon cou m'arrache un frisson. Je me colle contre lui, embrasse ses épaules en me déshabillant. Bientôt, je suis nue devant lui et je tremble. Son corps de géant se découpe à contre-jour. Je perçois toute la force qui y court. Il me fixe, les yeux grands ouverts.

— Zéphyr ?

— Oui ?

— Serre-moi. Serre-moi fort.

Tandis que des rais de lumière réapparaissent au loin sur la mer, nous nous accrochons l'un à l'autre, perdus, bouleversés, pleins d'un désir et d'un manque que même l'autre ne saura jamais entièrement combler. Laisse-moi me nourrir de ta vie et t'emplir de la mienne, Zéphyr, comme deux sources jumelles qui s'abreuvent l'une l'autre et jusqu'au bout des temps.

78

H - 29

Brahim resserre ses bras autour de la taille de Béatrice. Ils ouvrent la voie sur la route bondée, et les vélos s'engouffrent dans leur sillage. Ici, les gens ne marchent plus. Ils se sont arrêtés, assis à même l'asphalte ou sur le bas-côté, comme pétrifiés par l'interminable tremblement de terre. Presque tous sont des familles. Certaines discutent dans un anglais mâtiné d'autres langues. Mais la plupart se taisent, ne communiquant que par des regards ou des contacts physiques. Une bouleversante chape de peine recouvre la foule. Le pire, ce sont les visages des enfants. Décomposés, au bord des larmes, avec parfois une brève étincelle de fantaisie, tel un rappel de celui ou celle qu'ils étaient dix jours plus tôt. Brahim voudrait apaiser leur détresse. Savoir qu'il n'y a rien qu'il puisse faire le désole.

— On ne peut pas les emmener tous en plongée, hein ? crie-t-il pour se faire entendre par-dessus le moteur.

Béatrice relève sa visière et lui jette un coup d'œil navré.

Des éclats de voix retentissent derrière eux.

Brahim se retourne tandis que Béatrice arrête la moto. La scène qu'ils découvrent les fige sur place. Une mère a posé un bébé dans la remorque du vélo de Valentin, elle insiste pour qu'il l'emmène, refuse de le récupérer. Qu'espère-t-elle ? Que leur étrange convoi pourra sauver l'enfant ? Dans cette immense assemblée qui n'a plus ni but ni espoir, eux agissent, sont en mouvement vers un futur possible, et cette mère l'a senti. Valentin tente une nouvelle fois de lui rendre le bébé. En vain. Elle crie dans une langue qu'il ne comprend pas. Mais Brahim, lui, la connaît, même s'il ne l'a pas parlée depuis longtemps. Il descend de la moto, se faufile jusqu'à Valentin.

— Pourquoi elle ne veut pas le reprendre ? Pourquoi elle l'abandonne ?

— Elle pense qu'on a un abri contre les explosions et qu'on peut protéger son enfant.

— Mais on ne peut pas plonger avec un bébé, c'est pas possible !

Brahim touche l'épaule de la jeune mère. Elle pose sur lui des yeux désespérés et l'interpelle à son tour :

— Tu l'emmènes, répète-t-elle, tu l'emmènes !

— Nous n'avons nulle part où l'emmener, dit-il.

Qu'il utilise leur langue commune renforce sa supplique. Elle s'accroche à lui des deux mains.

— Tu le sauves, je t'en prie, je t'en prie, tu le sauves !

— Nous n'avons pas d'abri, pas de moyen de le sauver, crois-moi, je n'hésiterais pas sinon, mais nous n'avons aucun moyen de le sauver, il doit rester avec toi, avec sa mère, qu'au moins vous soyez ensemble pour le temps qui reste.

Elle le fixe du regard un instant et, voyant son air désolé, fond en larmes. Brahim prend l'enfant des bras de Valentin et le tend à sa mère. Elle l'attrape aussitôt et le presse fort contre sa poitrine, comme si elle se rendait enfin compte de la portée de son geste. Pourtant, si une autre occasion se présente, Brahim ne doute pas qu'elle recommencera.

Brahim et Valentin se remettent en selle. Béatrice redémarre la moto.

— Ça va ? lance-t-elle.

— Oui. Je commence juste à avoir du mal à trouver des raisons de me réjouir. À part ta présence, bien sûr.

— On va peut-être survivre, Brahim. C'est une raison de se réjouir.

— C'est ma réplique, ça.

Il sent un éclat de rire secouer Béatrice, et cette brève joie réchauffe son cœur. Avoir rencontré cette femme incroyable, si vibrante de volonté, est un plaisir brûlant. Mais Brahim n'a jamais appris à être heureux pour lui-même. Son bonheur naît du bonheur des autres. Il ne se sent entier qu'en aidant quelqu'un. Et Béatrice n'a pas besoin de lui pour exister.

Ils mettent près de deux heures à atteindre la ville et sont forcés d'abandonner leurs véhicules à un kilomètre de la grande plage. Lili-Ann, Laure et Marc les gardent tandis que Brahim, Béatrice et Valentin se glissent dans la marée humaine qui recouvre le sable et les environs.

— Si vous n'êtes pas revenus dans une heure, on part au club de plongée ! crie Laure dans leur dos.

Sur la plage, Béatrice les entraîne droit jusqu'à la cabane des secouristes, plantée sur de hauts pilotis, deux mètres au-dessus du sol. Il faut enjamber quantité de corps, s'excuser à chaque pas. Enfin, ils escaladent l'échelle de bois.

— Virgile ? crie Béatrice.

Elle ouvre la porte qui mène à l'intérieur de la cahute. Plusieurs personnes se trouvent à l'intérieur, mais aucun n'est celui qu'elle cherche. Certains dorment. D'autres les dévisagent d'un air absent.

Béatrice les interroge :

— Virgile Guilhem, le garde-côte, vous l'avez vu ?

Pas de réponse. Elle jure et s'apprête à ressortir lorsqu'une femme lance :

— Il est parti patrouiller.

— Quand ?

— Il y a une heure.

— Où ?

La femme hausse les épaules avec lassitude. Béatrice ressort sur la plate-forme et scrute la plage avec Brahim.

— Il ressemble à quoi, ce Virgile ? demande Valentin.

— Grand, fin, visage en lame de couteau, cheveux blond foncé et ras. Cette nuit, il portait encore son uniforme bleu marine.

Valentin joint ses yeux aux leurs dans l'espoir d'apercevoir une silhouette ressemblant à cette description. Le ventre de Brahim se noue. La lumière du jour est plus cruelle que celle de la lune. Entre quelques corps qui flottent mollement dans les vagues furieuses, ceux qui s'amoncellent à l'entrepôt et ceux, inanimés, qui s'enchevêtrent sur le sable, il y a déjà autour de cette plage plus de morts que de vivants.

Soudain, Valentin lâche :

— Je reviens. Ne partez pas sans moi !

— Tu vois Virgile ? demande Béatrice.

— Non, crie-t-il, sautant déjà au sol.

Brahim le suit des yeux tandis qu'il se fraye un chemin dans la foule. Son cœur bondit dans sa poitrine en apercevant au loin un visage familier. Sara. Un sourire irrésistible monte aux lèvres de Brahim. Combien de chances y avait-il qu'ils tombent sur elle ? Pour que Valentin la trouve dans une telle multitude ? Si peu… et pourtant…

Ce monde peut encore être beau, songe-t-il.

79

H - 27

Voir cette plage par les caméras d'AEVE et s'y trouver en vrai est très différent. L'objectif et l'écran esthétisent. Là, Valentin est face à la vérité brute. Il en fait partie.

Il s'approche de Sara. Elle porte un pull remonté sur sa poitrine comme seule barrière contre la fraîcheur du jour. Le bas de son corps est nu et la main d'un homme s'agite sur son sexe. La scène pourrait être excitante si elle n'était pas aussi sordide.

Il n'est plus qu'à trois pas d'elle lorsque Sara l'aperçoit. D'abord, c'est comme si elle ne le reconnaissait pas. Et puis soudain, elle saute sur ses pieds sans se préoccuper de l'homme qui, après un grognement, se tourne vers une de leurs voisines.

— Valentin ! Tu es venu !

— Je ne fais que passer. Tu as retrouvé tes amis ?

— Non, trop de monde.

— OK… Et tu… ça va ?

— Ouais. Tu vois.

— Je vois.

Elle lui adresse un sourire trop grand pour que Valentin y croie. Un sourire qui se fissure de partout tandis qu'il soutient son regard en silence. Il s'oblige à ne pas jeter de coup d'œil vers son intimité dénudée.

— Gwenaël t'aime, Sara.

Elle se fige. Un voile noir passe sur son regard.

— Et il t'envoie pour me le dire à sa place, lâche-t-elle.

— Eux t'aiment mieux, peut-être ? s'agace-t-il en désignant les corps qui, à leurs pieds, se pressent les uns contre les autres.

— Près de Gwen, je me sens seule. Il n'est pas vraiment là. Pas vraiment avec moi. Il n'en est plus capable.

Valentin se dégage de l'étreinte d'une fille qui vient de l'enlacer par-derrière.

— Et ici, tu ne te sens pas seule ? C'est glauque, Sara, ce baisodrome à ciel ouvert, tu ne vois pas que cette plage est un putain de cimetière ? Il y a des morts partout.

— Je me sens vivante.

— Mais tu vas mourir.

— Comme tout le monde.

— On a peut-être trouvé une solution, un moyen de survivre. Tu pourrais venir avec nous. On part en bateau demain midi. Reviens, s'il te plaît…

— Tu ne comprends pas. En bateau ou ici, personne ne va survivre. Ce n'est pas possible de survivre. On a saccagé ce monde, et il se venge.

— De quoi tu parles, Sara ? On ignore l'origine des explosions.

— Il tremble ! Il est furieux comme le jour où il a englouti mes parents ! Et demain, il m'engloutira, moi, et toi, et Gwen, et tous les autres avec !

Valentin fronce les sourcils. Sara a vrillé, fusible grillé dans sa tête, elle délire. Il est vain d'essayer de la raisonner.

— On avait un deal, dit-il.

Elle le dévisage. Éclate de rire.

— Quoi ! tu n'as toujours pas baisé avec Lili ? Sérieux ?

— Reviens dans la crique.

— Tu peux me prendre ici, maintenant. Avec des copains, même. Je tiens parole, tu vois !

— Ce soir. C'est ce qu'on s'était dit. Tu sais où me trouver.

Conscient qu'il ne sert à rien d'insister, Valentin repousse tendrement une courte mèche blonde derrière l'oreille de Sara, puis tourne les talons. Il rejoint Brahim sur la plate-forme de la cabane des secouristes.

— Où est Béatrice ?

— Là-bas, près de l'eau. Elle a trouvé Virgile.

En effet, la chevelure rousse très repérable de la flic remonte vers eux avec un homme en uniforme.

— Sara ne rentre pas avec nous, hein ? demande Brahim.

— Pas pour l'instant. Elle changera peut-être d'avis d'ici demain.

— Oui. Je suis content de l'avoir recroisée, même de loin.

— Moi aussi. Mais je préférerais qu'on n'en parle pas à Gwenaël. Je me vois mal lui raconter que la femme qu'il aime est en train de baiser avec tous ceux qui passent à sa portée.

— C'est sûr…

— Les garçons ! appelle Béatrice.

Ils la rejoignent au pied de l'échelle. Virgile Guilhem serre la main de Valentin et salue Brahim. Béatrice lui a déjà exposé l'idée de la plongée. Il semble y adhérer, car il propose son aide pour choisir le matériel.

— Et après, tu reviens ici ? lui demande Béatrice. Tu ne veux pas te joindre à nous ?

Le garde-côte balaye la plage du regard.

— Non, répond-il seulement.

Tous les quatre se mettent en route pour retrouver Marc et les filles.

80

H - 26

Gwenaël masse ses paupières, puis observe la plage, comme pour s'obliger à garder un pied dans la réalité quand la fiction l'absorbe de plus en plus. Ninon et Max terminent une course de billes sur l'immense circuit de sable humide qu'ils ont construit ce midi. Gwenaël admire la capacité du vieil homme à capter l'attention de la fillette et à se mêler à ses jeux. Lui en serait incapable.

Aurait-il vraiment fait un bon père ? Un meilleur père que le sien ? Il est conscient que son père a fait du mieux qu'il a pu et qu'on ne peut en demander plus à un parent, mais…

De toute manière, ça doit être différent avec ses propres enfants. Il se serait senti plus impliqué qu'avec Ninon qui, bien qu'attachante, est une étrangère.

Max remonte avec elle vers le feu de camp éteint.

— Tu sais, j'ai un violoncelle, là-bas. Je pourrais aller le chercher et te jouer un morceau ? propose-t-il. Tu pourrais même l'essayer, ajoute-t-il avec un sourire malicieux. (Enthousiaste, la petite opine.) Parfait, tu m'attends ici avec Gwenaël. D'accord ?

— D'accord.

— Gwenaël ? lance Max pour s'assurer qu'il a bien entendu.

— Oui, oui, pas de souci.

Le vieil homme s'éloigne de son pas hésitant. Gwenaël se replonge dans son texte.

C'est le silence qui l'en sort à nouveau quelques minutes plus tard. Ninon fixe le haut de l'escalier rocheux qui mène à la maison de ses grands-parents. Son petit visage crispé et son regard trahissent une profonde inquiétude.

— Ça va, Ninon ? demande Gwenaël.

Elle mordille ses lèvres.

— Ils ne vont pas revenir, lâche-t-elle d'une voix blanche.

— Mais si ! Ils vont même revenir en bateau, tu verras !

La gamine se retourne vers la mer et reprend son observation. Alors que Gwenaël pense avoir évité la crise, Ninon fond en larmes.

— Ils ne vont pas revenir, ils ne vont pas revenir, sanglote-t-elle.

Gwenaël lâche ses feuilles, se précipite vers elle.

— Je suis sûr que tes parents préféreraient être avec toi en ce moment, et qu'ils font tout ce qu'ils peuvent pour rentrer au plus vite. Mais les routes sont encombrées, alors ça prend du temps de ramener le matériel dont on a besoin pour demain. C'est normal.

Rien n'y fait. Ninon s'enferme dans une terreur où aucune parole ne l'atteint.

— Ninon, insiste Gwenaël en se plaçant devant elle. Ninon, regarde-moi !

Elle hurle, évite son regard, se débat. Max, revenu à la hâte, dépose son instrument sur une couverture et s'agenouille à son tour devant la fillette.

— Tu as l'air très très triste, dit-il doucement. C'est un vrai gros chagrin, ça. Tu veux bien m'expliquer d'où il vient, ce chagrin ?

La gamine continue à sangloter mais cesse de hurler. Elle plante ses yeux humides dans ceux si clairs du vieux Max.

— Maman… Papa… Lili…

— Je vois. Tu es inquiète pour eux. Dis, veux-tu qu'on se concentre très fort avec Gwenaël, pour leur transmettre un message ?

Ninon penche la tête.

— Ça va les aider à revenir ? souffle-t-elle avec espoir.

— Tout à fait, mon ange. Je suis un peu magicien, alors je vais leur transmettre tes pensées, et ils vont les entendre, c'est sûr. Tu veux bien ?

Elle essuie son visage du revers de la main. La tension est toujours là, au coin de ses lèvres, entre ses sourcils à la finesse enfantine. Mais Ninon la contrôle, à présent. Avec gravité, elle s'assied en tailleur en face de Maxence. Gwenaël les rejoint, touché par la foi de Ninon, et ferme le cercle de leurs genoux. L'un après l'autre, ils se penchent en avant et joignent leurs six mains en un tas de doigts entremêlés.

— Maintenant, pense fort à eux, mon ange, le plus fort que tu peux, et on va faire pareil. Vas-y…

Les paupières fermées de Ninon se plissent en une grimace volontaire. Ses doigts sont crispés autour de ceux de Gwenaël. Au lieu de penser à la famille de Ninon, il songe à Sara, au manque de Sara, à ce trou dans son ventre qui est l'absence d'elle.

Après de longues secondes, Ninon est la première à se redresser et à retirer ses mains.

— Voilà, dit-elle.

— Voilà, confirme Max.

Ils échangent un sourire plein de confiance, qui ne tarde pas à se propager aux lèvres de Gwenaël. Puis, comme libérée d'un poids immense, la fillette se lève et file jouer à s'approcher le plus possible des rouleaux mousseux qui se fracassent sur le rivage sans être mouillée. Le vieux Max l'observe, une main posée sur l'étui de son violoncelle.

— Vous avez des enfants, Max ?

— Non.

81

MAXENCE – On est venus plusieurs fois sur cette plage, l'été où Hélène était enceinte. J'ignore pourquoi elle s'était attachée à ce lieu. Ici, elle se sentait apaisée, comme sur une île déserte, elle disait cela. Je ne vois toujours pas ce qu'une île déserte a d'apaisant, mais j'acquiesçais, parce qu'elle avait un sourire très beau en disant cela, comme si elle me confiait un secret. Ce jour-là, elle a regardé la mer pendant un long moment, sans prononcer un mot. Et, d'un coup, elle s'est levée pour courir vers l'eau et plonger, et elle m'a appelé en riant, « Viens, viens », ses longs cheveux bruns qui flottaient tout autour de son corps comme une corolle d'algues, « Viens ! ». C'est ici qu'elle m'a dit qu'elle souhaitait appeler l'enfant Marine. Elle a tourné ça comme une suggestion. J'ai tout de suite compris que c'était décidé. Hélène était ainsi. D'un coup, elle disait quelque chose, et c'était cela. Personne ne songeait à remettre ses décisions en cause, parce qu'elles étaient justes et naturelles, et parce qu'à partir du moment où elle l'avait dit, ça devenait une évidence. Ce petit bout de femme qui grandissait en elle, c'était Marine. Peut-être l'enfant elle-même le lui avait-elle dit au creux de son ventre pendant qu'elles jouaient dans les vagues, qui sait ? Est-ce que je sais, moi, ce qui peut se passer entre une mère et son enfant lorsqu'ils ne font encore qu'un ? Je ne sais pas. Alors oui, du moment où elle a dit cela, c'était Marine qui était là avec nous. Marine, et personne d'autre.

82

H - 25

Béatrice appuie ses lèvres sur celles de Brahim.

— Je reviens dans vingt minutes.

Le plus vaste local de stockage des garde-côtes, un hangar plein d'étagères et de malles métalliques dans lequel Béatrice vient de garer sa moto, est situé en ville, à moins de cinq cents mètres du commissariat. Laissant les sœurs Sauvage et leurs compagnons choisir le matériel de plongée avec Virgile, Béatrice se faufile entre les milliers de personnes qui occupent les rues.

Elle imaginait le commissariat désert. Elle le découvre plein à craquer. De nombreuses familles sont venues s'y réfugier, jusque dans les cellules de garde à vue. Béatrice se fraye un chemin jusqu'à l'étage. Il y a des gens sur chaque marche de l'escalier, chaque centimètre carré des couloirs, dans chaque salle. Une seule est presque vide. Le bureau du commissaire Lesage. Entre les stores, Béatrice aperçoit son supérieur, assis dans son fauteuil. Elle frappe et entre sans attendre sa réponse.

— Hello, Bébé.

— JB. Tu ne manques pas de compagnie…

— Ils n'ont pas encore osé envahir mon bureau. Ça viendra. Ce soir ou demain.

Béatrice s'approche et dépose une bise sur la joue rugueuse du commissaire. Elle se laisse tomber sur une chaise. Lesage l'observe en silence.

— Je suis amoureuse, avoue-t-elle après quelques secondes.

Elle l'a dit. Elle n'avait pas prévu de le dire. Elle ignorait même que ces mots étaient en elle, si prêts à sortir. Et à présent qu'elle les a prononcés, ils s'enrobent d'un glacis d'importance et de sérieux qui forme une boule dans sa gorge.

— Il ou elle ?

— Il. Brahim.

— Dans le genre timing de merde, tu fais fort. Et en même temps…

— Ouais. « Mieux vaut tard… »

— Il paraît. Je ne veux plus te voir ici, ma grande. Va le retrouver.

— Et toi ? Tu vas vraiment rester le cul vissé à ce fauteuil jusqu'au bout ?

JB sourit.

— C'est un fauteuil confortable. Et tu peux parler, hein, parce que tu n'aurais pas rencontré ton gars, tu serais encore sur la plage, Bébé, je te connais, t'es presque aussi tarée que moi.

— Je t'aime aussi.

— Casse-toi, ma grande. T'as plus rien à faire là.

— Oh, si.

Elle se lève, contourne le bureau, serre son mentor dans ses bras. Une odeur piquante l'enveloppe, mélange de sueur et d'eau de Cologne de supermarché.

— Merci pour tout, JB, murmure-t-elle dans son cou.

— Tu n'arriveras pas à me faire chialer, alors arrête d'essayer.

Béatrice sourit, émue, et sent des larmes couler sur ses joues. Elle se redresse. Les yeux gris de JB sont humides et débordent à leur tour.

— Tu n'arriveras pas à me faire chialer, répète-t-il sans détourner le regard.

Ils se dévisagent avec affection. Puis Béatrice tourne les talons, referme derrière elle la porte du bureau et quitte le commissariat. La gorge nouée, elle rebrousse chemin jusqu'au local des garde-côtes.

À l'intérieur, les remorques des vélos sont déjà bien chargées.

— Vous en êtes où ?

— Pour les adultes, on a tout l'équipement nécessaire, et même plus. Pour Ninon, on a déniché un gilet stabilisateur XS qui devrait faire l'affaire en serrant bien les lanières. En revanche, il n'y a aucune combinaison à sa taille. J'espère qu'on en trouvera une sur le port, parce que celle qu'on a à la maison est un peu mince.

— Écoutez, propose Virgile, je pense que le plus sûr est de prendre la plus petite combinaison que j'ai ici au cas où vous ne trouveriez pas mieux. Pour les bouteilles, pas le choix, Ninon devra en porter d'aussi volumineuses que les adultes, ou elle n'aura pas assez d'air pour remonter.

Laure et Lili-Ann échangent un regard.

— Faisons comme ça, tranche Laure.

Immédiatement, Virgile disparaît entre les hautes

étagères métalliques. Il revient avec le matériel destiné à Ninon. Puis il effectue un nouvel aller-retour.

— Qu'est-ce que c'est ? s'étonne Béatrice en détaillant ses bras chargés.

— Un radeau de survie. Vous plongerez avec et l'arrimerez au sous-marin. J'espère que vous réussirez à le remonter en remplissant d'air un parachute… Il se gonfle tout seul une fois à la surface. Ça vous permettra de regagner la côte. Ces trucs rouges, ce sont justement des parachutes de plongée. Ils vous serviront à vous retrouver une fois remontés si vous vous perdez sous l'eau, Béatrice vous montrera comment les déployer. J'ai aussi pris des rations alimentaires de survie. Et dans ce sac, j'ai une dizaine d'ordinateurs de plongée. Chacun en portera un au poignet, ils vous indiqueront combien de temps vous devez rester aux paliers de décompression pour ne pas avoir d'accident.

Tous acquiescent. Avec cet équipement, leurs chances de survivre aux explosions ont augmenté, ils en sont conscients.

— Reste à récupérer un bateau, observe Marc. On tente le port, ou tu as mieux ?

— Hum… une embarcation rapide capable de contenir une douzaine de personnes… Il y a bien un zodiac semi-rigide ici, mais on ne va jamais réussir à le ramener jusqu'à la côte, vu comme les rues sont encombrées.

— Si je me souviens bien, intervient Laure, le club de plongée en possède un aussi. Il est peut-être encore au port…

Virgile fronce les sourcils.

— Oui, tentez le port. Je n'ai plus vu mes

collègues patrouiller sur l'eau depuis trois jours. Si ça se trouve, nos deux autres bateaux sont là-bas aussi, je vais vous donner le double des clefs.

Tous se remettent en selle. Béatrice serre brièvement Virgile dans ses bras avant de démarrer sa moto. D'une pression du pouce, elle réveille son téléphone portable. L'écran affiche 15 h 45.

Demain, à la même heure, ils se prépareront à plonger.

83

H - 24

Ils mettent plus d'une heure à rejoindre le port. Le bateau jaune et bleu du club de plongée n'est plus amarré à son ponton. En revanche, une vedette des garde-côtes est bien là. Celle-ci a l'avantage de posséder un poste de pilotage fermé qui peut contenir quatre ou cinq personnes. Ils pourront mettre Ninon au chaud en attendant de plonger.

Lili-Ann aide à charger le matériel. Elle a hâte de rentrer. Les vibrations du sol la perturbent tant qu'elle a du mal à réfléchir, et elle sent monter des bouffées d'angoisse qu'elle peine à contenir.

Avant de partir, Brahim et Marc siphonnent des réservoirs pour ne pas tomber en panne d'essence. Ils récupèrent aussi l'annexe d'un autre bateau, qu'ils accrochent derrière la vedette. Enfin, ils quittent le port et longent la côte en direction de la crique.

La pluie a cessé. Tous se protègent du vent et de la houle à l'arrière de la vedette ou dans le poste de pilotage. Lili-Ann, elle, veut le sentir cingler sa peau, siffler contre ses oreilles ; se sentir en vie et connectée à ce monde, une dernière fois. Et puis elle ne craint pas le mal de mer. Elle s'installe sur la plage avant, s'accoude à la pointe métallique du garde-corps qui pique vers l'eau et se redresse vers le ciel à chaque nouvelle vague, éclaboussant ses pieds qui pendent le long de la coque.

— Ça te rappelle des souvenirs ?

C'est Laure. Lili-Ann sourit. Un été, leur famille avait emprunté le voilier d'amis durant une dizaine de jours. Les deux sœurs n'avaient cessé de se battre pour occuper cette position qui leur semblait un trône face aux éléments. Aujourd'hui, Lili-Ann n'a aucune envie de se battre. Elle se décale, laisse une place à son aînée. Épaule contre épaule, elles jaugent les creux qui s'ouvrent devant elles.

— Tu y crois vraiment, à cette plongée, Laure ?

— Quoi qu'il arrive, on aura tout essayé.

Elles se taisent un moment.

— Tu sais ce qui me réconforte le plus dans ce plan ? reprend Laure.

— Dis-moi.

— Parce qu'on sera sous l'eau, si les explosions nous atteignent, je n'entendrai pas Ninon crier. Tous les autres, je pourrais le supporter. Mais elle… Mourir en l'entendant crier… je ne pourrais pas.

84

H - 23

Dès l'instant où la vedette passe la pointe de rochers qui bordent la plage, Ninon trépigne sur le rivage. Son corps entier est tendu vers le bateau, à commencer par son regard qui ne le quitte pas un instant. Max l'accompagne dans son attente anxieuse. Gwenaël peine à abandonner son texte, même une seconde. Il n'a pas terminé. Une quinzaine de scènes s'alignent encore dans sa tête en une file d'attente insupportable. Il n'y arrivera pas. Il est trop loin, encore. Il n'a pas assez de temps.

Lorsqu'il aperçoit le bateau pneumatique qui s'éloigne de la vedette amarrée à une bouée, cependant, Gwenaël n'y tient plus. Il a besoin de savoir ce qui l'attend le lendemain. Il rejoint Max et Ninon. Les tremblements de la terre sont puissants sous ses pieds. Ce n'est pourtant rien comparé à la violence avec laquelle les vagues s'écrasent sur le sable. Le bateau pneumatique risque à tout moment de jeter à la mer hommes et matériel. Et malgré l'habileté de Béatrice qui a pris la barre, des exclamations et des jurons leur parviennent entre les grondements des éléments.

Ninon sautille en poussant des cris, le visage tordu par la frayeur.

— Au pire, ils nous rejoindront à la nage, dit Max.

L'éventualité ne rassure pas la petite. Entraîné par un rouleau, le bateau pneumatique pique vers l'eau. Ses occupants, accrochés des deux mains à des bouts, se jettent en arrière pour le redresser. Un instant plus tard, le bateau fonce droit vers la plage et s'échoue sur le sable. Ninon court vers lui, mais s'arrête en voyant une nouvelle vague arriver. Laure, Brahim et Valentin sautent de l'embarcation avec du matériel dans les bras et courent sur le sable. Les autres attendent que la vague suivante les atteigne, les soulève, puis se retire. Marc, Béatrice et Lili-Ann remontent à la hâte le moteur, quittent le bateau pneumatique et le tractent sur le sable. Ninon se jette dans les bras de ses parents.

— Ça va être sportif de repartir, demain, observe Valentin.

— Ouais, lâche Laure. Heureusement qu'on a laissé le matos sur le bateau. On n'a pris que les combinaisons, explique-t-elle à Gwenaël. Comme ça, si on chavire en partant, ça ne sera pas grave.

— Vous avez trouvé tout ce que vous vouliez ? demande-t-il.

Lili-Ann confirme d'un hochement de tête fatigué. Ils remontent en haut de la plage, posent les combinaisons en bas des marches, arriment le bateau aux rochers pour qu'aucune vague ne l'emporte durant la nuit. Gwenaël se glisse près de Valentin.

— Tu as vu Sara ?

— Désolé, il y avait trop de monde, impossible de la trouver…

Son regard est sincère, son ton aussi. Brahim, en revanche, détourne les yeux d'un air triste.

Ils ont parlé avec Sara, comprend Gwenaël.

Et elle ne reviendra pas.

Armé de cette certitude, il remonte vers son roman, prêt à s'y noyer. L'eau est la porte de sortie que la famille de Lili-Ann a choisie. C'est aussi dans l'eau que se jouera le sort de ses personnages.

— Il s'appelle comment, déjà, ton poisson ? demande-t-il à Lili-Ann en désignant le bocal qui tressaille sur le sable.

— Loüm. Pourquoi ?

Gwenaël ne répond pas. Il est déjà ailleurs. Ou bien est-il plus ici que n'importe qui d'autre ?

C'est l'Enfant qui la voit le premier. Il se lève, fait quelques pas vers la mer en plissant les yeux. Suivant son regard, je l'aperçois à mon tour. D'abord, je crois que je rêve ou que je suis victime d'une illusion d'optique, mais la forme se rapproche et se précise.

Une bulle. Une bulle majestueuse qui s'avance vers la plage à la surface de l'eau.

Suivis d'Ève et de Zéphyr, nous nous élançons à sa rencontre. Elle interrompt sa course à quelques pas du sable, son immobilité à peine troublée par le clapotis des vagues.

L'Enfant entre dans l'eau et s'approche d'elle. Je le suis. Une pulsation sourde bat dans ma tête. La paroi brillante de la bulle frissonne avant de me renvoyer mon visage comme un miroir.

Soudain, alors que je n'ai pas esquissé un seul

geste, mon reflet avance sa main. J'ai un mouvement de recul, puis je comprends que c'est ce que cet être étrange aimerait que je fasse. Avec prudence, j'obéis. Mon reflet se réorganise aussitôt pour me reproduire fidèlement tandis que je la touche.

La paroi est bien constituée d'eau. Si j'appuyais, je pourrais passer au travers. Je sens sous mes paumes comme une onde qui tâtonne avant de trouver le chemin de mes bras et de gagner tout mon corps. Ève, Zéphyr et l'Enfant effleurent à leur tour la surface mouvante. Un mot se forme dans ma tête. Il n'est pas clair, ou plutôt il existe clairement dans ma tête sans que je sois capable de le prononcer. Cela pourrait être quelque chose comme…

— Loüm, murmure Zéphyr. Elle est la Loüm.

À ces mots, la surface de la bulle s'anime d'une nuance violette et une vague de chaleur se propage dans mes bras.

Un maelström d'images et d'impressions déferle dans nos têtes, mais je ne parviens pas à les déchiffrer, et la bulle se recroqueville peu à peu sur elle-même jusqu'à ce qu'il n'en reste plus rien.

J'observe un moment le reflux des vagues entre nos jambes. La Loüm est partie et, pourtant, je sens encore sa présence dans l'eau. Pendant plusieurs minutes, nous ne bougeons pas, goûtant encore à l'étrange sensation d'être plus que jamais reliés les uns aux autres.

Nous remontons sur la plage et rejoignons Maxence à l'intérieur de la grotte. Excités, nous parlons tous en même temps.

— Votre nouvelle amie vous a donné un deuxième rendez-vous ? demande-t-il gaiement.

— Elle reviendra, dit Zéphyr. C'est par elle que nous sommes là. Nous avons répondu à son Appel.

Je relève la tête, surprise de l'entendre employer le même mot que moi. À part Maxence qui fronce les sourcils, tous ont l'air de savoir de quoi parle Zéphyr, et je comprends que cette sensation obsédante les a hantés au moins autant que moi ces derniers jours.

L'Appel de la Loüm.

85

H - 22

Lili-Ann ouvre sa polaire en écoutant le sifflement des rafales qui s'élancent entre les arbres. Malgré le vent, il fait presque chaud ce soir. Mais elle se sent glacée. L'attente est insupportable, à présent. Elle aimerait qu'il soit déjà l'heure d'embarquer, de plonger, de savoir, enfin, quel sera leur sort.

Croyant entendre des cris, elle tend l'oreille. Des oiseaux. Des dizaines et des dizaines d'oiseaux de toutes tailles, qui s'envolent soudain dans le crépuscule et se posent à nouveau dans les branches. Ont-ils trouvé refuge ici, acculés par l'avancée du mur d'explosions ? Probable. Un frisson remonte le long de sa colonne vertébrale.

Elle marche vers Gwenaël, s'assied à côté de lui. Sans un mot, sans même interrompre la course de son stylo sur le papier, il lui fourre un paquet de feuilles dans les mains. Lili-Ann les dévore, se gardant bien de montrer le moindre trouble lorsque Lou-Ann et Zéphyr font l'amour sous l'orage. La bulle l'intrigue, son nom – la Loüm – l'amuse. Elle s'élance sur la dernière page.

Zéphyr sent les pigments de ses tatouages migrer à la surface de sa peau. Une fois encore, ils se transforment.

Ces mutations sont déjà survenues auparavant, sans signes avant-coureurs, sans logique apparente. Il ne l'a jamais confié à personne. Car, depuis que les dessins sont apparus sur sa peau, il y a plusieurs années déjà, il s'est toujours débrouillé pour se retrouver seul. Ne pas s'attacher, ni à un lieu, ni à une personne. Des rencontres parfois, mais toujours ne faire que passer, traverser le monde en cachant son corps trop grand sous de longs vêtements pour ne pas que quelqu'un découvre son secret. Zéphyr s'est employé à cloisonner sa vie, pourtant Lou-Ann s'y est faufilée, s'invitant où nul n'avait encore pénétré. Et elle s'en apercevra. Ce soir, elle remarquera que les lignes ont changé, que certains symboles ont disparu, laissant la place à de nouvelles marques.

Que pourra-t-il bien lui dire alors ? Il n'y aura rien à dire.

Elle saura.

Elle saura qu'il est un monstre.

Lili-Ann relève la tête. Valentin est assis plus bas sur la plage, plongé dans ses pensées.

— Zéphyr, est-ce que c'est toi ? Ou c'est Valentin ?

— Ni l'un ni l'autre. Les deux.

Elle soupire. Son humeur est électrique, elle n'a de patience pour rien.

— Tu vas expliquer l'origine des explosions, dans ton roman ?

— Oui.

— Et c'est quoi ?

— Devine.

— OK… Tous tes personnages ont un point commun. Ils ont oublié des bribes de leur passé. Il serait logique que les explosions aient un lien avec ce passé manquant.

— Pas mal.

— Et puis, il y a Zéphyr. C'est quoi, ces tatouages qui se transforment sur sa peau ?

— C'est naturel. Génétique.

— Il a une mutation ?

— Si on veut.

— Il est le seul ?

— Oh, non. C'est une caractéristique physique que possèdent tous les individus de son espèce.

— Son espèce ? Zéphyr n'est pas humain ?

— Si. Une nouvelle espèce d'humains. Il vient d'une autre planète.

— Et dans ton histoire, c'est ce peuple qui est responsable des explosions ?

— Ouais.

— Des humains extraterrestres qui veulent nous éliminer. Sérieux ? C'est vraiment l'hypothèse qui te semble la plus probable ?

— Dans mon roman, notre Terre est une expérience grandeur nature. Leur expérience. Et ils veulent à présent y mettre fin.

— Tu crois que c'est ce qui nous arrive ?

— Lili.

— Oui ?

— Laisse-moi bosser, s'il te plaît.

Elle lui rend ses feuilles et attend qu'il rédige la suite. Il n'y a plus que lorsqu'elle lit qu'elle respire normalement.

Après un moment, Gwenaël secoue soudain la tête.

— J'ai toujours eu la conviction que la littérature peut changer le réel. Elle a changé le mien. Mais à ce point…

— Tu parles de ce roman ?

— J'ai passé le stade des coïncidences.

— Quoi alors ?

— Et s'il n'y avait pas de dieu ? Et si Dieu, c'était tous les créateurs qui habitent ce monde réunis ? Imagine : un jour, c'est un peintre qui accomplit son chef-d'œuvre, un portrait si puissant qu'il en devient réel, qu'un enfant naît à la seconde où il le termine, qui sera trait pour trait le sujet du tableau ? Et le lendemain, un musicien compose une musique qui bouleversera l'humanité pendant des siècles, ou bien juste une personne, et changera le cours de son existence ?

— Et une semaine plus tard, un auteur s'attelle à un texte qu'il n'avait pas prévu d'écrire, et chaque scène qu'il rédige prend forme, d'une manière ou d'une autre.

Gwenaël acquiesce.

— Tu sais, j'ai cette impression étrange parfois d'être un simple passeur, une antenne, de ne pas savoir d'où m'est venue telle ou telle idée, comme si elle était juste là, à portée, que je l'aie captée. Je n'ai jamais autant eu cette impression que ces derniers jours.

— Donc c'est ton tour. Tu es Dieu.

— Et j'ai bien l'intention d'en profiter. Prosterne-toi.

— Pour ça, il faudrait que tu *écrives* que je me prosterne.

Ils sourient.

— Tu y crois vraiment ? demande Lili-Ann.

— Non. Je ne sais pas. J'aime l'idée. C'est un livre que j'aurais aimé écrire. Ce dieu multiple, en réseau, pas une entité unique, mais la force créatrice de milliers d'humains qui se passent le flambeau. Le fardeau. Puis s'en libèrent dans une œuvre, sans même savoir que l'espace d'un jour ou d'un mois, ils ont été Dieu…

— C'est un livre que j'aurais aimé lire. Et je suis d'accord avec toi.

— À quel propos ?

— La littérature peut changer le monde.

86

H - 22

Brahim grimpe le long de l'interminable escalier taillé dans la roche. Il règne une chaleur étrange en dépit du vent et de la chape de nuages qui recouvre la crique. La météo est détraquée. Et malgré l'inquiétude que génère ce phénomène chez ses compagnons, Brahim goûte avec plaisir cette douceur digne d'une soirée de son enfance.

Il pousse la barrière qui mène au jardin des parents de Lili-Ann.

Béatrice est là quelque part dans cette maison, en train de préparer l'opération de demain avec Marc. Mais ce n'est pas pour la rejoindre qu'il est monté. Il est venu se rendre utile.

Laure lui ouvre la porte.

— Ils sont dans le garage, dit-elle.

— Merci. Je venais juste aider pour faire à manger.

Laure lui jette un coup d'œil curieux.

— La cuisine est à vous, Brahim.

Et elle monte à l'étage.

Brahim se dirige vers la cuisine. La pièce est dans un état effrayant. La vaisselle sale déborde de l'évier et personne n'a pris soin de ranger depuis plusieurs jours. Lui-même ne s'en est pas soucié. Sauf qu'aujourd'hui, il ressent plus que jamais la nécessité d'agir, même à une échelle minuscule, même si ses actions ne servent à rien d'autre qu'à occuper une heure de plus.

Brahim se met à l'œuvre tranquillement, comme si les vibrations du sol n'existaient pas. Il dégage l'accès au robinet, examine le contenu des placards et du frigo, nettoie la vaisselle dont il a besoin. Remettre de l'ordre dans ce chaos l'apaise et un sourire étire peu à peu ses lèvres. Il en est à couper les pommes de terre lorsque Laure réapparaît. Elle s'appuie dans l'embrasure de la porte.

— Vous n'avez pas envie de profiter des dernières heures avant les explosions pour être avec elle ? demande-t-elle.

— Avec Béatrice ?

— Oui.

— Je suis avec elle, Laure. À chaque seconde. (Elle esquisse une moue dubitative.) Le manque fait partie du jeu et, si je dois mourir demain, je veux ressentir ce manque d'elle, ne serait-ce qu'un court moment, et le bonheur de la retrouver ensuite.

Laure secoue la tête, amusée.

— Vous êtes atteint de romantisme aigu, Brahim. J'ai bien peur que ça ne se soigne pas.

— Je ne voudrais en guérir pour rien au monde.

— Faites gaffe, un mot de plus, et la Brigade des Incorrigibles Cyniques va vous tomber dessus sans crier gare.

Laure lui adresse le premier vrai sourire dont il ait été témoin depuis leur arrivée.

— Vous avez le même humour, toi et Lili-Ann.

— C'est ma sœur.

Et ces mots portent un tel absolu que Brahim ne peut qu'acquiescer.

Lorsqu'il relève la tête pour aller chercher la cocotte-minute, Laure a disparu. Brahim s'active en chantonnant, décongèle les cuisses de poulet qu'il a dénichées tout au fond du bac, retire les os. Il se délecte de ce nœud qui se serre au creux de son ventre, ce nœud qui est Béatrice, qui est le besoin d'elle, l'envie d'elle, la faim infinie, d'elle. Tandis que le ragoût au curry mijote, il s'attaque au dessert et sacrifie les derniers œufs dans un cake au citron.

Ninon, attirée par l'odeur, se glisse près de lui. Elle nettoie du doigt les restes de pâte qui colle aux ustensiles.

— Tu as faim ? (La petite opine.) C'est bientôt prêt. Tu m'aideras à tout descendre sur la plage ?

— D'accord.

Elle prend un plaisir évident à ce retour à la normalité. Elle prépare sans attendre un grand plateau sur lequel elle pose une carafe d'eau, des verres, des assiettes en plastique, des couverts, et des serviettes en papier doré à motifs de Noël. Elle grimpe ensuite sur le plan de travail pour atteindre un placard haut dans lequel elle attrape un paquet de bonbons, et le dissimule sous les serviettes en papier avec un coup d'œil malicieux à Brahim. Celui-ci pose l'index sur sa bouche d'un air complice.

Bientôt, le dîner est prêt. Laure s'empare de la cocotte-minute, Brahim se charge du plateau, et Ninon saisit le cake enroulé dans un torchon.

— Marc ne vient pas ?

— Non, il continue les préparatifs ici.
— Béatrice ?
— Elle est redescendue bâcher l'annexe.

Alors qu'ils atteignent l'à-pic de la falaise, de la musique leur parvient dans la nuit encore pâle. C'est le violoncelle du vieux Max, qui joue près du feu pour Béatrice, Lili-Ann et Valentin. Depuis le haut des marches, Brahim ne distingue pas Gwenaël, mais au halo de la lampe de poche qui éclaire le bas de la paroi, il le devine en train de travailler à l'entrée de la grotte. Il tend l'oreille, les yeux fixés sur l'escalier pour ne pas trébucher. Le chant du violoncelle s'enroule dans les rafales de vent tiède, survole le fracas des vagues, explose avec elles. Il y a une joie profonde dans cette mélodie. Ou plutôt, il pourrait y en avoir si le tempo était plus rapide. Mais ce soir, sous l'archet de Max, la joie se fait mélancolie douce-amère et douloureuse tendresse.

Brahim, Laure et Ninon rejoignent le groupe. La petite s'installe pour écouter Max, la tête sur un genou de sa mère, une main dans celle de sa tante. Brahim dépose la cocotte-minute, s'assied derrière Béatrice, l'enlace. Leurs doigts se trouvent et s'entremêlent. Il appuie son menton sur son épaule, inspirant profondément l'odeur de shampooing qu'elle dégage, avant de reporter son attention sur Max.

Le vieil homme, assis sur un tabouret au bois strié de coulures de peinture, joue les yeux fermés. Lui qui peine parfois à marcher paraît rajeuni de dix ans, tant ses gestes sont précis et fluides. Il sautille sur les cordes, s'élance du grave le plus ample à l'aigu lancinant. Son morceau s'étire soudain en longues nappes vibrantes. Une dernière envolée, et Max s'apaise.

Son chant s'adoucit en une ritournelle qui déroule sa boucle, encore et encore, jusqu'à se perdre dans le vent, s'éteindre tout à fait.

Plusieurs secondes s'écoulent avant que les spectateurs réagissent, comme si tous tendaient l'oreille à la recherche des notes évanouies. Puis Lili-Ann applaudit. Le claquement les réveille, les sourires fleurissent, et ils s'empressent de l'imiter. Max rouvre les yeux, si bleus et si brillants à la lueur des flammes.

— C'est de qui ? l'interroge Brahim.

— C'est de moi.

— C'est très beau.

— Merci. Il y a longtemps que je n'avais pas joué ce morceau.

— Alors, c'est nous qui vous remercions de nous l'avoir offert. Voulez-vous du ragoût ?

Max sourit, pose son instrument à l'intérieur de sa caisse et tend son assiette. Les autres suivent son exemple.

— Brahim, c'est délicieux ! s'exclame Valentin. Pourquoi je ne t'ai pas rencontré plus tôt ? Je serais venu manger chez toi tous les soirs !

Sans répondre, Brahim se contente d'accepter le compliment d'un hochement de tête. Max et lui sont parvenus, l'espace de quelques minutes, à faire oublier à leurs compagnons la terrible fatalité qui se précipite à leur rencontre. Et cette fragile trêve n'a pas de prix.

87

H - 20

Valentin mange son dîner sans en apprécier le goût. Le sourire sur ses lèvres sonne faux. Son ton enjoué sonne faux. Tout en lui sonne faux. Et parce que feindre est pour lui une seconde nature, les autres ne se rendent pas compte qu'il sourit pour ne pas pleurer. Son tout dernier masque, comme un ultime rempart face aux abîmes qui s'ouvrent en dedans et au-dehors, prêts à l'engloutir, l'un et l'autre. Déflagrations et secousses intimes. Explosions et tremblement de terre. Catastrophes en écho qui n'en finissent pas de l'ébranler et qu'il ne peut plus contenir.

Lorsqu'il voit Lili se lever pour apporter une assiette à Gwenaël, il la suit. Il reste à l'écart tandis qu'ils échangent quelques mots.

— Hey ! s'exclame-t-il quand Lili revient. Tu as l'air préoccupée. Ça va ?

— Comment veux-tu que ça aille, sérieux ? J'ai peur, comme tout le monde.

Elle l'entraîne vers le feu. Il tente de la retenir en ralentissant. Plus qu'une quinzaine de pas avant le camp. Plus qu'une nuit avant les explosions.

Efface ce sourire, gronde-t-il intérieurement, *elle ne peut pas comprendre comme tu vas mal si tu souris.*

— Lili… as-tu pensé à ce que je t'ai dit, hier soir ?

— Qu'as-tu dit, hier soir ?

— Des conneries, comme toujours, sourit-il, incapable de formuler une nouvelle fois son envie de la sentir contre lui sans la béquille de l'alcool.

Lili s'arrête, sourcils froncés.

— Valentin. Tu veux baiser ? Rejoins Sara sur la grande plage. Je suis sûre que tu n'auras aucun mal à trouver une fille consentante. Mais sois mignon, assure-t'en avant : même la veille de la fin du monde, un viol reste un viol.

Il en reste figé, muet d'étonnement. Et puis, soudain, les mots enflent dans son ventre brûlant, remontent vers sa poitrine en un torrent furieux qui emporte sur son passage le lourd bouchon de rage coincé dans sa gorge.

— Pour qui tu me prends, Lili ? En dix jours, tu n'as pas changé d'avis sur moi ? Pas même un peu ? Au moins, ne m'insulte pas, merde !

— Je ne t'ai pas insulté.

— Tu viens de me traiter de violeur potentiel, s'insurge-t-il.

— Tout le monde est un violeur potentiel. Sauf les violeurs avérés. C'est un fait, pas une insulte. Tu as déjà eu une conversation avec une victime de viol ?

— Oui.

Il fulmine, sent ses poings se serrer malgré lui.

— Tu as déjà eu une conversation avec un violeur ?

— Pas à ma… connaissance.

— Ça ne t'a jamais paru bizarre ? Ils sont

forcément quelque part, hein. Mais à part les rares qui sont derrière les barreaux, on ne connaît pas leur identité. On a tous sûrement déjà eu des conversations avec des violeurs. On ne le sait juste pas.

Valentin tremble. Il hésite. L'air peine à trouver ses poumons.

Dire ce que je suis. Au moins une fois.

— Je suis né d'un viol.

Il a froid, d'un coup. À présent que la vérité est sortie de lui, qu'elle existe au-dehors, elle prend une matérialité qu'il n'avait pas anticipée. Lili s'assied sur le sable, attrape sa main, tire dessus pour qu'il l'imite.

— J'aurais mieux fait de fermer ma gueule, murmure-t-elle, c'est ça ?

— Non, c'est… non. Je ne l'avais jamais avoué à personne.

— Je suis désolée.

— Tu ne pouvais pas savoir.

— C'est ta mère qui te l'a dit ?

Il prend conscience qu'elle n'a pas lâché sa main. Il la serre doucement.

— Non. Après sa première tentative de suicide, j'ai cessé de poser des questions sur mon père. Elle m'avait dit que mes grands-parents étaient morts aussi, mais en fouillant dans ses papiers, j'ai trouvé une vieille carte d'identité avec une adresse, et je m'y suis rendu. J'avais quinze ans. Je pensais avoir le droit de connaître ma famille, sans comprendre que ma mère avait le droit de se taire et de me tenir loin de ses parents.

Il inspire, avale d'un coup sa salive.

— Tu les as rencontrés ? l'encourage Lili.

— Mon grand-père m'a ouvert. Je me suis présenté. Il m'a laissé entrer et ma grand-mère s'est jointe à nous. Ils ont fini par tout me raconter. Selon eux, mon père est le fils d'un ancien collègue, que ma mère a rencontré lors d'un dîner chez eux. Ils se sont revus, ont été au restaurant, et en sortant, il l'a violée dans sa voiture. « Enfin, c'est ce qu'elle a raconté », a précisé mon grand-père avec une moue dubitative. J'étais dévasté. À la fois par ce que mon père avait fait et par la suspicion de mes grands-parents. J'ai fini par comprendre qu'ils avaient jeté ma mère dehors. La honte, tu comprends. Une fille violée, c'était dégradant, mais une fille-mère violée, ça devenait intolérable. J'ai quitté leur maison en les insultant. Je n'ai jamais parlé à ma mère de cette visite. J'ai compris, ce jour-là, que ce serait elle et moi contre le monde entier. J'ai voulu réparer ce qu'elle avait subi, la réparer. Je pensais que c'était possible. J'étais môme, je ne savais pas qu'il y a des dommages irréparables, je ne savais rien.

Lili attrape le menton de Valentin et le force à la regarder. Ni pitié ni mépris. Juste une peine évidente, en miroir de la sienne.

— Valentin, ta mère, elle est morte ?

— Oui.

— Quand ?

— Elle s'est tuée la nuit où on a quitté Paris.

— Oh, Val…

Ils se dévisagent un instant.

— Tu sais que tu n'aurais rien pu faire pour éviter ça, dit-elle.

Ce n'est pas une question. Valentin a envie de répliquer que si, c'est sa faute, qu'il n'a pas réussi à la protéger, qu'il n'a pas suffi à la rendre heureuse, qu'il a échoué. Pourtant, il se tait. Parce que, dans le regard de Lili, il lit qu'il n'est pas responsable. Ni du viol de sa mère, ni de son suicide, ni d'exister. Et, à cette idée, les larmes dévalent ses joues.

Lili passe les bras autour de son cou, l'attire à elle. Valentin se laisse faire et la serre à son tour, secoué de sanglots qu'il ne peut plus refouler et qui se déversent sur son épaule.

Ils restent longtemps ainsi, silencieux, attachés l'un à l'autre, avec les craquements du feu et le chuintement des conversations à quelques pas.

À un moment, Valentin essuie ses joues. Lili se dégage de son étreinte, comme pressée de rétablir une barrière physique. Valentin accuse cette distance. Il est à nu, à fleur de larmes, vulnérable. Et elle se drape encore dans sa fierté, au sommet de son infranchissable muraille.

— Tu as subi un viol ? demande-t-il. Tu es partie au quart de tour sur le sujet…

— Pas personnellement, non. J'ai entendu tellement de fois des amies se livrer à propos de leurs agressions que j'y suis sensible.

Il acquiesce. Il a cru l'atteindre, et il découvre que ce n'est pas le cas. Il n'a plus rien à perdre, à présent.

— Je suis moi, dit-il. C'est ce que tu m'as demandé hier ? Eh bien, voilà. Ce crétin aux yeux rougis, c'est moi. Toi, tu te caches encore.

Elle se détourne, caresse du bout des yeux les silhouettes de leurs compagnons. Le message est clair. Elle préférerait être là-bas.

— Aime-moi, murmure-t-il.

— Quoi ?

— *Aime-moi.*

Elle fronce à nouveau les sourcils, plissement infime et perplexe. Qu'elle est belle ! Et qu'elle le touche, dans ce refus buté qu'il ne comprend pas.

— Comment ça « Aime-moi » ?

— *Aime-moi. Juste aime-moi.*

— C'est ridicule. Ça ne se décide pas.

Il se penche vers elle, à peine ; ne pas l'effrayer.

— Je crois que si. Tu as décidé de ne pas me laisser approcher. C'était délibéré. Tu peux décider de me laisser une chance.

— Et pourquoi je ferais ça ?

Il laisse échapper un rire sans joie. Lili est impitoyable. Un diamant enchâssé dans l'acier.

— Parce que ce serait doux, et beau. Parce que je crois bien que je suis tombé amoureux de toi. *Parce que tu es là, et que je suis là. Que tous les autres, les gens de ma vie, sont absents. Et j'ai besoin…* Pourquoi tu souris ?

— Rien, c'est Gwenaël.

Valentin jette un coup d'œil vers le pied de la falaise où Gwenaël écrit, une lampe de poche calée sur l'épaule comme un animal familier.

— Qu'est-ce que Gwen vient faire dans cette conversation ?

— Il a écrit ce dialogue dans son roman, mais il l'a écrit à l'envers.

Elle se lève d'un coup.

— Comment ça à l'envers ? Lili !

— Il a mis les mots de Zéphyr dans la bouche de Lou-Ann !

C'est le moment que choisit l'orage pour éclater.

88

H - 19

Un éclair déchire le ciel, et une pluie violente s'abat sur la crique – une pluie chaude, presque surnaturelle tant elle tranche avec la météo ordinaire de la région. Lili-Ann s'empare du bocal de Loüm et se précipite vers sa nièce pour la mettre à l'abri. Elle sent encore l'empreinte du corps de Valentin contre le sien.

Autour du feu, Max protège à la hâte son instrument dans son étui. Tous récupèrent les couvertures avant de se réfugier dans la grotte. Ninon sautille en criant, effrayée et ravie à la fois.

— On reste là ! On reste là ! exige-t-elle en refusant d'approcher de la falaise.

— Ce n'est pas le moment d'attraper un rhume, répond Laure, ou tu auras du mal à plonger demain !

— Mais la pluie est chaude, maman ! C'est comme une douche ! Je peux pas tomber malade !

Sa voix chante entre les gouttes. Lili-Ann se glisse à l'entrée de la grotte pour éviter d'être complètement trempée, et Laure la rejoint. Ensemble, elles observent le plaisir de Ninon dans la furie des éléments. Valentin s'approche de la fillette et danse en face d'elle. Ses mouvements désordonnés partent dans tous les sens, portés par une grâce étrange dans la lumière des éclairs. Il paraît libéré d'un poids immense.

Au bout de quelques minutes, la petite court vers sa mère et désigne Valentin.

— Il fait n'importe quoi, lui !

La clarté de son sourire se fiche dans le cœur de Lili-Ann comme une flèche.

— Viens te sécher, petite patate d'amour, lance-t-elle en enroulant une serviette de plage autour des épaules de sa nièce.

— Et moi, alors ? demande Valentin en se plantant devant elle d'un air jaloux.

Lili-Ann le dévisage. La pluie a séparé ses cheveux fous en mèches épaisses qui collent à son front. Elle détaille ses longs cils androgynes, ses fossettes de sale gosse, ses joues ombrées de barbe. Lili-Ann confie le bocal à Ninon et sourit.

— Viens te sécher aussi, grande patate.

— … d'amour ? tente Valentin.

— T'es con. Viens là.

Elle déploie une serviette dans laquelle il se pelotonne.

L'orage. Pourquoi Gwenaël a-t-il écrit une scène où Lou-Ann et Zéphyr font l'amour sous l'orage, alors qu'elle en a si peu envie ? Ou plutôt, elle n'est pas affectée de la même manière que Lou-Ann par l'imminence de la fin du monde. Elle refuse de se précipiter dans une relation juste parce qu'elle sait qu'elle va peut-être mourir. Car si elle apprécie Valentin et que ses confidences éclairent d'une lumière nouvelle son comportement, la méfiance est toujours là. Ils ne se sont pas encore apprivoisés. Il faudrait des semaines, au minimum. Et qu'ils ne les aient pas devant eux n'y change rien.

Ninon et Valentin reprennent leur danse, avec leurs serviettes comme des capes. Lili-Ann parcourt la grotte du regard. Elle voudrait que demain n'arrive jamais. Elle voudrait se perdre dans le présent, arrêter le temps à cette seconde. Elle voudrait vivre une vie entière en un claquement de doigts. Elle voudrait savoir ce que cela fait de se réveiller auprès d'un homme qu'elle aime depuis dix ans. Vingt ans. Trente, pourquoi pas. Et même si ce n'était pas son destin, même si elle n'aurait jamais vécu cela, elle voudrait savoir tout de même les déchirements et les douleurs, les pertes et les doutes, et puis les lumières inespérées qui s'allument au détour d'une période sombre. Elle voudrait expérimenter tout ce qui fait une existence. Tout ce qu'elle n'a lu que dans les livres.

Pourquoi n'arrive-t-elle pas à croire à leur survie ?

Lorsque la pluie s'apaise, Laure invite tous ceux qui le souhaitent à dormir dans la maison. Seuls Gwenaël et le vieux Max déclinent.

Là-haut, plus d'électricité. Ils s'y attendaient depuis un moment. Laure et Marc fouillent dans les placards à la recherche de bougies, tandis que les autres se débarrassent de leurs pulls trempés. Lili-Ann s'éclipse, s'isole dans sa chambre. Tout vibre autour d'elle, comme si la pièce était vivante. Elle observe, nostalgique, la superposition de strates qu'elle seule peut déchiffrer. Il y a le visible, les objets posés sur les étagères, cette petite statue de cheval en bronze offerte par une amie de son père, cette boule à neige ridicule, rapportée d'un voyage scolaire, les peluches d'amitié offertes par des copines de collège perdues de vue depuis des années… Mille autres vestiges de son adolescence s'étalent sur les murs. Quelques posters, des cartes postales, des photos accrochées sur un fil tendu par de minuscules pinces à linge et, en creux, les espaces vides des décorations retirées par lassitude ou par honte.

Et puis, en cherchant bien, il y a l'enfance. Dans la bibliothèque, les albums illustrés sont dissimulés derrière des centaines de romans. Et cachés au fond des tiroirs, elle saurait retrouver ses premiers carnets de poèmes, son premier appareil photo jetable qu'elle n'a jamais jeté, ses trésors minuscules comme ce foulard qui lui servait de doudou. Tout est là. Tout ce qu'elle a jugé pertinent de sauver de la poubelle, du moins, donc tout ce qui importe. Tout ce que les explosions pulvériseront demain, en même temps que des milliers d'autres musées intimes dans des milliers de maisons inconnues.

Elle ôte ses vêtements, se recroqueville sous sa couette.

Un instant, la solitude lui pèse, et elle songe à accepter la proposition de Valentin. Mais ce serait injuste. Ce serait tricher. Ce serait prétendre lui donner ce qu'il désire sans rien lui donner vraiment. Elle se détesterait. Alors, elle reste là, un coussin pressé contre le ventre, les yeux grands ouverts sur la pénombre.

89

H - 17

Gwenaël s'est réfugié au fond de la grotte.

Assis sur des couvertures, il écrit à la lumière déclinante de la lampe de poche dont les piles faiblissent. Le vieux Max attend qu'il cesse tout à fait de pleuvoir afin de regagner sa cahute. Pour le moment, il s'est installé sur le matelas de Valentin, adossé à la paroi de roche, les yeux ouverts sur des souvenirs qu'il ne partage avec personne. Gwenaël sait qu'il doit encore écrire sur Max – ou sur son double littéraire, Maxence. Mais pas maintenant. Depuis que Lili-Ann a pointé l'évidence, cet après-midi, il ne parvient plus à s'en détourner.

Ève est Sara.

Ou plutôt, Ève est son ombre, son mal-être évident qui la pousse vers les autres tout en ayant si peur de les perdre qu'ils sentent ce vide en elle et prennent peur, la repoussent, s'éloignent. Ève est l'enfant blessée recroquevillée au creux de Sara l'ultrasociale fonceuse. Ève est la Sara que Gwenaël a su déceler, accepter et aimer, il y a des années de cela, mais qu'il a oubliée peu à peu, comme s'il l'avait guérie, comme si, à force d'amour, on pouvait effacer les vieilles blessures boursouflées. On ne peut pas. Il le sait, pourtant.

Et lui qui était certain de ne jamais savoir écrire sur celle qu'il aime réalise qu'il s'est trompé. Peut-être écrit-il Ève pour se souvenir de l'essence de Sara ? Ou pour se faire pardonner d'avoir oublié sa terreur de l'abandon ? Ou pour l'aimer encore, malgré l'absence terrible ?

Il n'a aucune certitude.

Juste celle qu'il doit continuer à l'écrire.

Ève sent un poids dans son ventre. Une pesanteur métallique qui irradie dans tout son corps, jusqu'aux extrémités de ses doigts, la rendant faible et nerveuse.

De la peur.

C'est cela, Ève a peur.

Ce n'est pas à cause de l'orage qui tonne au-dehors ; cela ne lui importe pas, elle sait qu'il passera. Ce n'est pas non plus à cause des explosions, ni du fait de cette voix dans sa tête qui l'appelle. Non, Ève a peur parce qu'elle sent que les choses changent.

Sa vie d'avant était simple. Il lui suffisait de marcher tout droit sur son pont infini, suffisamment vite pour ne pas disparaître.

Aujourd'hui, de nombreux éléments auxquels Ève ne prêtait aucune attention, qui se contentaient d'exister à côté d'elle, se font pressants. Elle ne peut plus les écarter d'un mouvement de tête comme à l'accoutumée. Et cela la terrifie.

Ève se réfugie sur son pont. Elle réintègre Ève-Qui-Marche au milieu de son néant familier et, pendant un court instant, le poids s'envole de son ventre. Mais en regardant autour d'elle, Ève se rend immédiatement compte que sa peur est fondée, que tout a déjà changé : elle ne peut effacer entièrement la grotte dans laquelle elle se trouve. Le monde des autres se mélange au sien sans qu'elle ne distingue plus la frontière sur laquelle elle marche d'aussi loin qu'elle se souvienne. Épuisée, Ève cesse ses efforts et se retrouve dans la grotte.

L'Enfant est allongé près d'elle sur le sol irrégulier usé par les marées. Il dort. Ève le prend dans ses bras et soulève son petit corps. Elle le porte jusqu'à l'une des bandes de sable qui servent de matelas le long de la paroi rocheuse et le pose en douceur. Elle s'étend à côté de lui. La présence de l'Enfant l'apaise peu à peu, sa respiration se calme.

Demain, peut-être, tout rentrera dans l'ordre.

Elle se dit ça.

Elle sait bien que ce n'est pas vrai. Pourtant, dans l'obscurité du crépuscule, Ève se le répète une fois encore en pressant le poing de l'Enfant dans sa main, et elle reste longtemps ainsi, les yeux grands ouverts dans le noir, à écouter les bruits du monde.

90

H - 13

Sara serre ses genoux contre sa poitrine.

La pluie chaude martèle la foule rassemblée sur la plage. Elle s'est arrêtée un moment avant de reprendre de plus belle. Du côté familial, les gens se sont organisés, se serrant sous des bâches, des sacs-poubelle et des manteaux noués les uns aux autres. Mais là où se trouve Sara, la plupart des corps nus accueillent l'orage sans la moindre protection. Et rien qu'à l'idée de se déplacer, la fatigue s'abat sur elle.

Une femme pose une main sur son dos, en invitation. Sara l'ignore. Elle a touché tant de corps pour se sentir vivante qu'elle éprouve un trop-plein, comme si sa peau était morcelée, que chaque contact étranger lui en avait volé un morceau, la laissant plus à vif encore. Il lui est urgent de retrouver une unité, ou alors elle se perdra tout à fait.

N'était-ce pourtant pas ce qu'elle voulait ? Se perdre, se noyer dans la foule, cesser de penser ?

Si. Sauf que cette pluie tropicale l'a réveillée, l'a rendue à elle-même. Une pulsation familière s'est remise en route dans ses veines, qu'elle ne pourra plus interrompre. C'est celle de son intarissable colère. C'est celle du train des souvenirs, plein de diapositives jaunies et d'injustes béances. Sa vie entière défile, lui rappelant qui elle est, convoquant ses rêves étincelants du plus profond de l'enfance. Elle regarde passer les wagons derrière ses paupières closes.

Une fenêtre, un souvenir, encore et encore, à toute allure.

Et des larmes se mêlent à la pluie sur ses joues sales tandis que, gagnée par l'épuisement, Sara s'endort.

CINQUIÈME PARTIE

91

H - 9

Valentin frotte ses paupières.

Lorsqu'il les ouvre, un petit visage l'observe, à quelques centimètres du sien.

— Pas trop tôt, souffle Ninon. Tout le monde est debout !

Il se redresse sur un coude, sourit à la fillette. Le jour blafard se déverse déjà entre les rideaux du salon. L'orage est passé, même si sa chaleur humide persiste. Lili s'arrête derrière le canapé qui l'a accueilli pour la nuit.

— Quelle heure est-il ? demande-t-il.

— Huit heures et demie. (Lili esquisse une grimace.) Le tremblement a encore augmenté.

De fait, leurs corps se sont habitués à ces vibrations perpétuelles, comme les marins s'acclimatent au roulis du bateau. Mais les objets sur les étagères tremblent comme jamais.

Ils échangent un long regard dans lequel oscillent les vidéos des murs d'explosions qu'ils ont tous les deux visionnées. Dans une dizaine d'heures à peine, la terreur des hommes et des femmes qu'ils observaient sur leurs écrans va devenir la leur.

Valentin attrape son tee-shirt et passe son jean. Il ne les portera que ce matin. Ensuite, tous enfileront les combinaisons de plongée et partiront vers le large, au-devant du danger.

Laure, Marc et Béatrice craignent qu'à l'endroit où se rejoindront les deux murs d'explosions, la déflagration soit plus violente encore que partout ailleurs. Ils ont décidé de dépasser cette ligne imaginaire en bateau, de parcourir quelques kilomètres en allant à la rencontre du mur qui arrivera de l'ouest, et de plonger là, sur une épave à l'épaisse coque métallique. Leur analyse pragmatique de la situation et leur planification méticuleuse sont presque rassurantes.

Valentin suit Lili jusqu'à la cuisine. Embrassades. Accolades. Sourires tendus. Il prend une tasse de café et grignote une biscotte du bout des lèvres en étudiant ses compagnons. Tous affichent un calme de façade – pour ne pas effrayer Ninon, comprend-il, même si cela lui semble vain.

— J'aimerais faire un point sur le matériel, annonce Béatrice, histoire que tout le monde comprenne son fonctionnement. Valentin, Brahim, vous êtes les moins expérimentés, avec Ninon, bien sûr. Je vous ferai faire à tous les trois quelques exercices dans la matinée. Vider l'eau de vos masques, apprendre à vous servir du gilet stabilisateur, ce genre de choses.

— On les a laissés dans le bateau, précise Laure, donc vous travaillerez avec ceux de nos parents.

Les interpellés acquiescent.

— Je ne sais pas si Gwenaël a déjà…, commence Valentin.

— Il ne quittera pas son roman pour s'entraîner, s'inquiète Lili.

— S'il n'écoute pas au moins les rappels, il ne vient pas, tranche Béatrice. Ça nous mettrait tous en danger.

Ils s'entre-regardent. Lili s'approche de Béatrice.

— Je te jure de lui répéter avant notre départ tout ce que tu nous diras. Si on l'oblige à nous rejoindre, Gwenaël n'écoutera rien, alors qu'en face-à-face avec lui, j'aurai son attention.

— Ça ne me plaît pas…

— On fait tous au mieux.

Béatrice acquiesce, tendue. Ils passent au garage. Valentin se met devant. Ses chances de survie seront anéanties s'il ne parvient pas à utiliser son équipement. Nerveux, il se concentre sur la démonstration de Béatrice.

Au bout d'une heure, celle-ci propose de descendre jusqu'à la plage et de se mettre à l'eau pour des exercices pratiques. Le cerveau de Valentin est saturé d'informations qu'il n'aura pas le temps de digérer. Lili se poste devant lui, le force à la regarder.

— Val ?

— J'ai peur, avoue-t-il. Ils sont tous si calmes. Je n'arrive pas à être calme. J'ai l'impression de ne rien comprendre à ce que dit Béatrice. Je suis… terrorisé.

— Moi aussi. Mais je serai là tout à l'heure. Et Laure, et Marc, et Béatrice, et les autres. Savoir, ça m'aide à respirer. À trouver la force de croire qu'on a une chance.

Valentin hoche la tête. Il la dévisage un instant, tente de réfréner l'envie de la prendre dans ses bras et de la serrer fort, tente d'ignorer les tremblements sous ses pieds, tente d'ignorer les tremblements de son corps. Il se détourne juste avant de craquer, quitte la maison.

Une épaisse brume recouvre le jardin, la plage et l'horizon.

92

H - 8

Lili-Ann pénètre dans la grotte.

C'est l'un des rares endroits à conserver un peu de fraîcheur et de visibilité. Descendre l'escalier à tâtons avec le matériel de plongée de ses parents a été laborieux. Laure et Béatrice ont adopté le rôle de professeurs dès qu'ils ont atteint le sable, et Brahim et Ninon se trouvent à présent avec elles dans les vagues déchaînées, en combinaison, stab et bouteilles, tandis que Valentin attend son tour. Marc, lui, vérifie que le bateau pneumatique a survécu à l'orage.

— Gwenaël ?

Assis contre la paroi du fond, il ne relève pas la tête de son paquet de feuilles. Lili-Ann s'approche.

— Gwen, tu dois t'alimenter.

— Pas fini, grommelle-t-il. Bientôt.

Il est blême, amaigri, cerné, négligé. Robinson Crusoé en phase terminale d'un cancer foudroyant. Effrayée par son état, Lili-Ann s'approche, débouche la bouteille d'eau, la porte à ses lèvres.

— Bois. (Il obéit sans cesser d'écrire, conscient qu'elle ne le laissera pas tranquille s'il refuse.) Je te pose des barres de céréales ici. Mange-les, s'il te plaît. Et tu ne devrais pas rester dans cette grotte avec un tel tremblement de terre, c'est dangereux, un morceau de roche pourrait se détacher.

Sans répondre, il désigne une série de feuilles. Lili-Ann sait ce que ça signifie. Ce sont les chapitres qu'elle n'a pas encore lus. Avant de s'y plonger, elle dépose quelques paillettes de nourriture dans le bocal de Loüm qui repose un peu plus loin sur la roche.

— Et qu'est-ce que je vais faire de toi, hein ? murmure-t-elle au poisson en tapotant sur le verre.

— Le laisser sur la plage, lance Gwenaël.

Intriguée par sa soudaine réactivité, Lili-Ann se retourne vers lui.

— Pourquoi ?

— La Loüm existe partout où il y a de l'eau. Elle est dans ce bocal, mais elle est aussi dans la mer, les rivières, les lacs, les nappes phréatiques, la rosée, la pluie, les nuages, nos corps, partout.

— Gwenaël, c'est un poisson rouge, pas une entité surnaturelle.

Il se referme comme une huître. Alors, il en est là. Il a basculé du côté de la folie, il ne parvient plus à distinguer la réalité du produit de son imagination. Est-il utile de lui transmettre les indications de Béatrice concernant la plongée ?

Et pourtant, Lili-Ann a tellement besoin de croire en quelque chose qu'elle sait déjà qu'elle laissera le bocal sur la plage, comme il le lui a indiqué. De toute façon, elle ne peut pas s'encombrer de Loüm en plongée. Dans la maison, dans cette grotte, ou ailleurs, le poisson est condamné.

— Tu as vu Maxence ?

— Sorti. Cabane.

— OK.

Son violoncelle est toujours là. Lili-Ann veut le lui rapporter. Mais auparavant, elle s'assied à distance de Gwenaël avec les nouveaux fragments de texte.

93

H - 8

Gwenaël écrit à une allure folle.

Plus son roman avance, plus il est morcelé en dizaines de points de vue et d'instantanés, comme les facettes des yeux d'une mouche. Ce n'est pas un hasard si tous sont coupés de leur passé. Ce n'est pas juste une nécessité dictée par l'histoire. C'est une nécessité dictée par ce qu'il est. Par ce qu'il était. Par ce qu'il tente si désespérément d'étouffer.

Ève,

Max,

Zéphyr,

l'Enfant.

Et Lou-Ann.

Gwenaël est eux tous. Et il n'est aucun tout à fait.

Aussi brusquement qu'il a démarré, le rire de Zéphyr s'interrompt. Allongée sur lui, je hausse les sourcils.

— Qu'est-ce qu'il y a ?

Il ne répond pas, mais son visage se tend un peu plus. Je saisis son menton, le tourne vers moi. La douleur que je trouve dans ses yeux me déchire.

— Qu'est-ce qu'il y a ? Dis-moi…

Il roule sur le côté, retient ma chute d'un bras passé dans mon dos. Avec un regard presque suppliant, il remonte son tee-shirt sur son ventre. J'ai un court moment de trouble quand je me rends compte que le tracé de ses tatouages a changé. Pourtant, mes questions s'évaporent, repoussées par le besoin de parcourir de mes doigts ces lignes, comme la première fois qu'elles me sont apparues. Ce n'est pas un dessin réaliste. Plutôt un assemblage poétique de symboles.

Je murmure :

— C'est magnifique.

Les grands yeux gris de Zéphyr sont fixés sur moi, à présent insondables.

— D'où viens-tu ?

— Je te l'ai dit. Ce dont je me souviens, je te l'ai dit. Je t'ai tout dit maintenant. Le reste…

Le reste, il ne le connaît pas.

94

H - 7

Béatrice sort de l'eau avec Ninon, Brahim et Laure, après que les vagues les ont fait tomber à plusieurs reprises. Les bouteilles pèsent lourd sur ses épaules, et les rouleaux sont puissants. Elle saisit la main de Brahim pour ne pas le perdre. Le brouillard est si dense qu'il a compliqué la séance, et elle ne distingue même pas la silhouette de Valentin sur la plage. Elle l'appelle.

— Ici ! crie-t-il.

Brahim et Ninon s'essuient dans des draps de bain. Valentin s'équipe.

— Ne t'épuise pas, lui souffle-t-elle tandis qu'ils marchent vers les fracas embrumés qui retentissent en contrebas. Si tu fatigues, reviens sur la plage, t'acharner ne servirait à rien et tu auras besoin de ton énergie, cet après-midi.

Une nouvelle fois, elle explique, détaille, montre, crie, lutte contre les courants. Cette leçon est nécessaire s'ils veulent avoir une chance, mais à quel prix pour elle ? Ils ressortent au bout d'une demi-heure. Béatrice se sent vidée.

Lili-Ann surgit derrière eux, l'étui du violoncelle à la main.

— Tu le rapportes à Max ? demande Béatrice en désignant l'instrument.

— Oui.

— Je t'accompagne. J'aimerais lui dire au revoir.

Béatrice finit de se rhabiller, embrasse Brahim puis, avec Lili-Ann, elle parcourt à l'oreille la longueur de la plage, se guidant aux grondements de l'eau. Arrivée aux premiers arbres, Béatrice laisse sa compagne trouver le chemin jusqu'à la cabane.

— Max ? appelle Lili-Ann lorsque l'abri se dresse devant elle.

Il apparaît à la porte. C'est la première fois que Béatrice le voit sans pull, et ses bras sont d'une maigreur maladive. Avisant son instrument, Max Charpentier le récupère et le range à l'intérieur.

— Merci. Je n'ai pas eu la force de le ramener ce matin.

— De rien. J'ai aussi de l'eau et des biscuits. À part les rations de survie, on n'a plus que ça, désolée…

— C'est parfait. Vous embarquez dans combien de temps ?

— Moins de deux heures.

Il hoche la tête. Béatrice a envie d'échanger quelques mots avec le vieil homme. Pourtant, elle se tait.

— Gwenaël t'a mis dans son roman, tu sais, reprend Lili-Ann. Il t'a inventé une histoire.

— Elle raconte quoi ?

— Ce n'est pas… super joyeux.

— Comment ça pourrait l'être ? sourit-il. Un vieil homme qui vient mourir seul sur une plage…

— Gwenaël évoque une enfant morte très jeune, la tienne, et une femme perdue peu après.

Max Charpentier l'étudie un instant. Son regard dérive presque malgré lui vers Béatrice, qui retient son souffle. Il reporte son attention sur Lili-Ann. Ne commente pas.

— Tu ne me raconteras rien, hein ? comprend-elle.

Le visage de Max s'adoucit.

— Je préfère laisser Gwenaël me rêver une vie. Plus on avance en âge, plus on comprend que la vérité a peu d'intérêt. Seule la sincérité compte. Et puis, je n'aime pas raconter.

— Tu es une oreille.

— Je suis une voix à quatre cordes.

Lili-Ann hoche la tête. Béatrice se mord les lèvres. Si Max ne veut pas évoquer son passé, ce n'est pas à elle de le faire. Mais que Gwenaël soit tombé si juste est fascinant.

— Je suis heureuse de t'avoir rencontré, Max, lance Lili-Ann.

— Moi de même. Ces derniers jours ont été inespérés.

Il se tourne vers Béatrice.

— Monsieur Charpentier, le salue-t-elle.

— Commandante.

— C'est une étrange manière de boucler ma carrière.

Ils échangent un sourire. La tragédie qu'a vécue Max a été sa première enquête, et c'est ici qu'elle cesse d'être enquêtrice pour redevenir Béatrice.

— Je serai là à votre départ, leur assure Max.

Une manière délicate de les congédier. Les deux femmes s'esquivent, le laissant à sa solitude. La curiosité de Béatrice est trop forte pour qu'elle garde le silence plus de quelques pas.

— Comment Gwenaël décrit-il la mort de la femme de Max, dans son roman ?

— Il ne l'a pas écrite. Pas encore. Je pense qu'il manque encore un fragment à l'histoire de ce personnage.

— Je vois.

— Tu connais Max depuis longtemps ?

— Je ne peux pas dire que je le connais. Je l'ai juste croisé sur une affaire.

— Comme… plaignant ? accusé ? témoin ?

Béatrice sourit.

— Témoin. Et non, je ne te raconterai pas.

Lili-Ann esquisse une moue déçue.

— Je vais devoir attendre que Gwenaël termine, alors.

95

H - 6

Brahim se concentre pour suivre les instructions de Béatrice.

Ils sont assis en cercle avec Valentin, Lili-Ann, Ninon, Laure et Marc. Béatrice leur enseigne un exercice de respiration qui les aidera à économiser leur air une fois sous l'eau et à calmer leur angoisse. Brahim doute que, le moment venu, il parvienne à reproduire cet exercice, mais il ignore comment il réagira, alors tout outil capable de l'aider à survivre est bienvenu. Parce qu'il a aujourd'hui plus de raisons de vivre qu'il n'en a eu durant sa vie entière. Et puis, il y a une douceur réelle dans ce moment de communion enrubanné de brume. En accordant leurs souffles, ils accordent leurs âmes, Brahim en est certain.

Soudain, l'harmonie se brise. Brahim ouvre les yeux. Marc et Laure chuchotent, regardant leurs montres.

— On va faire un dernier aller-retour à la maison pour récupérer la trousse de secours et la nourriture, annonce Marc. Si vous avez oublié quelque chose, c'est le moment.

— Prenez une pochette imperméable, format A4, leur demande Lili-Ann. Papa en a dans le garage avec les cirés et les combinaisons.

— Pour ? s'étonne Laure.

— Le roman de Gwenaël. Ça lui évitera d'être mouillé avant d'atteindre le bateau. Et je crois... qu'il voudra plonger avec.

Laure désapprouve, mais ne proteste pas. Elle s'éloigne avec son compagnon. Les autres resserrent le cercle. Brahim attrape la main de Béatrice, referme les yeux.

Guidés par ses indications, ils reprennent l'exercice. L'anxiété de Brahim reflue peu à peu.

Même si Valentin s'agite à sa droite, il n'a jamais senti ses compagnons de route aussi unis depuis dix jours, et Gwenaël, au fond de sa grotte, ne manque pas à l'appel. Brahim le devine lié à eux, intimement connecté, bien qu'il ne sache l'expliquer.

De toute façon, Brahim se fiche d'expliquer.

Il a toujours préféré ressentir.

96

H - 6

La Loüm approche. Nous l'attendions. Avant même d'apercevoir la bulle au loin, nous l'avons sentie venir. Je descends vers la mer avec Zéphyr, Ève et l'Enfant. À peine mes pieds entrent-ils dans la mer que je sens la connexion se faire avec la Loüm, qui se renforce lorsque je pose mes mains sur la bulle.

Je me concentre sur une question.

Qui es-tu ?

Zéphyr appuie ma demande et, bientôt, nos pensées s'entremêlent autour de ces trois mots.

Soudain, l'eau se fige tout autour de nos jambes. La mer ne bouge plus, pas une seule vaguelette, pas une onde. Je lève une jambe, pour tester l'étrange phénomène. La place qu'elle occupait reste vide et forme un trou. L'eau est toujours liquide, mais c'est comme si elle était retenue par une force invisible. Puis le vide laissé par mon pied et ma cheville se remplit à nouveau.

Tu contrôles la mer ? *je lui demande.*

Un éclat violet parcourt la surface de la bulle. La voix d'Ève s'élève, ou peut-être n'est-ce qu'une pensée que je capte.

Tu es l'eau. Tu es dans l'eau et tu es l'eau.

Alors, la paroi de la bulle se teinte à nouveau de violet et une vague de chaleur passe dans nos bras. Le vide lumineux à l'intérieur de la bulle m'attire, comme si je devais m'y blottir. Je résiste à cette idée.

Pourquoi nous as-tu appelés ici? *l'interroge Zéphyr.*

La bulle se déforme sous nos mains. J'ai l'impression de m'éloigner de la plage, même si la sensation de fraîcheur sur mes mollets perdure. Des images apparaissent devant moi. Je suis la Loüm. Je vois ce qu'elle a vu.

La Loüm est là depuis le début du monde. Elle arrive un jour, alors que les éléments qui composent la planète commencent à peine à migrer pour s'assembler en différentes couches, et s'y installe. Les millénaires passent. Son influence s'étend bientôt sur la majeure partie de la surface du globe. La Loüm est partout où l'eau se trouve.

Des paysages de rivages inconnus défilent sous mes yeux, sans vie d'abord. Puis de la végétation apparaît, des buissons, des bosquets, qui deviennent rapidement de grands arbres.

La Loüm nous montre l'histoire de notre monde.

Des animaux se développent dans les mers et, plus tard, je les vois prendre pied sur la terre ferme. Ils me semblent étrangers. Je n'arrive pas à déterminer ce qui dans leur aspect me donne cette impression.

Survient alors un événement que je ne comprends pas. Des hommes. Semblables à nous, à peine plus grands. Leurs corps sont recouverts d'un ample habit noir, seules leurs têtes et leurs mains sont nues. Ils prélèvent des échantillons dans l'eau, le sable, la terre, des morceaux de plantes, et quelques-uns de ces animaux. Puis ils disparaissent.

Mon imagination me fait décrocher un instant. Qui sont ces hommes ? De quelle époque datent ces images ? Pourquoi me sont-ils familiers ?

Les hommes en noir reviennent. La Loüm ne semble pas s'en préoccuper. Elle passe si rapidement que je ne parviens pas à voir ce qu'ils font. La faune se modifie. Les espèces étranges sont peu à peu remplacées par d'autres plus communes. Des bâtiments grossiers sortent de terre, habités par des humains qui semblent vivre là.

Après, tout va très vite : des villes se construisent, de plus en plus grandes, de plus en plus industrielles, jusqu'à ressembler à celles que je connais. Quand surviennent les explosions, les images se brouillent et une vague de colère nous atteint avant que tout s'éteigne brusquement.

La bulle s'est évanouie une fois de plus.

Je dévisage mes compagnons. Je ne comprends pas la chronologie que nous venons de découvrir. Ces hommes en noir semblent avoir bouleversé l'écosystème de cette planète. Et surtout, selon la Loüm, ils sont la première espèce d'hommes à être apparue, tout en possédant une technologie avancée. Ça n'a aucun sens.

— Zéphyr, tu te rappelles : les feuilles, celles qui m'ont menée jusqu'à toi… « SILHOUETTES NOIRES », tu avais écrit ça dessus.

— Tu penses qu'il s'agit d'eux ?

— Possible. Je crois que j'ai rêvé de ces hommes.

La réponse de la Loüm me trouble. Elle nous a appelés ici, cela est certain. Mais pourquoi nous ? Pour quoi faire ? J'essaie de me mettre à sa place.

Son existence dure depuis des milliers d'années, nos vies doivent à peine correspondre à quelques heures pour elle. Et pourtant, ces émotions qu'elle nous a transmises, je les ai ressenties. Nous devons bien partager une essence commune. L'instinct de survie ? Les explosions détruisent peu à peu sa planète. Elle se sent menacée, alors elle cherche une solution pour se défendre ? En quoi sommes-nous cette solution ?

— Il n'y a que moi qui ai eu envie d'entrer dans la bulle ? demande Ève, rêveuse.

Gwenaël respire profondément.

Sa main crispée sur le stylo est douloureuse, son dos ployé est douloureux, son ventre vide est douloureux. Il engloutit une barre de céréales en relisant les dernières lignes.

Il sait à quoi correspond cette bulle. Certains affirmeraient qu'il s'agit d'une métaphore de l'utérus, ou une autre analyse psychanalytique débile du même genre. Ce n'est pas ça. Cette bulle, c'est son imagination. C'est son écriture. Gwenaël fait entrer ses personnages au plus intime de lui-même pour leur offrir une chance de sauver leur monde quand le sien agonise et qu'il ne peut rien y faire. Écrire a toujours été pour lui le seul acte transformateur possible. Créer un éclat de rêve pour repousser l'ombre.

Il masse ses yeux fatigués. Un peu plus tôt, Lili-Ann l'a interrompu une nouvelle fois, lui imposant de longues explications techniques. Il lui reste une heure trente avant qu'elle le traîne hors de cette grotte de gré ou de force. Il sent la fin de son texte, juste là, à portée de main. Alors il s'élance. Dernière ligne droite.

97

H - 5

Sara court sur la route bondée.

Elle s'est réveillée dans un sursaut tout à l'heure et, aussitôt, elle a bondi sur ses pieds, s'est élancée d'une foulée chancelante.

Le brouillard l'empêche de distinguer à l'avance les minces espaces libres sur le goudron et, trop souvent, elle bouscule malgré elle ceux qui gênent sa progression. Aucun ne réagit – ni à son empressement, ni à la douleur, ni à sa nudité. Ils sont morts, déjà. Ils ont renoncé à vivre.

Elle dépasse un embranchement, hésite à revenir sur ses pas… Non, ce n'est pas ici qu'elle doit tourner. La prochaine route sur la gauche sera la bonne.

La voix de Valentin résonne dans son esprit. « On partira en bateau demain midi. » Elle n'a aucune idée de l'heure. Midi est-il déjà passé ? Peut-être pas. Ou peut-être ont-ils repoussé le départ d'une heure ou deux ? Sara s'accroche à cet espoir ténu, accélère encore.

Alors qu'elle quitte la route principale, il lui semble que le brouillard s'effiloche.

98

H - 4

Lili-Ann se fige. Autour du bateau pneumatique prêt à être mis à l'eau, tous l'imitent.

En l'espace de cinq minutes, la brume s'est en partie dissipée, ne laissant qu'un filtre pastel humide sur le paysage. Et ils découvrent que la plage est recouverte d'animaux. Il y en a de toutes sortes, des cerfs, des chevreuils, des lapins, des chevaux, des loups. Ils sont sûrement là depuis plusieurs heures et se sont tenus à l'écart des hommes. À l'évidence, ils savent qu'ils sont pris au piège. L'approche des explosions les a repoussés jusqu'ici, mais ils ne se résoudront à entrer dans les flots enragés qu'en dernier recours, lorsqu'il sera déjà trop tard. Les oiseaux – une multitude – tournent dans le ciel en spirales infinies ou s'éloignent vers le large.

Si leur situation n'était pas si désespérée, Lili-Ann parviendrait peut-être à saisir la beauté fascinante de la scène. Mais, parasitée par son angoisse, elle se secoue et fonce vers l'entrée de la grotte.

— Gwenaël !

— J'ai terminé ! lance-t-il.

— Bravo.

Elle est sincère. Pourtant, elle ne parvient pas à s'enthousiasmer.

Gwenaël marque un temps d'arrêt en regagnant le jour, autant pour s'habituer à la luminosité que parce que la présence des animaux le surprend.

— On se croirait dans un Disney, souffle-t-il.

— Ouais. Et désolée pour le spoiler mais, dans cette version, Bambi meurt.

Elle lui tend sa combinaison, s'empare du manuscrit, et l'enferme dans une pochette étanche tandis qu'il se change.

— Je lirai la fin sur le bateau, précise Lili-Ann en glissant la pochette entre son maillot de bain et sa combinaison. On doit partir.

— Tout de suite ?

— Oui. La marée basse est à l'étale depuis presque une heure. La mer sera trop agitée si on attend encore et qu'elle commence à remonter. On ne parviendra pas à gagner le large.

Gwenaël acquiesce. Dès qu'il a fini de s'équiper, Lili-Ann l'entraîne vers le bateau pneumatique. Le vieux Max n'est pas venu, constate-t-elle avec peine. Il avait pourtant dit qu'il serait là…

— Bon, lance Béatrice, le plus dur va être de passer la barre des vagues. Dès qu'on sera derrière, on rejoindra notre bateau sans problème. Mais avant, on risque de chavirer. Si ça arrive, on revient à la plage, et on recommence. Donc, Ninon, je veux que tu t'installes avec moi à l'arrière et que tu agrippes cette poignée de toutes tes forces. Les autres, répartissez-vous de chaque côté, assis vers l'arrière et au centre des boudins. Lili-Ann, tu peux te charger d'abaisser et d'allumer le moteur ?

— Oui.

— Alors, tu le feras dès qu'on ne risque plus de talonner. Marc et moi allons rester dans l'eau les derniers pour nous éloigner de la plage. Vous êtes prêts ?

Tous enfilent les capuches de leurs combinaisons et en remontent les fermetures éclair. Gwenaël jette un coup d'œil vers le chemin escarpé qui mène à la plage. Personne ne s'y trouve.

— Je suis désolée qu'elle ne soit pas revenue, murmure Lili-Ann.

Il hoche la tête, puis empoigne avec elle le côté du bateau pneumatique. La mer s'est retirée d'une quinzaine de mètres. Ils rejoignent en silence le rivage et pénètrent dans l'eau.

À cet instant, une mélodie s'élève dans la brume. Tous se retournent. Max s'est juché sur son tabouret, juste à la lisière des arbres, et joue pour les encourager. « Je serai là. » À sa façon, il a tenu sa promesse. Une émotion profonde noue la gorge de Lili-Ann tandis qu'elle pousse le bateau. Ninon, Laure et Brahim s'installent en premier. Les autres avancent dans l'eau.

— Gwenaël, Valentin, Lili, à vous, ordonne Béatrice.

Ils se hissent à bord. Lili-Ann s'installe devant le moteur, poignée en main.

La mousse de deux énormes vagues s'engouffre sous leur embarcation qui se tord pour l'accompagner.

— Maintenant, Lili !

Vrombissement de moteur. Une fois. Deux fois. Enfin, il daigne démarrer, couvrant le son du violoncelle. Lili-Ann tourne la poignée et place le bateau légèrement de biais pour affronter la vague qui se précipite vers eux. Les autres hissent Marc et Béatrice. Cette dernière s'empare aussitôt de la barre et longe la plage. Lili-Ann comprend qu'elle tente d'éviter la crête des vagues suivantes. Ils prennent rapidement de la vitesse et piquent vers le large.

— Valentin, passe à ma droite ! hurle soudain Béatrice.

Il obéit. Le bateau penche dangereusement. Seuls la vitesse et le poids de leurs corps l'empêchent de chavirer tout à fait. Ninon, trop légère, décolle chaque fois que le bateau frappe la surface. Elle crie, elle s'accroche à sa mère d'une main, à la poignée de l'autre.

Ils endurent les assauts successifs de six nouvelles lames sans pouvoir progresser. Soudain, Lili-Ann se redresse.

— Là-bas !

À vingt mètres sur leur gauche, elle entrevoit une ouverture. Il leur faut essuyer la prochaine déferlante, mais ensuite, ils devraient avoir une courte fenêtre pour se glisser vers le large. Béatrice tourne à fond la poignée du moteur et file dans cette direction. Lili-Ann jauge la vague qui, sur leur droite, s'étire vers le ciel. Elle est prête à se briser. Déterminée, Béatrice s'engage sur sa pente, accélérant au maximum des capacités du petit moteur.

— Accrochez-vous ! crie Lili-Ann.

À l'instant où la crête de la vague retombe, leur bateau s'arrache à l'eau, presque vertical. Lili-Ann et Marc ont le réflexe de se jeter vers l'avant.

L'arrière se pose à la surface avec fracas. Après deux secondes interminables, l'avant retombe à son tour. Leur embarcation tape, tangue. Tient bon. Béatrice manœuvre pour se faufiler dans la passe repérée par Lili-Ann, puis s'arrête.

Tous respirent.

Les remous désordonnés se sont transformés en une houle profonde et régulière qui ne constitue plus une menace.

Lili-Ann se retourne pour jeter un coup d'œil vers la plage. Là-bas, près des arbres, Max continue de jouer. La mélodie ne leur parvient plus à travers le fracas des vagues.

Gwenaël s'accroche soudain au bras de Lili-Ann en criant :

— Sara !

Une silhouette aux courts cheveux blonds agite les bras dans leur direction en dévalant le chemin escarpé.

— C'est Sara, répète Gwenaël. On doit y retourner !

Un bref silence lui répond. Lili-Ann ferme les yeux. Elle sait qu'ils ne peuvent pas faire demi-tour pour la récupérer.

— Impossible, tranche Béatrice. La marée remonte, les vagues seront encore plus grosses, on risque de ne pas réussir à passer la barre une deuxième fois.

Gwenaël s'apprête à protester. Face aux visages désolés qui lui font face, il ne dit rien. Un instant, il suit des yeux la petite silhouette qui gesticule à présent au milieu de la plage. Puis il plante son regard inflexible dans celui de Lili-Ann.

Il ne vient pas avec eux.

— Je prends soin de tes mots, dit-elle d'une voix étranglée.

Gwenaël la serre dans ses bras, dépose une bise sur sa joue, se redresse.

— Bonne chance, dit-il.

— Bonne chance à toi, lui répond Brahim. Embrasse Sara pour nous.

— C'est promis.

Sans attendre, il adresse un grand signe à Sara, plonge dans les vagues et crawle vers la plage. Alors que Béatrice redémarre, tous regardent Gwenaël s'éloigner, sa tête réapparaissant par moments entre les crêtes. Ils atteignent rapidement leur bateau. Lili-Ann saute à bord et se précipite à la proue. Au loin, Gwenaël quitte les vagues. Il court vers Sara, l'étreint. Lili-Ann est heureuse qu'ils soient réunis. Mais dans sa tête, trois mots tournent en boucle, obsédants.

« Deux de moins. »

Car sur la plage, Sara et Gwenaël n'ont aucune chance de survivre aux explosions.

Leur bateau démarre. La plage rapetisse.

Lili-Ann tend l'oreille. À travers les rafales, il lui semble entendre encore le son ample du violoncelle de Max, comme s'il se frayait un chemin jusqu'à eux pour les accompagner le plus loin possible. C'est impossible, bien sûr.

Tandis que Sara et Gwenaël remontent vers la falaise, Lili-Ann se glisse dans le vaste poste de pilotage, ouvre sa combinaison et en extrait le manuscrit.

99

MAXENCE – Une prison. Sa mort, la mort de notre fille, c'est devenu une prison. Des barreaux nous isolant de la multitude qui poursuit sa vie au-dehors, alors que, pour nous, un mécanisme s'est arrêté qui ne peut repartir. Un mur érigé entre nous deux, aussi, nous laissant chacun seul avec notre impuissance, notre inutilité et notre douleur.

Ce jour-là, c'était tôt le matin, j'étais dans mon bureau. J'étais beaucoup dans mon bureau, à cette époque. Elle est apparue dans l'encadrement de la porte entrouverte. Ses cheveux étaient relevés dans un chignon parfait qui laissait apparaître sur sa nuque l'attache d'un maillot de bain. Elle m'a dit qu'elle voulait aller à la plage. Son visage… Cela faisait longtemps que je n'avais pas vraiment regardé son visage, et je me suis aperçu à ce moment, quand elle m'a dit cela, je me suis aperçu à quel point elle avait maigri. Ses joues étaient creusées, son front me paraissait trop large, et c'était comme si ses fossettes avaient fondu. J'ai eu envie de la prendre dans mes bras, mais je me suis arrêté avant de l'étreindre. Trop peur de la briser en deux. J'ai posé une main sur le creux inconnu de sa joue, et elle a pressé ses doigts sur les miens, doucement. Elle m'a répété qu'elle voulait aller à la plage. Il faisait froid, on était à peine en mars et il gelait encore certains matins ; mais je lui ai dit : « D'accord, on y va. »

Nous sommes partis en voiture. Je conduisais. Nous sommes sortis de la ville et nous sommes arrivés à un embranchement. L'une des routes menait à une plage plus au nord avec de grandes dunes. Elle a indiqué l'autre, qui nous a conduits ici, sur cette plage. J'ai eu un moment d'hésitation, et puis j'ai tourné.

Après quelques centaines de mètres, j'ai garé la voiture, nous avons emprunté le chemin sous les arbres et nous sommes descendus sur la plage par le sentier.

Je me suis assis sur le sable en essayant de ne pas penser aux autres moments vécus ici, en essayant de ne pas penser du tout. Hélène a posé son sac, s'est déshabillée, et elle s'est avancée vers l'eau dans son maillot de bain vert qui formait un contraste étonnant avec sa peau mate devenue pâle. Je me suis dit qu'il faisait froid pour se baigner, un instant j'ai pensé la rattraper, et puis j'ai renoncé, je suis resté assis.

Juste avant d'entrer dans l'eau, Hélène a tiré sur l'élastique qui retenait ses cheveux. Ils se sont déroulés en une longue torsade brune que le vent a séparée, et ils se sont mis à voleter autour de son torse. Elle a fait quelques pas. S'est arrêtée. J'ai eu l'impression qu'elle allait se retourner vers moi, mais elle s'est remise à avancer dans la mer.

Bientôt, elle n'a plus eu pied et elle a commencé à nager. Je ne me suis pas inquiété parce qu'elle faisait souvent ça, c'était une très bonne nageuse, elle l'avait toujours été. Sauf qu'une minute plus tard, alors que j'avais eu l'impression de ne l'avoir jamais quittée des yeux, je ne l'ai plus vue.

Je me suis levé, j'ai scruté la mer, espérant qu'elle émerge d'une longue apnée. Elle n'est pas reparue. Alors, j'ai couru jusqu'au piton rocheux qui s'élève au bout de la plage, je l'ai escaladé en me déshabillant très vite, et j'ai parcouru la mer du regard, prêt à sauter.

Hélène n'était nulle part.

Je ne savais pas où chercher, où plonger pour la remonter à la surface, la ramener, alors j'ai balayé la mer du regard encore et encore pour déceler un indice, un reflet sous l'eau.

Il n'y avait rien. Je n'ai rien vu.

Je suis redescendu des rochers et j'ai couru pieds nus jusqu'à la voiture. Elle n'a pas voulu démarrer. Je me suis acharné sur la clef et la pédale d'accélérateur. Le moteur a fini par obéir, j'ai foncé jusqu'à la première maison et j'ai tambouriné à la porte. Une vieille dame m'a ouvert. Elle m'a laissé utiliser son téléphone pour appeler les secours.

Quand je suis revenu vers la plage, un camion de pompiers arrivait. Tout en courant vers la falaise, je leur ai expliqué ce qui s'était passé. Les pompiers ont appelé du renfort et ils ont commencé les recherches sans attendre les policiers.

À la nuit tombée, ils m'ont dit de rentrer chez moi, qu'on me tiendrait au courant si on trouvait quelque chose. Je ne voulais pas qu'on trouve quelque chose, je voulais qu'on trouve Hélène, qu'on me rende Hélène, mon Hélène ; j'ai crié ça : « Rendez-moi Hélène ! » Je parlais de la vraie Hélène, celle d'avant, mon Hélène rieuse et grave, de cette gravité qu'ont parfois les enfants et qui donne l'impression qu'ils savent tout ce que toi-même tu ne sais pas, le sens de la vie, pourquoi les hommes naissent, pourquoi les nuages font des dessins dans le ciel… C'est cette Hélène-là que je voulais qu'on me rende. Qu'on la sorte de la mer et que l'eau ait tout effacé.

Deux policiers, un homme aux tempes grisonnantes et une toute jeune femme, se sont approchés de moi. Ils m'ont demandé où j'habitais pour me raccompagner.

En me déposant chez moi, la femme m'a lancé un regard compatissant et m'a dit qu'ils allaient faire tout leur possible. Elle a posé les affaires d'Hélène dans l'entrée, le sac et ses habits ramassés sur la plage, et puis elle est partie.

Je me suis assis dans le gros fauteuil en cuir brun du salon. Je n'ai pas bougé de la nuit, fixant le téléphone, priant pour qu'il sonne. Et, au petit matin, il a sonné.

La mer avait repoussé le corps d'Hélène sur la côte.

Quand les plongeurs étaient revenus à l'aube pour continuer les recherches, ils l'avaient découverte allongée sur le sable. Ils m'ont dit qu'elle avait pris des médicaments, que ce n'était peut-être pas un accident, qu'ils attendaient confirmation, et que je devais venir identifier le corps. La lieutenante de police de la veille est passée me chercher. Je l'ai suivie comme un fantôme.

C'était bien Hélène.

Sa peau avait pris une teinte bleutée, comme si la mer avait déteint sur elle.

100

H - 3

Dans la cabine de pilotage du bateau, Béatrice rend les feuillets à Lili-Ann.

— C'est fidèle à la réalité ? demande celle-ci.

— Très. C'est... stupéfiant.

— La lieutenante de police, c'est toi ?

Béatrice acquiesce. Elle est la « toute jeune femme » du texte, et l'« homme aux tempes grisonnantes » est JB, il y a vingt ans de ça. Gwenaël a-t-il recueilli les confidences de Max Charpentier ? Il semble s'être concentré sur son roman ces derniers jours, sans parler à personne, et ce matin, Max a paru surpris de sa clairvoyance. S'il lui avait parlé, les scènes décrites par Lili-Ann ne l'auraient pas étonné. Mais alors comment Gwenaël a-t-il fait ? Comment a-t-il su ?

— Et tu dis que d'autres personnes réelles sont présentes dans le roman ?

— Oui et non. Il les décrit comme des échos déformés de la réalité. De moi, de Valentin et lui mêlés, et de Sara. La plage est presque identique, et il l'a décrite avant notre arrivée. Les explosions sont aussi dedans.

— Laisse-moi deviner. Il les a aussi imaginées avant qu'elles surviennent ?

Lili-Ann penche la tête, songeuse.

— Je n'en ai aucune idée, avoue-t-elle.

— As-tu terminé la lecture ?

— Presque.

— Tu as trouvé quelque chose d'utile ? Je veux dire, pour nous aider ?

— C'est compliqué. La fin s'embarque dans un fantastique mêlé de science-fiction, j'ai du mal à séparer ce qui pourrait être réel de ce qui relève de la parabole.

— D'accord. Si jamais tu veux en parler, n'hésite pas.

Béatrice laisse la barre à Lili-Ann et Laure, et quitte la cabine. Marc et Brahim discutent, assis sur un banc. Ils ressemblent à deux cosmonautes, engoncés dans leurs combinaisons et leurs cirés qui les protègent du vent et des embruns. Elle se laisse tomber à côté d'eux, saisit la main de Brahim.

— Ça va ? demande-t-il.

— Je ne sais pas.

Marc s'esquive, conscient qu'il est de trop.

— À quoi penses-tu ?

— À la possibilité d'un dieu. J'ai été athée toute ma vie, et là… Je viens d'avoir une preuve dérangeante du fait que la rationalité scientifique n'explique pas tout. (Béatrice garde le silence quelques secondes.) Ton dieu ne doit pas être ravi de notre situation, lâche-t-elle, amusée. Tu as couché avec une athée mécréante, et sans être marié !

Brahim sourit.

— S'Il considère mon amour pour toi comme un

tort, Il verra aussi que je suis sincère et me pardonnera. Je suis en paix avec Lui. Tu sais, quand les explosions ont commencé, j'aurais pu me tourner vers Dieu et consacrer mes derniers jours à la prière. Mais j'ai rencontré Lili-Ann et… j'ai choisi l'humain. J'ai choisi d'aider.

Béatrice resserre ses doigts autour de la main de Brahim. Aider. C'est en chérissant ce but qu'elle est entrée dans la police. Pour comprendre, aussi. Et c'est bien ce qui se refuse à elle aujourd'hui. Alors, certes, l'existence d'un dieu pourrait expliquer le roman de Gwenaël, pourtant…

— Non, je n'arrive pas à y croire.

— Alors, n'y crois pas. Chacun croit en ce qui le réconforte, en ce qui le relie aux autres. Je crois en mon dieu autant que je crois en l'amour et en l'entraide. Mais au fond, que l'univers soit né d'un acte divin ou d'un phénomène stellaire, quelle importance ? Que quelqu'un juge nos actes après notre mort ou que nous soyons les seuls juges de notre existence, qu'est-ce que ça change ? Est-ce la promesse d'une vie après la mort qui doit nous pousser à être honnêtes et attentionnés, ou simplement notre éducation ? notre humanité ? notre empathie ?

— Que fais-tu de la curiosité ? De l'envie de connaître, de savoir, d'expliquer ?

— Explique ce qui est explicable. Admire le reste. Surtout aujourd'hui…

Béatrice sent un sourire irrésistible étirer ses lèvres.

— Tout semble si clair dans ta tête, Brahim.

— Ne crois pas ça. J'ai mes questions et j'ai mes ombres, comme n'importe qui. Je suis juste… particulièrement doué avec les compromis.

— C'est une jolie façon de l'exprimer. Et je t'aime.

— Voilà un exemple parfait d'inexplicable. Alors, je vais me contenter d'admirer, ajoute-t-il dans un murmure en la dévorant des yeux.

101

H - 3

— Tu es fou, souffle Sara pour la centième fois, tu n'aurais jamais dû revenir. Tu t'es condamné.

Assis sur le sable au pied de la falaise, ils savourent leurs retrouvailles autant qu'ils en sentent l'amertume. Gwenaël passe un bras autour des épaules de Sara et l'attire contre lui.

— C'est de te savoir seule ici qui m'aurait rendu fou.

— Je suis désolée. Je n'aurais pas dû te faire signe, j'aurais dû comprendre que c'était trop tard et…

— Sara… tu n'imagines pas à quel point je suis heureux que tu sois là. Et puis ce qui est fait est fait, on ne va pas perdre les heures qui nous restent dans la culpabilité, dis ?

Ils se taisent un moment, savourant le contact de leurs corps. Là-bas, à la lisière des arbres, le vieux Max n'a pas cessé de jouer depuis le départ du bateau. Les animaux se sont habitués à la mélopée du violoncelle qui semble apaiser leur panique. Ils entourent l'homme et son instrument, s'approchant parfois jusqu'à les toucher, et fuient lorsque l'écume des vagues monstrueuses menace de baigner leurs pattes.

— J'ai écrit sur toi, tu sais, murmure Gwenaël. C'est Lili-Ann qui m'a aidé à comprendre. Tu es Ève, mon Ève, et l'Enfant muet qui l'accompagne dans mon texte est celui que nous voulions.

— Gwen…

— Oui ?

Sara se mordille la lèvre inférieure, tendue.

— Il existe, cet enfant, pas seulement dans nos têtes. Je suis enceinte.

Gwen sursaute, la dévisage.

— Il… Tu es… Vraiment ?

Elle opine. Un tourbillon intérieur le saisit – joie étincelante, tristesse perlée, cruelle impossibilité. Gwenaël sent des larmes inonder ses joues. Le souffle lui manque autant que les mots. Il lui semble qu'une lame impitoyable s'enfonce dans son dos.

Sara pleure à son tour, sans cesser de sourire. Son visage plonge dans le cou de Gwenaël et ils se serrent l'un contre l'autre, de toutes leurs forces.

— Oh, Sara… Tu le sais depuis combien de temps ?

— Je n'étais pas sûre. Marc me l'a confirmé il y a deux jours.

L'Enfant était celui-là, bien réel, au creux de Sara. Enfermé dans son écriture, Gwenaël n'a pas compris la portée de ses mots.

Ses yeux se posent sur le bocal du poisson rouge, abandonné dans le sable. Loüm.

— On doit essayer, Sara.

— Quoi donc ?

— D'être protégés au mieux lorsque les explosions arriveront. On doit essayer pour lui.

— Ou elle.

— Ou elle.

— Mais comment ? La grotte risque de s'écrouler sur nous, et il n'y a pas d'autre abri dans le coin.

— La grotte reste notre meilleure chance, approuve Gwenaël. On devrait descendre la table la plus solide qu'on trouvera chez les parents de Lili-Ann pour s'abriter des chutes de pierres en dessous.

Sara hésite, cherchant une meilleure option. Gwenaël se glisse derrière elle. À présent que son roman est terminé, à présent qu'il n'a plus de fiction où s'échapper, il a peur. Une peur immense. Une peur à en hurler au milieu de la nuit. Et pourtant, il se sent plus fort que jamais.

Il pose les mains sur le ventre de Sara.

— Tu es avec moi, mon amour ?

Elle se retourne dans son étreinte.

— Toujours. Allons chercher cette table.

102

H - 2

— On y est, annonce Béatrice.

Marc et Laure filent à la proue pour jeter l'ancre. Valentin consulte l'horloge. S'il a bien compris le plan, ils doivent attendre presque une heure avant de plonger. Ensuite, ils auront vingt minutes pour atteindre le sable et se mettre à l'abri dans l'épave avant le passage du mur d'explosions. Le timing est serré. Il ne laisse pas la place à d'éventuelles difficultés ou erreurs de calcul. C'est leur seule chance d'avoir assez d'air pour remonter.

Béatrice coupe le moteur. À l'arrêt, le roulis des vagues devient plus perceptible, de même que leur effet sur l'estomac de Valentin. Celui-ci sort de la cabine pour chercher de l'air frais. Brahim est penché par-dessus le bastingage. Valentin le rejoint.

— Qu'est-ce que tu regardes ?

— Ça grouille, là-dessous. On ne va pas être seuls dans l'eau.

En effet, la mer bouillonne de silhouettes argentées.

— Des poissons ?

— J'espère.

Ils font part de leur observation à Béatrice.

— Tu penses qu'il y a des requins ? s'inquiète Valentin.

— Il y en a peu en Bretagne, mais ils nagent vite et sont endurants, ils ont les capacités pour fuir le mur d'explosions sur de longues distances, donc… certains ont pu arriver dans nos eaux. Enfin, ne t'en fais pas, vu le nombre de poissons, ils auront largement de quoi manger. Ils ne devraient pas s'intéresser à nous.

— Devraient pas, grimace Valentin. Super.

— Après les embouteillages, l'équitation, l'orage, les vagues monstrueuses et la plongée en plein courant, on n'est plus à quelques requins près, le taquine Lili.

— En plein courant ? Comment ça, en plein courant ?

— C'est pas comme si on avait le temps de patienter jusqu'à la marée haute, donc…

— … il va y avoir du jus, termine Béatrice. Pour descendre, ça ira, on s'accrochera à la chaîne de l'ancre. Pour remonter… espérons que la chaîne sera encore là.

Valentin se tait. Chaque réponse à ses questions augmente son inquiétude, alors mieux vaut cesser de les poser.

— L'ancre est posée sur l'avant du sous-marin. La porte se trouve sur le côté sud, à un mètre du fond. Vu le peu de visibilité qu'on aura là-dessous, on se retrouve à l'ancre, Laure passera la première et installera un fil d'Ariane qu'il vous suffira de suivre. Ne le lâchez pas. On essaie de rester tous ensemble, mais au cas où, je vais nous scinder en deux palanquées capables de s'orienter. Laure, tu m'as bien dit que tu avais ton niveau quatre ?

— Oui. Je me charge de Ninon.

— Pas seulement. Marc, Laure et Brahim, vous serez en autonomie, avec Ninon. Je me charge de Valentin et de Lili-Ann. Lili, te sens-tu capable de transporter le radeau ? Je préfère garder les mains libres au cas où Valentin ait un problème.

— Je devrais m'en sortir.

— OK. Ne perdez jamais de vue les membres de votre palanquée. Si ça arrive, retournez à l'ancre, j'irai vous chercher. Économisez votre air. Si on se perd pendant les explosions, attendez l'heure prévue et remontez à la vitesse de sécurité, c'est-à-dire en restant toujours en dessous de vos petites bulles et, si vous le pouvez, faites vos paliers comme l'indiquent vos ordinateurs, à la chaîne ou au parachute. Il est temps de manger et de boire. Forcez-vous, même si vous n'en avez pas envie, ça permettra à votre corps de mieux lutter contre le froid.

Manger. La simple idée d'ingurgiter un aliment amplifie la nausée de Valentin.

— Malade ? demande Lili.

— Mal de mer, je crois.

— Ça ira mieux dès qu'on se mettra à l'eau.

Il en doute.

Laure distribue des paquets d'amandes, de noisettes, des rations de riz aux petits pois et lardons, leurs dernières bananes, ainsi qu'une série de compléments alimentaires qu'elle conseille à tous de prendre. Valentin avale le tout en mastiquant longuement chaque bouchée. Au moins, s'il doit vomir, ce ne sera pas que de la bile.

Ils récupèrent ensuite les bouteilles, les stabs et les détendeurs sous les bancs pour les préparer. Marc et Laure vérifient le matériel des plus novices d'entre eux, puis Béatrice repasse sur chaque équipement pour éliminer tout risque d'erreur pendant que Lili répartit les rations de survie dans les poches de leurs stabs.

— On plonge dans dix minutes, lance Béatrice en terminant son inspection.

Tous échangent des regards tendus. Lili est la première à réagir. Elle étreint sa sœur, embrasse sa nièce, dépose un baiser sur la joue de Valentin.

— Ne me perds pas de vue.

— Aucun risque.

Poids. Palmes. Masques. Bientôt, tous sont prêts.

La palanquée de Marc, Ninon, Laure et Brahim est la première à se mettre à l'eau, lampes torches en main. La petite mord courageusement son détendeur et saute avec sa mère.

— C'est une vraie soupe, les prévient Laure avant de s'éloigner.

Valentin grimace.

— Qu'est-ce que ça veut dire ?

— Que comme on le craignait, la visibilité est merdique, répond Béatrice.

Valentin les suit des yeux tandis qu'ils palment le long de la coque en direction de la chaîne de l'ancre et s'y accrochent. Le cœur serré, il les regarde disparaître sous la surface dans une traînée de bulles.

— À nous, indique Béatrice.

Lili quitte le bateau. Béatrice lui descend le radeau gonflable à l'aide d'un filin, puis attend Valentin qui hésite, les palmes à moitié dans le vide. Il est le dernier. Lorsqu'ils remonteront – s'ils remontent –, ce bateau ne sera que débris, et Valentin n'a pas envie de terminer dans le même état. Rassemblant son courage, il saute.

Froid. Obscurité.

Très vite, Valentin retrouve la surface. Il se force à inspirer dans le détendeur alors qu'il n'a qu'une envie : le cracher. Béatrice lui indique de la suivre et ils rejoignent Lili à l'ancre.

— N'oublie pas d'éliminer la pression de tes oreilles comme je te l'ai montré, lui rappelle Béatrice. Et purgez bien l'air de vos gilets. Lili-Ann, passe en premier, mais attends-nous, ne descends pas trop vite. Valentin, on y va face à face de part et d'autre de la chaîne.

Valentin n'en mène pas large. Des formes frôlent son corps. Il se sent engoncé dans sa combinaison, comme enfermé. Il a la sensation terrible de ne rien maîtriser.

Il essaie de mettre en pratique l'exercice de relaxation que leur a enseigné Béatrice ce matin. Lili sourit, une grimace étrange avec le détendeur qui lui déforme la bouche, et plonge. Béatrice et Valentin la suivent.

Ce dernier s'arrête à moins d'un mètre de la surface.

Le nombre impressionnant de poissons le déstabilise. Ceux-ci fuient à leur approche, mais le banc est si dense qu'ils y parviennent à peine, créant autour des plongeurs des mouvements de panique aux reflets d'argent. Béatrice braque le faisceau de sa torche sur la chaîne. Valentin reprend sa descente. Mais alors qu'il sent la pression augmenter sur ses tympans et qu'il tente de la soulager, il n'y parvient pas. Le nez pincé entre ses doigts, il souffle de toutes ses forces une deuxième, une troisième fois. Il y arrivait sans problème ce matin ! Pourquoi est-ce que ça ne fonctionne pas ? Il s'agite, palme de manière désordonnée. Il lui semble que le courant va arracher sa main crispée sur les maillons pour l'entraîner au loin.

Béatrice lui attrape le poignet.

Ils remontent d'un mètre. Ses oreilles se débouchent. Soulagé, Valentin progresse le long de la chaîne jusqu'à Lili et, ensemble, ils s'enfoncent dans le bleu tourbillonnant de poissons.

103

Je descends la plage avec Zéphyr, Ève et l'Enfant. Un à un, nous entrons à l'intérieur de la bulle. Les parois s'écartent pour nous accueillir et, dès que nous sommes tous les quatre installés, la bulle s'élève au-dessus de la mer, reliée à elle par un mince filet d'eau transparent.

D'abord, tout est noir. Un battement sourd pulse dans ma tête. Le cœur de la Loüm. Et, plus loin, si grave qu'il faut tendre l'oreille pour l'entendre, le rythme de la Terre lui répond, lent et profond. J'écoute le dialogue de leurs deux existences, ininterrompu depuis des millénaires. C'est alors que je les vois.

Elles sont des centaines, peut-être plus, dans l'obscurité du cosmos. Les Loüms. Chacune œuvre en symbiose avec sa planète d'accueil, et leurs échos jumeaux se propagent d'un bout à l'autre de l'univers.

Comme une photo qui se révèle progressivement, des liens apparaissent entre plusieurs planètes. Ces connexions d'un bleu terne forment un réseau que je ne comprends pas.

La Loüm nous fait effectuer un bond dans l'espace. Nous admirons notre planète comme si nous nous trouvions loin au-dessus, au milieu du vide. Des lignes bleues sont pointées sur elle, un nombre incalculable de liens dont je ne distingue pas la source et qui se séparent à l'approche de notre monde pour l'englober, telle une chrysalide. Nulle part ailleurs je n'en vois autant.

À l'endroit où les lignes touchent le globe, celui-ci paraît moins nettement dessiné, comme si une perturbation le déformait.

Les explosions.

Nous remontons le long de cet amas de fils jusqu'à atteindre la planète d'où proviennent les liens. Elle ressemble à la nôtre d'une façon troublante. C'est celle des hommes en noir, que je devine responsables des explosions, et ces fils bleutés leur servent d'armes.

Si nous voulons que les explosions cessent, il nous faut défaire les liens qui unissent les deux planètes.

104

H - 30 min.

Des lumières apparaissent en contrebas tandis que Brahim s'approche du fond sous-marin. Les silhouettes de leurs compagnons se précisent au milieu des animaux. Brahim cherche des yeux les palmes noires de Béatrice au-dessus de lui. Les trouve. Rassuré, il s'immobilise et tente de s'équilibrer en injectant un peu d'air dans son gilet. Béatrice aide Valentin à faire de même, puis indique à Laure de prendre la tête du groupe.

Brahim jette un coup d'œil à son ordinateur. Vingt et un mètres de profondeur. La paroi de l'épave n'est pas loin.

Il avait toujours imaginé la plongée comme une solitude, puisque la communication est limitée à quelques gestes. Mais difficile de se sentir seul parmi une telle multitude. Lorsqu'ils atteignent enfin l'ancre posée sur la carlingue métallique, Laure accroche l'extrémité d'une longue cordelette fluo à la chaîne – le fil d'Ariane que tous attrapent aussitôt. Elle prend comme prévu la tête du groupe.

Les nageurs progressent en formation très serrée afin de ne pas se perdre de vue, malgré les inévitables coups de palme. Même Béatrice et Laure semblent avoir des difficultés à s'orienter. Elles consultent sans arrêt leurs boussoles tandis qu'ils descendent le long de la coque du sous-marin. Vingt-quatre mètres. Un fond sablonneux remplace le métal. D'abord, il semble étrangement flou. Brahim comprend que cette impression est due au tremblement de terre qui remue le sable.

Après une bonne minute de ce qui lui paraît une succession de détours étranges, Brahim jette un regard en arrière. Personne. Sa palanquée est intacte, mais les autres ont disparu dans le magma de particules en suspension et de poissons.

Il saisit la palme de Laure qui se retourne. Un instant, celle-ci observe les environs. Puis elle leur fait signe de continuer. Un nœud dans le ventre, Brahim obéit. Ce n'est pas parce qu'ils ne les voient plus que leurs compagnons se sont perdus.

Laure longe la coque jusqu'à une lourde porte ouverte au ras du sable et s'y engouffre, suivie de Ninon et Marc. Brahim entre à son tour, espérant que, si les explosions retournent l'épave et condamnent cette entrée, il en existe une autre.

Ils se retrouvent dans un couloir étroit. L'épave grouille autant de vie que l'extérieur. Brahim allume sa torche et se cale contre la paroi du couloir avec Ninon, juste en face de la porte.

Ils sont arrivés plus vite que prévu, et il reste dix minutes à attendre avant que les explosions frappent leur position. Mais les autres ne sont pas encore là.

Laure vérifie à quelle vitesse ils consomment l'air de leurs bouteilles. Elle semble contente de Brahim et fait signe à Marc de respirer plus lentement, lui indiquant à quel moment inspirer et expirer. Brahim se cale sur leur rythme. Il sent son cœur décélérer, bien que son anxiété, elle, ne diminue pas.

Où sont-ils passés ?

Où se trouve Béatrice ?

Il veut se concentrer sur elle, comme si ses pensées pouvaient la guider jusqu'à lui. Mais d'autres visages s'imposent. Ses cousins. Ses sœurs et ses neveux. Max Charpentier. Gwenaël et Sara. Les explosions ont-elles déjà frappé son pays natal ? Les routes bondées ? La grande plage ? Comment ceux qui ont partagé sa vie depuis toujours ou depuis dix jours vivent-ils leurs derniers instants ? Certains ont-ils trouvé un abri efficace ?

Et lui ?

Est-il à l'abri ?

Laure leur fait signe de ne pas bouger et se place à l'entrée du sous-marin, agitant deux torches dans toutes les directions.

105

H - 20 min.

Sur la plage, Max a cessé de jouer.

Gwenaël ressort de la grotte pour l'inviter à les rejoindre avant que les explosions les frappent, lorsqu'il aperçoit le vieil homme au milieu des vagues. Son violoncelle flotte à côté de lui, telle une étrange barque. Les rouleaux les charrient avec violence. Pourtant, Max tient bon, entraînant son instrument toujours plus loin vers le large.

Bientôt, Gwenaël ne voit plus que l'instrument, son corps rempli d'eau à demi immergé. Il songe que c'est ce que le vieil homme avait prévu depuis le début. Rejoindre Hélène, mère de Marine – ou quels que soient leurs noms réels –, dans les flots qui l'ont arrachée à lui vingt ans plus tôt.

— Bon voyage, murmure-t-il au vent. Je te souhaite de les retrouver.

Un grondement effroyable enfle dans son dos, comme si des milliers de géants couraient en haut de la falaise droit vers l'abîme.

— Gwen !

Il tourne les talons, rejoint Sara à l'entrée de la grotte et s'enfonce avec elle à l'intérieur. Ils se glissent sous le plateau de l'épaisse table en bois qu'ils ont descendue à grand-peine par l'escalier. Sara a aussi tenu à emporter son drone et la tablette qui lui sert d'interface. AEVE est en vol stationnaire au-dessus de la maison, en haut de la falaise. Le mur d'explosions est bien visible sur l'écran de la tablette. Gwenaël s'assied derrière Sara et l'entoure. Il ne veut pas regarder l'écran. Sara, elle, ne le quitte pas des yeux.

— Mes parents, dit-il, qu'est-ce que tu crois qu'ils ont fait à l'arrivée des explosions ?

— Je crois qu'ils ont pensé à toi.

— Je les aime, tu sais.

— Je sais.

Il ne le leur a jamais dit. Ces mots, c'est avec Sara qu'il a appris à les prononcer.

— Je suis sûre qu'ils le savaient aussi, ajoute-t-elle.

Le bocal de Loüm tressaille à côté d'eux. Étrangement, le poisson ne bouge pas, immobile au centre de sa bulle d'eau. Gwenaël ne pourrait pas rester immobile, même s'il le voulait. Tout vibre si fort que son propre corps est comme anesthésié. Sara tente de parler, mais renonce, tant le vacarme est assourdissant. Ils se regardent, tentant de ne pas se préoccuper des morceaux de roche qui se détachent et roulent dans la grotte ni de la poussière omniprésente. L'effort devient impossible à tenir lorsqu'un bloc s'écrase sur la table. Une fissure apparaît.

Est-ce que les explosions ont atteint la plage ? Ou bien ce ne sont que les prémices ?

Difficile à dire depuis l'intérieur.

Il jette un coup d'œil à la tablette et comprend que le mur ne les a pas encore frappés.

Le bruit franchit un nouveau cap de violence. Il plaque ses mains sur les oreilles de Sara. La douleur dans les siennes est vive. Il ne serait pas étonné de saigner, mais il ne peut vérifier.

Soudain, il leur semble que la falaise entière s'écroule sur eux, bloquant la sortie de la grotte. L'image se brouille sur la tablette. Le plateau de la table se rompt, ne leur laissant qu'un abri précaire.

Elle ne tiendra plus longtemps.

106

Les lignes bleues qui relient les deux planètes sont larges comme une route, lisses et circulaires. Alors que nous évoluons à travers cette forêt de tubes, je distingue une faille dans l'un d'eux, infime brèche par laquelle nous nous engouffrons.

L'intérieur est composé de fibres. Je me concentre. Tout est vibratoire, ici – les Loüms, le vide, les explosions qui se propagent à travers les tubes… Je dois trouver la bonne fréquence, celle qui obligera la fibre à céder.

J'ouvre la bouche. Une note s'en échappe. Puis une autre. Soudain, la fibre tressaille et se volatilise. Nous réitérons l'opération, et lorsque nous coupons la dernière fibre, le tube qui les contenait s'évanouit sans laisser de trace.

L'esprit de Zéphyr est tendu comme la corde d'un arc. Sa pensée nous parvient.

Les hommes en noir, cette planète, c'est de là que je viens. Tout concorde. Ces grandes robes qui recouvrent leurs corps pourraient cacher des tatouages, ils sont aussi grands que moi…

En détruisant ces tubes, nous coupons les liens avec

sa planète et la possibilité d'apprendre comment il est arrivé sur notre monde.

Je me tais.

C'est à lui de choisir.

Continuons, *décide-t-il enfin.*

Alors que nous avons éliminé une douzaine de tubes, des résistances apparaissent et nous ralentissent. Quelqu'un tente de contrer notre entreprise. Nous luttons, sa volonté contre la nôtre. J'ignore combien de temps dure l'affrontement. Pouce après pouce, nous gagnons du terrain, et une fibre de plus s'évanouit.

Nous accélérons. Le temps qui a cours ici nous est étranger ; pourtant, il existe bel et bien, et nous ne pouvons pas nous permettre d'en perdre un seul instant.

Car, chez nous, les explosions poursuivent leur course.

107

H - 15 min.

Lili-Ann aperçoit le faisceau d'une torche. Elle palme de toutes ses forces pour remonter au niveau de Béatrice, et lui indique la lueur. Valentin entre elles, ils se précipitent dans cette direction.

Ils ont été forcés de lâcher le fil d'Ariane lorsque Valentin, dans un moment de panique, est soudain remonté de plusieurs mètres. Lorsqu'ils sont redescendus, ils avaient dérivé, et le fil n'était nulle part en vue.

Les explosions arrivent. Dans moins de cinq minutes, elles seront sur eux. Ils ne doivent ce bref regain de visibilité qu'à la fuite des animaux devant le danger – sans cela, Lili-Ann n'aurait pas aperçu la lumière.

Là, le sous-marin ! Enfin !

Le visage de Laure apparaît dans une poche d'obscurité. Une porte. C'est elle qui agite deux torches. Lili-Ann n'a jamais été aussi heureuse de voir sa sœur. Sa palanquée pénètre en trombe dans le sous-marin. Les autres sont tous là. Soulagée, elle accroche le radeau de survie à une poignée, nage vers Ninon et saisit sa main.

Ils sont tous serrés dans ce couloir. La première palanquée s'est-elle postée là pour les attendre ? Ou voulaient-ils rester proches de la sortie ? Quoi qu'il en soit, il est trop tard pour bouger.

Les derniers chapitres du roman de Gwenaël lui reviennent en mémoire. Le manuscrit est là, contre son ventre, sous la combinaison. Et s'il contenait une clef pour arrêter les explosions ? Et si elle possédait la solution et ne parvenait pas à la décrypter ?

Nous sommes dans la Loüm, songe Lili-Ann. Mais elle a beau se creuser la tête, elle ne parvient pas à trouver un équivalent à ces lignes bleues que Lou-Ann et les autres s'emploient à faire disparaître en chantant. Qu'a voulu dire Gwenaël ? Le savait-il seulement ? Et puis chanter sous l'eau, c'est absurde…

Soudain, l'enfer se déchaîne sur eux.

L'épave est secouée dans tous les sens.

Lili-Ann s'accroche à Laure, ferme les yeux et, sans ouvrir la bouche, elle fredonne la mélodie du morceau qu'a joué Max hier soir. Pour essayer malgré tout. Pour se rassurer. Pour empêcher son esprit de perdre pied dans le chaos.

108

H - 8 min.

Gwenaël avise le bocal qui, par miracle, ne s'est pas encore renversé. Il saisit une main de Sara et la tend vers la surface agitée de l'eau. Le visage déformé par la terreur, celle-ci ne résiste pas.

— Protège-nous, Loüm, murmure Gwenaël.

Il ignore s'il y croit. Il n'a pas le temps ou la force de sonder ses pensées. Il n'a que celui d'espérer.

Un ultime craquement retentit au-dessus d'eux.

Et leurs doigts effleurent l'eau du bocal à l'instant où le néant les cueille.

109

Chaque tube devient une lutte pour conserver intacte leur raison.

Lou-Ann, Zéphyr, Ève et l'Enfant s'unissent comme des marins essuyant une tempête, au-delà de l'endurance, au-delà de la fatigue et de la peur.

Ils repoussent les assauts toujours plus pressants des vagues gigantesques qui s'abattent sur leurs esprits, ces quatre esprits fondus en un, unis par la volonté de la Loüm, dans cette matrice protectrice qui les baigne sous la lune.

Toute leur attention est concentrée sur leur tâche, rien ne peut les en détourner. Un à un, ils dénouent les liens qui relient leur planète à sa jumelle destructrice.

Bientôt, il ne reste qu'un tube, plus épais et plus lumineux que les autres. Ils sentent la fureur de ceux qui, en face d'eux, tentent de maintenir active cette dernière ligne. Dans un ultime face-à-face, chacun exploitant la moindre faille de son adversaire, ils se livrent un combat titanesque. La démence semble si proche qu'il suffirait d'un souffle pour qu'ils y basculent irrémédiablement.

C'est alors que la Loüm intervient et, à travers elle, d'autres Loüms, libérant d'un coup leur puissance dans un formidable sursaut d'énergie qui submerge toutes les résistances opposées et rompt la dernière fibre de la dernière ligne.

110

H - 2 min.

Le calme retombe sur le sous-marin.

Brahim ne sait plus où est le haut ni le bas, mais il n'a pas lâché la main de Béatrice, et ce point de repère lui suffit à savoir qu'il est toujours en vie. Il tire sur son bras, l'attire face à lui. Ses paupières sont fermées. Il la secoue doucement, conscient que leurs corps ont été assez malmenés pour ne pas en rajouter. Les paupières de Béatrice s'entrouvrent, papillonnent. S'écartent tout à fait. Brahim esquisse un sourire. Ils allument leurs lampes torches et regardent autour d'eux. Laure et Lili-Ann s'affairent déjà pour vérifier que tout le monde va bien. Ninon semble réveillée. Valentin et Marc sont groggy. Ils se remettent peu à peu à bouger et des bulles rassurantes s'échappent de leurs équipements.

Ils ont survécu.

Brahim jette un coup d'œil à son manomètre. Sa bouteille est encore à moitié pleine, comme celle de Béatrice. Celles de Laure, Lili-Ann et Marc ont des niveaux comparables. Valentin, lui, approche déjà de la réserve.

Soudain, une onde de choc les projette contre la paroi métallique.

Ils se rétablissent tant bien que mal. Marc, à l'aide d'une série de gestes, pose l'hypothèse que la secousse est due à la rencontre des deux murs d'explosions. Ils ne peuvent savoir si elle est juste, mais vu l'heure, ce serait logique.

Brahim essaie de se souvenir des explications de Béatrice. Ils doivent rester sous l'eau encore quinze à vingt minutes avant d'entamer leur remontée, pour être sûrs que le phénomène est terminé – même si le tremblement de terre risque de se poursuivre durant plusieurs jours.

Une anomalie attire son attention. Au niveau de la jonction entre la bouteille de Ninon et son détendeur, des bulles s'échappent. Brahim attrape le bras de Béatrice et lui montre le problème. Une fuite. Le joint du pas de vis abîmé, très exactement, constate-t-il en examinant la bouteille. C'est sûrement arrivé lorsqu'ils ont été projetés contre la paroi. Béatrice contrôle une nouvelle fois le manomètre et estime qu'il reste à la fillette dix minutes d'air avant d'être à court. Laure panique, propose de donner à sa fille son détendeur de secours pour qu'elle respire sur sa propre bouteille. Brahim sait que ce n'est pas une option, Béatrice le leur a bien expliqué : si elles partagent leur air, elles ne remonteront ni l'une ni l'autre.

L'évidence se fait jour en lui, douce-amère.

Il est le plus âgé du groupe. La vie de Ninon est bien plus précieuse que la sienne, et si quelqu'un doit se sacrifier pour que l'enfant vive, c'est lui.

Laure est en train d'enlever son gilet et sa bouteille

pour donner son matériel à sa fille. Brahim l'arrête, se pointe du doigt. Puis il désigne Ninon et elle avant d'entremêler ses doigts. *Elle a besoin de toi.*

Des larmes coulent dans le masque de Laure. Béatrice n'a pas assisté à l'échange, Brahim a pris soin de lui tourner le dos. Il déboucle son gilet, le confie à Laure, conservant le détendeur en bouche jusqu'à ce que Ninon n'ait plus d'air. Enfin, il se retourne vers Béatrice.

Celle-ci s'est figée et lui tend un regard suppliant.

Elle a compris.

L'eau les empêche de parler, mais même s'ils le pouvaient, qu'y aurait-il à dire qu'ils n'ont pas exprimé ces derniers jours ? Brahim pose une main sur son cœur, mime ses battements, puis ils se débarrassent tous deux de leurs détendeurs. S'embrassent. Brahim attend qu'elle se remette à respirer. Et, sans s'attarder plus longtemps, il remonte le couloir vers la sortie.

Lili-Ann presse brièvement sa main. Brahim ne s'arrête pas. Il va mourir. Il n'aurait pu rêver meilleure raison de mourir. Mais il veut être seul, à présent.

Rallumant sa torche, il accepte de respirer une dernière fois dans le détendeur de Marc avant de quitter le sous-marin.

Des milliers de particules en suspension flottent dans le faisceau de sa lampe. Des cadavres de poissons dérivent autour de lui. Ses poumons le brûlent. Il lui reste à peine deux ou trois minutes d'apnée avant de céder au réflexe d'aspirer de l'eau. Alors, Brahim palme calmement, s'éloignant le plus possible de ses amis et de son aimée pour leur épargner la vue de sa dépouille.

Soudain, dans cette eau désertée, Brahim a la sensation de voler. Est-ce cela que les oiseaux ressentent dans le ciel ? Ou les cosmonautes dans l'espace ? Oui, décide-t-il, l'absence de gravité doit être ainsi.

L'absence de gravité, songe-t-il. *C'est exactement ce que je ressens.*

Et, incapable de tenir plus longtemps, il inspire une longue gorgée d'eau en priant pour que son agonie soit brève.

111

H + 20 min.

Le quart d'heure qui suit le départ de Brahim est pesant.

Chacun s'est renfermé dans ses émotions, la gorge nouée et le ventre de plomb, incapable de communiquer.

Enfin, ils quittent le sous-marin et progressent avec une prudence extrême. Lili-Ann détache le radeau de survie. Dehors, le fil d'Ariane a disparu, le fond ne ressemble plus à ce qu'il était, et même s'ils retrouvaient l'ancre, elle ne serait certainement plus reliée à rien… Ils n'ont pas le choix, ils doivent remonter en plein courant sans possibilité de lui résister. Laure remplit son parachute d'air pour qu'il rejoigne la surface.

Peu à peu, l'eau se réchauffe sur leurs visages et sur leurs mains. Une lumière blafarde se fraye un chemin jusqu'à eux. Arrivés à neuf mètres, ils s'arrêtent pour effectuer un premier palier. Trois interminables minutes à lutter contre les remous. Ils se placent en étoile, accrochés les uns aux autres pour prévenir toute remontée incontrôlée.

Lili-Ann pense au dernier chapitre du roman de Gwenaël.

Elle n'a pas voulu savoir si les héros s'en sortaient ou non, alors elle n'a lu que la dernière phrase. Mais cette phrase tourne en boucle dans son esprit.

Rien en moi n'a renoncé.

C'est forcément Lou-Ann qui s'exprime, puisque, dans le roman, elle est la seule à dire « je ». Et Lili-Ann se sent en accord avec son double littéraire. Elle s'est crue condamnée à l'irruption des explosions, et elle n'a jamais vraiment imaginé qu'ils en réchapperaient, mais elle n'a renoncé ni à vivre, ni au temps nécessaire pour aimer vraiment, ni à être elle-même, ni à retrouver sa sœur, ni à eux tous qui l'entourent.

Lili-Ann lève les yeux. Une forêt de bulles les surplombe. Et au-dessus, si proche dans l'espace et encore si loin dans le temps, ondule la nappe miroitante de la surface.

112

C'est le noir à nouveau. Lou-Ann, Zéphyr, Ève et l'Enfant ont à peine le temps de réaliser qu'ils ont réussi que la bulle se met à tourner autour d'eux et, épuisés, ils sombrent dans l'inconscience.

La Loüm les ramène vers la plage, les repousse doucement sur le sable dans la nuit naissante.

Un instant, la bulle irisée semble les regarder, du haut de son cordon d'eau.

Puis elle éclate en un millier de gouttelettes qui retombent sur la mer dans un bruit discret, comme la pluie d'automne sur une vitre.

MERCI

Maman / Famille / Alain / Stéphane / Audrey / Stéphanie / Thierry / Jean-Philippe / Marie / Équipe Gallimard Jeunesse ///

DE LA MÊME AUTRICE

Aux Éditions Gallimard Jeunesse

DIX JOURS AVANT LA FIN DU MONDE (Folio Science-Fiction nº 681)

À QUOI RÊVENT LES ÉTOILES

Aux Éditions Rageot

LE SUIVANT SUR LA LISTE. L'intégrale

LES PLIEURS DE TEMPS

ROBIN À LA DERNIÈRE SECONDE

ANTHONY À CINQ MINUTES PRÈS

CAMILLE À L'HEURE DE LA VÉRITÉ

CHARLY POUR TOUJOURS

LE LIVRE DE TOUTES LES RÉPONSES SAUF UNE

QUAND VIENT LA VAGUE (en collaboration avec Jean-Christophe Tixier)

EN PLEIN VOL (en collaboration avec Jean-Christophe Tixier)

JUNE

LE SOUFFLE

LE CHOIX

L'INVISIBLE

NOS VIES EN L'AIR

Aux Éditions Bragelonne

L'HÉRITAGE DES ROIS-PASSEURS

LES ILLUSIONS DE SAV-LOAR

Aux Éditions Castelmore

AUSSI LIBRES QU'UN RÊVE

Aux Éditions Belin éducation

LE SECRET DES ELFES

Composition : IGS-CP à L'Isle-d'Espagnac (16)
Achevé d'imprimer par Novoprint,
à Barcelone, le 8 mars 2021
Dépôt légal : mars 2021
Numéro d'imprimeur :

ISBN : 978-2-07-293317-2 / Imprimé en Espagne

377286